HANS TESCH

DER ZWILLINGSBRUDER

HANS TESCH

DER ZWILLINGSBRUDER

ROMAN

EUGEN SALZER-VERLAG HEILBRONN

© Eugen Salzer-Verlag Heilbronn 1974
Alle Rechte vorbehalten
Umschlaggestaltung: Rudolf Graeber
Satz: G. Müller Heilbronn
Druck und Einband: Wilhelm Röck Weinsberg
Printed in Germany
ISBN 3 7936 0192 7

DAS LEBEN MANCHER MENSCHEN WIRD VOM UNGEWÖHNLICHEN und Rätselhaften bestimmt, so eindringlich, daß sie aus innerer Überzeugung aller herkömmlichen Lehrmeinung Valet sagen. Für solche Menschen hat nur das noch Bedeutung, was aus der Verborgenheit auf sie zuweht. Der Kreis guter Freunde wird eng, irdische Belange verblassen, der Sinn der Welt erschließt sich ihnen in neuem Licht.

Jeder, der Wolfgang Horlitz kannte, hat dessen ein Beispiel. Und wie in einem altererbten Spiegel erscheint hinter dem Lebenslauf des Wolfgang Horlitz das Schicksal des Gerich Seidenberg als das eines frühen Doppelgängers, überliefert aus dem Jahre 1701: Zufall und Ungefähr haben dein Leben geprägt, Gerich Seidenberg, von deinem vierten bis zum fünfzigsten Jahr. Dann hast du dem Weißen Fährmann gerufen und bist meiner schreibenden Feder davongefahren, zu einem Ufer, das man hierzulande nur noch vom Hörensagen weiß ...

Wohin ging die Fahrt, Gerich Seidenberg?

Wohin die deine, Wolfgang Horlitz?

1

Rebekka stimmte soeben die Geige, als der Primaner Wolfgang Horlitz zur ersten gemeinsamen Probe kam. Die Fenster des Musiksaals waren geöffnet, die Nachmittagssonne warf ein lichtes Dreieck an die Rückwand des Raumes, und die Blütenkerzen einer Kastanie standen im Rahmen des vorderen Fensters als lebendiges Frühlingsbild. Die Lust zum Musizieren schwang verlockend durch den kleinen Saal; und auf dem Konzertflügel lagen die Noten: Händel, Sonate D-Dur für Violine und Klavier.

Das junge Mädchen ging dem Partner zwei Schritte entgegen, reichte ihm die Hand und sagte heiter: »Das Orchester ist vollzählig, wo bleibt der Dirigent?«

Doch die Lehrerin ließ nicht auf sich warten; der Unterricht konnte beginnen, das Duo spielte sogleich vom Blatt.

Die Proben verliefen gut, nur hatte Wolfgang einige Schwierigkeit mit dem Tempo im letzten Satz; aber das fügte sich, denn er übte daheim mit großem Fleiß, und Rebekka, die ihr Instrument glänzend beherrschte, gab an den heiklen Stellen im Tempo bedachtsam ein wenig nach. Die Lehrerin war mit ihren Schützlingen zufrieden, ließ beide Musikanten zumeist allein und prüfte nur gelegentlich den Fortschritt der Arbeit. Dann aber mußte Wolfgang bisweilen eine gutwillige Mahnung hinnehmen: »Nicht soviel Pedal, Herr Horlitz, nicht soviel Pedal!«

Am Tag der letzten Probe spielte Wolfgang Horlitz ohne Schwung. Rebekka würde seinen Lebenskreis wieder verlassen, denn sie stammte aus einer jüdischen Familie; und er fand kein Mittel, sie in seiner Nähe festzuhalten. In Gedanken zwar lud er sie ein zur Faltbootfahrt auf der Oder, zur Radtour in die Dalkauer Berge, doch er wußte genau, zustimmen würde sie solcher Einladung nie. Rebekka lebte in einem unsichtbaren Getto, und ihm, Wolfgang Horlitz, war der Zugang verwehrt. Er hatte es gespürt beim Spiel des langsamen Satzes, mit dem ihr gemeinsamer Vortrag begann. Nur wenn das Allegro aufklang, sprang ein Lachen in ihre Augen, flog ein Lächeln um ihren Mund. Doch beides verlor sich schnell: ihr seelisches Getto zwang den ihr eigenen Frohsinn immer in die Verbannung zurück. Und vor drei Wochen war ihm Rebekka noch so völlig gleichgültig gewesen! Er kannte sie wohl von flüchtigen Begegnungen her, aber was hatte ihn das je gekümmert? Dann war an ihn die Einladung des Lyzeums ergangen, Rebekka Seidenberg bei einer Schulfeier am Klavier zu begleiten; und das Doppelspiel der übenden Instrumente weckte in ihm ein beglückendes Ahnen, das er erst viel später zu Gedanken formen konnte. Heute indessen war ihm nur dieses bewußt: Nicht die aparte Erscheinung allein, die Harmonie der Bewegungen und die dunkelgründigen Augen entzückten ihn an Rebekka; vielmehr war es die Ausstrahlung ihres Wesens, ihrer Persönlichkeit, die er als so einzigartig empfand. Es war ihm, als seien sie vertraut miteinander seit undenklicher Zeit.

Aus den Kindertagen drängten sich verloschene Bilder lebhaft hervor:

Als man ihn noch Wolfi nannte, war er Stammgast beim steinernen Florian. Er schaukelte dort auf den Ketten, die das Standbild des Heiligen umschlossen. Und einmal kam ein kleines Mädchen auf den Platz und spielte mit einem roten Ball, und der Ball rollte geradewegs auf ihn zu. Da tat er sich groß, schaukelte hoch hinauf und ermunterte das Mädchen mitzuhalten. Aber es schüttelte die dunklen Locken und stand ab von so gefährlichem Spiel. Als er später über den Floriansplatz zum Weberhäuschen ging, um unter den Bäumen dort nach Maulbeeren zu suchen, lag der rote Ball im Garten. Und auf der Bank am Haus saß ein alter Herr mit weißen Haaren und einem dichten Bart und sah ihn, den Wolfi, fragend an. Da bekam er ein schlechtes Gewissen, glaubte sich als Maulbeerdieb ertappt und lief spornstreichs davon.

Ja, und dann sein Meisterstück, da war er aber schon Quartaner, und Rebekka besuchte im ersten Jahr das Lyzeum: Er hatte von Freunden gehört, der Altwarenhändler im Weberhäuschen kaufe im Herbst auch Eicheln, das Pfund für zwei Pfennig. Also ging Wolfi mit einem Leinensäckchen in den Oderwald, doch der Sammelerfolg war gering. Auf dem Heimweg traf er zufällig auf die Eichellager der Oder-

Försterei. Zum Glück war kein Hund in der Nähe, so füllte er im Handumdrehen sein Säckchen bis zum Rand. Noch am selben Tag wurde er mit dem alten Herrn im Weberhäuschen handelseinig und kassierte einen blanken Groschen. Dabei begegnete er Rebekka. Sie saß am Tisch und zupfte die Saiten einer Geige. Und während der Großvater die Eicheln forttrug, prahlte er, Wolfi Horlitz, daß er schon seit zwei Jahren Klavier spielen könne und das sei viel schwerer als Geigenspiel, und sein Klavier habe über hundert Tasten ...

Diese Prahlsucht tat ihm heute bitter leid, zumal er erkannt hatte, daß die Händel-Sonate seiner technischen Fertigkeit bereits die Grenzen zog. Rebekka jedoch spielte so mühelos, als gelte es lediglich, einen federleichten Geigenbogen nach Belieben durch die Luft zu schwingen.

Als die letzte Übungsstunde vorüber war, faßte Wolfgang Horlitz trotz aller Bedenken viel Mut und fragte Rebekka, ob sie nicht fernerhin mit ihm musizieren wolle, bei ihm zu Hause vielleicht? Rebekka zögerte mit der Antwort, dann sagte sie bedrückt: »Du weißt es selbst, Wolfgang, wir dürfen nicht.«

Das Tageblatt in Oderstedt berichtete von der Feier des Lyzeums mit altüblichen Zeitungstönen: Die Ansprache der Direktorin wurde in respektvoller Breite dargelegt, dem Mädchenchor gebührend Lob erteilt, die Laienspieler erhielten hervorragende Noten, und dem Gast vom Realgymnasium, Wolfgang Horlitz, bescheinigte man mehr Talent, als er besaß. Der Name Rebekka Seidenberg blieb unerwähnt. Es fand sich nur die Bemerkung, die Partnerin des Oberprimaners habe ein außergewöhnlich wertvolles Instrument gespielt.

Wolfgang Horlitz war über den Zeitungsbericht leidenschaftlich empört. Um Rebekka zu trösten, sprach er im Weberhäuschen unter dem Scheingrund vor, er wolle die Noten zurück-

8

bringen. Doch als er seiner Empörung Ausdruck gab, stimmte ihm nur Rebekkas Mutter zu. Der weißhaarige Großvater, David Seidenberg, erklärte dagegen, Rebekka sei zwar noch zu jung, um Zurücksetzung nicht als Schmerz zu empfinden, dennoch bleibe ihr ein guter Trost: Erfolge vermögen den Hochmut in unserer Seele zu wecken; vom Hochmütigen aber spreche Gott: Ich und er können nicht zusammen in der Welt verweilen . . .

Wolfgang Horlitz horchte auf. Die Antwort des alten Mannes geschah in vollem Ernst, er aber hatte zum erstenmal in dieser Weise von der Demut vor Gott reden hören – als einem entscheidenden Entweder-Oder, gültig auch im irdischen Bereich.

Horlitz verabschiedete sich bald, er fühlte sich durch die Worte des Alten beschämt. Rebekka aber half. Als sie ihm an der Haustür die Hand reichte, sagte sie: »Du ahnst nicht, Wolfgang, wie dankbar wir dir sind, Großvater und Mutter und ich. Unsere Freunde in dieser Stadt verlassen uns, niemand betritt mehr unser Haus. Hab du vielen Dank für den lieben Besuch; aber bitte, komm nie wieder!«

Und als Wolfgang Horlitz heftige Einwände vorbringen wollte, legte Rebekka ihren Finger auf den Mund, dann versuchte sie zu lächeln und flüsterte ihm zu: »Nicht soviel Pedal, Herr Horlitz, nicht soviel Pedal . . .«

Wenige Tage später wurde der Primaner Wolfgang Horlitz öffentlich zur Ordnung gerufen. Als Studienrat Frank, Ordinarius der Oberprima, morgens den Klassenraum betrat, erwiderte er den Gruß seiner Schüler mit strenger Kürze, gebot ihnen, Platz zu nehmen, und begann ohne Umschweif: »Horlitz, stehen Sie auf! Es ist beobachtet worden, daß Sie im Hause einer gewissen Familie Seidenberg verkehren. Es dürfte Ihnen bekannt sein, daß Sie damit gegen unsere völkische

Ehre verstoßen. Sie werden das in Zukunft unterlassen. Setzen!«

Aber Wolfgang Horlitz setzte sich nicht. Er entgegnete, seine Erregung gewaltsam bezwingend: »Herr Studienrat, sagen Sie das bitte meinem Vater. Mein Vater erlaubt, was Sie verbieten.«

Die Spannung in der Klasse glich der einer Leidener Batterie. Doch der Ordinarius beherrschte sich einstweilen, begann mit dem Geschichtsunterricht und fand seinen Sündenbock hier. So traf die Entladung den Fürsten Hardenberg, der sich unterstanden hatte, im Zuge der Preußischen Reformen den Juden anno 1812 die bürgerliche Gleichberechtigung zu verleihen.

Wolfgangs Banknachbar, Werner Henze, schnitt dem Freund eine unheilkündende Grimasse, schrieb einen Zettel und schob ihn über den Tisch, um Wolfgang das Thema des nächsten Klassenaufsatzes zu verraten: »Über das mangelnde Ehrgefühl eines angehenden Pädagogen, aufgezeigt an den zu erwartenden erzieherischen Mißerfolgen im allgemeinen und der unausbleiblichen persönlichen Katastrophe im besonderen.«

Wolfgang drehte den Zettel um, lächelte und schrieb zurück, ein solches Thema sei undenkbar, es sei viel zu kurz.

Nicht ohne Grund hatte sich Wolfgang Horlitz zuvor auf seinen Vater berufen. Als Bankbeamter im Rang eines Inspektors stand der Vater zwar nicht auf der gesellschaftlichen Stufe des Herrn Studienrat Frank, auch fehlte ihm das klassensprengende Parteiabzeichen, dennoch galt Herr Reinhard Horlitz in Oderstedt als achtunggebietender Mann. Der Major der Reserve hatte sich im Weltkrieg ausgezeichnet und bekleidete seit Jahren eine führende Stelle im Reichsoffiziersbund, die in der Öffentlichkeit viel Aufmerksamkeit erweckte, weil Offizierskorps und Partei noch immer keine

Sympathien austauschten. Wolfgang indessen empfand wenig Neigung für die Offizierslaufbahn. Er war durch den Großvater mütterlicherseits von Kind an ermuntert worden, Lehrer zu werden; und die Ferien im Schulhaus am Reihersee – als Großvater noch lebte – hatten in Wolfgangs Gemüt den Beruf des Landlehrers zum Ideal erhoben. In Frankfurt an der Oder wollte er die Hochschule für Lehrerbildung besuchen.

Zweimal hatte Wolfgang Horlitz im Hause Seidenberg vorgesprochen: als Junge aus geschäftlichen Gründen, als Primaner unter dem Vorwand der Notenrückgabe. Jetzt war das Abitur bestanden, aber auch der Abschied von Oderstedt verbrieft. Es galt, mit dem Spaten des Arbeitsdienstes dem Volk für sechs Monate Tribut zu entrichten, um dadurch gleichsam das Recht zum Studium zu erwerben. Je näher der Tag der Abreise heranrückte, desto öfter schlenderte Wolfgang Horlitz wie unabsichtlich am Weberhäuschen vorüber und hoffte auf ein gutes Geschick, auf eine Begegnung mit Rebekka. Umsonst, der Zufall half ihm nicht. Am Ende trieb ihn die Zeit zu eigener Entscheidung. Er würde sich in aller Form von der Familie verabschieden, und zwar am besten sofort, wenn auch mit klopfendem Herzen.
David Seidenberg öffnete die Tür und bat den jungen Herrn zu sich herein, dem es beliebe, adieu zu sagen. Rebekka und ihre Mutter seien leider nicht zu Hause, wollten aber bald zurück sein. Der junge Herr möge dort, dem Betpult gegenüber, einstweilen Platz nehmen.
Auf dem Betpult sah Wolfgang das Zeichen des glorreichen Königs David, den Davidstern. Die Abendsonne ließ eine Hälfte des kupferfarbenen Symbols hell aufscheinen, die andere Hälfte lag bereits im Schatten. Der alte Seidenberg zog einen Stuhl herbei und setzte sich derweise, daß sein Gast, der Stern und er selbst ein Dreieck bildeten. Eine Weile ver-

sank er in nachdenkliches Schweigen, dann richtete er seine ernsten Augen auf den Gast und begann mit einer seltsamen Rede.

»Wolfgang Horlitz«, sagte er unvermittelt, »ein Schwert haben die Frevler gezückt, sie haben ihre Bogen gespannt, den Gebeugten und Dürftigen zu fällen. In ihr eigenes Herz kommt das Schwert, ihre Bogen werden zerbrochen. Ich seh es, aber ich erleb es nicht mehr, ich bin alt. Rebekka wird es erleben, denn der Engel des Todes wird nicht Hand anlegen, wird nicht berühren mein Enkelkind Rebekka...«

Staunend lauschte Wolfgang den ungewöhnlichen Worten, doch zu erwidern vermochte er nichts.

Und der Alte fuhr fort: »Höre, Wolfgang Horlitz! Ein schwarzes Zeichen haben die Widersacher, und sie sagen, das Hakenkreuz sei die kreisende Sonne. Aber ihr Sonnenrad ist schwarz, weil Sammael, der Fürst der Finsternis, hält die Hand davor... Schwarze Sonne wird aufsteigen über Europa, wird brennen die Wohnstätten schwarz und verwüsten das Land. Schwarze Sonne wird stürzen vom Himmel Europas, und alle Sieger werden frohlocken. Aber nicht fragen die Sieger: Wer gab der schwarzen Sonne solche Macht? Sie suchen Schuldige und richten, und Sammael findet ein anderes Feld... Und keiner sagt: Jezer Hara ist schuld, der böse Trieb, den Sammael entfacht. Und keiner ruft: Nur das Gebet hält Jezer Hara zurück, nur das Gebet...«

Und leise, beinahe im Flüstertone: »Höre, Wolfgang Horlitz, wenn der Mensch betet zu Gott, wird er unsichtbar den dunklen Mächten, geht Sammael blind an dem Menschen vorbei.«

Und aufstöhnend: »Herr der Welt, wann wird ausgerottet das Böse aus den Herzen der Menschen? Wann wird sein der Tag, an dem Messias kommt?«

Die letzten Worte sprach er wie ein Ekstatiker. Seine Augen, noch immer auf den Gast gerichtet, waren weit geöffnet, doch

Wolfgang Horlitz hatte das Empfinden, der Blick des alten Seidenberg dränge mühelos durch ihn hindurch.

Die Hausglocke schellte. David Seidenberg wischte mit der Hand über Stirn und Augen und erhob sich schwerfällig. Wolfgang Horlitz bemerkte, daß der Stern auf dem Betpult jetzt tief im Schatten lag.

Auf dem Weg zur Tür blieb der Alte noch einmal stehen, wandte sich um und sagte: »Sie müssen wissen, der Bund, am Sinai mit dem Herrn der Welt geschlossen, ist uns nie aufgekündigt worden – ist uns nie aufgekündigt worden.« Dann ging er mit schleppenden Schritten hinaus.

Rebekkas Mutter begrüßte den unerwarteten Gast wie einen guten Bekannten, aber Rebekka selbst schien verwirrt und machte sich hier und da unnötig zu schaffen. Man sprach über belanglose Dinge, jeder vermied es, den bedrückenden politischen Zustand zu erwähnen. Erst als sich Wolfgang verabschiedete, gestand die Mutter weinend, Rebekka werde das Lyzeum verlassen, außerdem sei eine Bewerbung am Konservatorium erfolglos geblieben.

Wolfgang stammelte ein leeres Trostwort und verbeugte sich mit hilflosem Lächeln. Rebekka begleitete ihn zur Haustür. Er reichte ihr die Hand und fragte: »Darf ich dir schreiben, Rebekka?«

Sie nickte stumm, in ihren Augen standen Tränen. Plötzlich entzog sie ihm mit heftiger Bewegung die Hand und floh aufschluchzend in das Haus zurück.

In diesem Jahr gab es kein Wiedersehen. Rebekka und ihre Familie waren oft auf Reisen, um sich fernzuhalten von der Stadt, in der sie mehr und mehr zu Geächteten wurden.

Am Floriansdenkmal in Oderstedt blühten die Kastanienbäume, es war ein sonnenheller Frühlingstag. Zu Füßen des Heiligen, auf der eisernen Kette, saß Wolfgang Horlitz und erwartete Rebekka. Es hatte ihn viel Mühe gekostet, brieflich den geeigneten Zeitpunkt zu finden und überdies Rebekkas Einwände aus der Welt zu schaffen. Aber jetzt kam sie mit zögernden Schritten über den alten Marktplatz.

»Wolfgang«, sagte sie, lächelte befangen, gab ihm die Hand und fügte hinzu: »Du bist sehr kühn, mit einer Jüdin...«

»...sehr glücklich, Rebekka«, unterbrach er sie rasch, »länger als ein Jahr haben wir uns nicht mehr gesehen.« Und dann, in plötzlichem Übermut, rief er: »Komm, wir schaukeln beim Florian, wie damals – weißt du noch?«

Sie lachte erleichtert und wehrte ab, aber sie konnte sich an den schaukelnden Wolfi der Kinderzeit deutlich erinnern, und darüber war er froh.

Sie gingen zur Oder und wanderten am Ufer entlang, stromauf. Bald führte der Weg durch ein Weidengebüsch, wurde sandig und schmal. Manchmal füllte der Odersand listig Rebekkas leichten Schuh. Dann blieb sie stehen, stützte sich auf Wolfgangs Schulter, zog den Schuh aus und schalt lachend: »Immer dieser Sand...«

Sie gelangten zur Brücke, gingen hinüber und am anderen Ufer weiter, an einem Forsthaus vorbei.

»Du, Rebekka«, gestand Wolfgang freimütig, »hier hab ich als Bub fünf Pfund Eicheln stibitzt und sie dann deinem Großvater verkauft.«

»Gräm dich nicht, Wolfgang«, tröstete sie, »die Eicheln haben gewiß hierher zurückgefunden.« Dann aber fügte sie mutlos hinzu: »Die Försterei zählte damals zu Großvaters Kunden. Heute dürfen die Behörden nichts mehr von ihm kaufen.«

Wieder trat die verhängnisvolle Gegenwart zwischen sie beide: wollte ihnen das Herz höherschlagen, packte diese Gegenwart zu, unversehens und böse.

Oberhalb der Försterei zog die Oder eine Schleife. Hier waren zahlreiche Buhnen angelegt; ihre schon sommerwarmen Sand-

Eugen Salzer Verlag

Sie sind ein Freund guter Literatur …

Dann hat Ihnen dieses Buch sicherlich Freude gemacht. Wir möchten Sie gern über unser Verlags-
schaffen unterrichten und Ihnen regelmäßig unsere
Prospekte zusenden.

Bitte, teilen Sie uns auf dieser Karte Ihre Anschrift mit. Wir sind Ihnen dankbar, wenn
Sie uns auch aus Ihrem Bekanntenkreis Bücherfreunde nennen, die sich für unsere Pro-
duktion interessieren. Die Bücher des Salzer-Verlages führt jede gute Buchhandlung.

Diese Karte wurde folgendem Buch entnommen:

_____

Vor- und Zuname   Geburtsdatum

_____

Postleitzahl und Wohnort   Straße

Senden Sie Prospekte an:

Vor- und Zuname

_____

Postleitzahl und Ort

_____

Straße

_____

Vor- und Zuname

_____

Postleitzahl und Ort

_____

Straße

_____

Vor- und Zuname

_____

Postleitzahl und Ort

_____

Straße

_____

Postkarte

An den

Eugen Salzer-Verlag

71 Heilbronn 1

Titotstraße 5

Postfach 830

bänke verlockten zur Rast. Wolfgang und Rebekka setzten sich in den weißen Sand und wurden eingefangen vom Idyll der Oder: Unbeweglich stand das Buhnenwasser, die lichten Wolken spiegelten sich randklar im dunklen Grund. Ufergras und Weidenbüsche umschlossen den rückwärtigen Teil der Sandbank und boten Schutz vor fremdem Blick. Nur ab und an zog ein Lastkahn draußen auf dem Fluß stromab, blitzte eine frühe Libelle über das stille Wasser der Buhne, kreiste ein Milan zur Sandinsel her und wieder hin zu den jenseitigen Oderwiesen.

Wolfgang zog seinen Rock aus und breitete ihn auf den Buhnensand. »Komm, Rebekka, leg dich doch hin, dann träumt man noch viel schöner ...«

Und während Rebekka sich zurücklehnte, glitt der silberne Anhänger ihrer Halskette aus seinem Versteck. Er hatte die Form eines sechseckigen Sternes, drei hebräische Buchstaben waren in seiner Mitte eingraviert.

»Ist das ein Amulett?« fragte Wolfgang gespannt.

Erschreckt fuhr Rebekka auf und bedeckte schnell das silberne Zeichen. Dann aber, nach kurzem Besinnen, nahm sie die Hand langsam fort, legte den Kopf wieder zurück und erklärte gefaßt: »Ja, das ist ein Amulett; aber es heißt, man dürfe es niemandem zeigen. Es ist ein altes Erbstück meiner Familie. Großvater hat es mir zum letzten Passah anvertraut, denn er meint, er werde das nächste Fest nicht mehr erleben.« Und nach längerem Schweigen: »Meine Familie kam aus dem Osten nach Oderstedt. Es war ein Weg ins Exil damals. Meine Vorfahren waren Chassidim, ihr würdet wohl sagen – Mystiker. Von ihnen stammt mein Amulett. Es schützt den Besitzer vor Gewalt und Not, denn mit den drei Buchstaben hier hat der König der Welt die sechs Enden versiegelt: die Höhe, die Tiefe, den Osten, den Westen, den Süden, den Norden – wie im Buch Jezirah geschrieben steht ...«

Schließlich legte sie die Hand auf Wolfgangs Arm und sagte: »Also weißt du, was sonst niemand weiß, das Geheimnis meiner Familie.«

Wolfgang konnte sich nicht freuen nach diesem Geständnis. Zwar war er dankbar, Rebekkas Vertrauen so vollkommen zu besitzen, doch schmerzte ihn tief, daß er ihr keinen Beweis seiner großen Zuneigung erbringen durfte. Er fürchtete jetzt, zwischen Rebekka und ihm stünden nicht allein die ›Nürnberger Gesetze‹, zwischen ihnen türme sich auch Rebekkas chassidische Tradition. Er wollte diesen Gedanken aussprechen, da kam sie ihm hellfühlend zuvor. Mit bewegter Stimme sagte sie – und sie stand dabei auf und sah hin über den Strom –: »Andere an unserer Stelle würden sich irgendwann verloben, wir dagegen sind gezwungen, einander im Stich zu lassen. Komm, Wolfgang, wir wollen nach Hause.«

Er widersprach hastig und eindringlich: »Bleib noch, Rebekka, bitte. Ich kann jetzt nicht gehen . . . Wir wollen einen Ausweg suchen, ich lasse dich nicht im Stich. Es wird alles noch gut, du wirst sehen, es wird alles noch gut.«

»Ach, Wolfi«, entgegnete sie müde, »laß doch Traum und Wunsch, die Wirklichkeit ändern wir damit ja nicht. Ich bin wie eine Verfemte, aber vor dir liegt wohl eine reiche Zukunft. Wie gern ginge ich mit dir, wäre ich nicht Rebekka Seidenberg.«

Wolfgang Horlitz ergriff ihre Hand, zog sie behutsam zurück auf ihren Platz und erkannte plötzlich die riesenhafte Scheidewand. Nach einer Weile sagte er mit rauher Stimme: »Eine Liebe ohne Erfüllung also, immer nur von der Sehnsucht getragen; aber das bedeutet trotzdem nicht das Ende . . .«

»Ja«, wiederholte sie, »unser Geschick ist es, ohne Erfüllung zu lieben, als wären wir Blutsverwandte.«

Dann lachte sie gezwungen und sagte: »Das Gesetz steht

zwischen uns um unseres Blutes willen, und gerade deshalb müssen wir beide uns verhalten wie Blutsverwandte, wie Schwester und Bruder, ist das nicht komisch?«

Jetzt sprang sie behend auf, gab sich ganz fröhlich und rief: »Komm, mein Bruder, wir wollen das Wasser probieren!«

Sie zogen Schuhe und Strümpfe aus, wateten im flachen Wasser umher, gewannen die Freude zurück, liefen um die Wette, lachten über die Spritzer und stürzten endlich kopfüber in ein Buhnenloch. Nun hatte der Spaß seinen Höhepunkt.

In den tropfnassen Kleidern mochten beide nicht nach Hause gehen. Sie wollten ihre Kleidungsstücke trocknen lassen, zumal die Sonne noch ziemlich hoch am Himmel stand, und entdeckten mitten im Weidengebüsch einen geschützten Lagerplatz.

Wolfgang dachte noch einmal an Rebekkas Amulett. Ob auch ihr Vater dieses Signum getragen habe, fragte er.

Rebekka bestätigte es. Die Geige und das Amulett seien ihr ein Vermächtnis, eine Erinnerung an den unbekannten Mann, ihren Vater, der auf einer Konzertreise früh gestorben war, kurz nach Rebekkas Geburt.

»Aber deine virtuose Begabung ist das dritte Erbstück deines Vaters«, sagte Wolfgang. Da lächelte sie hinauf zu den lichten Wolken; und als sich ihr Lächeln langsam verlor und es so schien, als ob sie lauschte, fragte er leise: »Hörst du die Noten der Buhne?«

»Jede einzelne«, erwiderte sie.

»Nicht wahr, wie die Tänze von Grieg.«

»Nein, wie die Ländler von Schubert«, sagte Rebekka, »ein bißchen Wehmut nämlich klingt zur Melodie der Oder ...«

»Ein bißchen Wehmut und ein bißchen Hoffnung«, ergänzte Wolfgang und streichelte über ihr dunkles Haar.

Sie wandte sich zu ihm hin und blickte ihn an, und in ihren Augen las er eine erwartungsvolle Frage. Da sprach er sie aus, er hatte sie nur zu gut verstanden: »Seit wann kennen wir uns, meine Schwester und Braut?«

»Seit dem ersten Tage der Ewigkeit vielleicht«, gab sie zur Antwort.

Nach irgendeiner Zeit meldeten sich Stimmen, bellte ein Hund. Rasch sprangen sie auf und klopften sich den Sand von den fast trockenen Kleidern. Erst jetzt bemerkten sie, daß ihr Lagerplatz schon tief im Schatten lag.

»Vertreibung aus dem Paradies«, sagte Wolfgang lustig. Er wußte nicht, daß die Mystiker mit den Aussagen der Bibel keine Scherze untermalen – bei Verlust des inneren Worts.

»Ja, wir müssen heim«, entgegnete Rebekka, »meine Mutter wird schon unruhig sein. Aber verrate bitte nichts von meinem Tauchbad.«

»Wem sollte ich schon davon erzählen«, sagte er unbefangen.

»Ja wem?« fragte sie bitter. »Wem, um alles in der Welt, dürfen wir erzählen, daß wir zusammen an der Oder waren?«

Da machte das schwarze Sonnenrad dem Spiel und dem Traum ein Ende. Auf dem Rückweg sprachen sie kaum ein Wort. Sie trennten sich noch vor der Stadt. Rebekka wünschte es. Sie wollte kein Aufsehen erregen.

In dieser Nacht konnte Wolfgang Horlitz nicht schlafen. Immerzu sah er sich unter den Weidenbüschen neben Rebekka im Odersand liegen, sie führten lange Gespräche, und er trug ihr all das vor, was er noch auf dem Herzen hatte und was unausgesprochen geblieben, auch ein früheres Erlebnis mit den Wellen der Oder: Wie er als Fünfjähriger von einem Buhnenkopf in das tiefe Wasser gestürzt war, sofort wieder auftauchte und langsam stromab trieb, doch gerade so, als wäre er mit einem unsichtbaren Rettungsgürtel ausgerüstet. Wie der lange Paulke ihm von einem Kahn aus die Ruderstange zugereicht und er, der Wolfi, sich so selbstverständlich daran festgehalten und in den Kahn hatte ziehen lassen, als sei dies hundertfach erprobt – und all das geschah, ohne daß er jemals mit dem Kopf unter Wasser geriet. ›Schutzengel auf der Oder‹, seine Mutter besaß noch den Zeitungsausschnitt. Allerdings, der lange Paulke war heute ein berüchtigter Judenfeind. Also war es nur gut, daß er Rebekka nichts von der wunderbaren Rettung erzählt hatte; und wieder sprangen seine Gedanken zurück hinter die Weidenbüsche.

Während der Sommerferien sahen sich Rebekka und Wolfgang nur im Vorübergehen. Sie wechselten wohl ein paar Worte, aber zu einem zweiten Ausflug fand Rebekka nicht den Mut. Im September reiste Wolfgang wieder nach Frankfurt, um an Ort und Stelle eine volkskundliche Semesterarbeit abzuschließen. Bei seinen täglichen Studien im städtischen Archiv entdeckte er eines Morgens einen sonderbaren Text aus dem Jahre 1625 mit dem geheimnisvollen Titel: ›Güldener Tractat vom Philosophischen Steine, den Fratribus aureae Crucis zur Nachrichtung beschrieben‹. Zuerst berührte ihn diese Ankündigung wenig, doch auf der Innenseite des braunen Deckels, der den Druckbögen als Einband diente, las er zu seinem Erstaunen Rebekkas Familiennamen. Dort stand mit verblaßter Tinte in großen, steilen Buchstaben: »Aus dem Nachlaß des Arztes und Theosophen Gerich Seidenberg, gestorben anno 1695 vor Napoli di Malvasia, vormals Studiosus der medizinischen Facultät zu Frankfurt an der Oder.«
Wolfgang Horlitz war fasziniert. Stand dieser Gerich Seidenberg in Beziehung zu ihm und Rebekka? Vielleicht war es ein Ahnherr des alten David? Emsig begann er den zum Teil lädierten Druck zu entziffern. Doch bald ließ der Eifer nach, denn der schwer lesbare Text befaßte sich mit der verstiegenen Goldmacherkunst und war überladen mit alchimistischen Redewendungen. Der zweite Teil, ›Parabola‹ genannt und als Schlüssel zur Goldmacherkunst empfohlen, schilderte nur in

konfuser Form eine abenteuerliche Reise des mutmaßlichen Autors. Zuletzt aber bemerkte Wolfgang einige Sätze, die ihn wieder ungemein fesselten. Sie waren mit Tinte leicht unterstrichen, und er schrieb den Text für sich und Rebekka ab:

»Nun weiß ich nicht, was diese beiden gesündigt haben, daß sie, weil sie Bruder und Schwester waren, sich solchermaßen mit Liebe verbunden, daß sie auch nicht wieder voneinander zu bringen waren und also gleichsam Blutschande wollten bezüchtiget werden (aber ach und weh: es wurde kein Brautbette daraus)...«

Zum nächsten Wochenende fuhr Wolfgang Horlitz nach Oderstedt. Er hatte nun einen gewichtigen Grund, die Seidenbergs aufzusuchen. Dem alten David wollte er den vermeintlichen Ahnherrn vorstellen, Rebekka aber sollte zu stetem Gedenken an den Oderstrand die Abschrift aus der ›Parabola‹ erhalten, den ungewöhnlichen Text über die Geschwisterliebe. Aber Wolfgang blieb unschlüssig, ob er Rebekka bekennen sollte, daß die in Klammern gesetzte Anmerkung aus seiner eigenen Feder stammte.

Diesmal war es bereits dunkel, als Wolfgang Horlitz am Weberhäuschen die Glocke zog. Wieder öffnete der alte David, nur bat er heute den Gast mit raschen Worten herein und verschloß sofort die Tür.

»Wer hat Sie gesehen, Wolfgang Horlitz?« fragte er.

»Niemand, Herr Seidenberg.«

»Höre, Wolfgang Horlitz, Gott hat dich gesehen«, war die Antwort.

Plötzlich fiel es Wolfgang auf, daß der Alte – wie damals schon – einmal das förmliche Sie, dann das vertrauliche Du gebrauchte, je nachdem er von irdischen oder von heiligen Dingen sprach, und daß auch die Stellung seiner Worte davon abhängig schien. Wolfgang hatte wieder dem Betpult gegenüber Platz genommen und vernahm zu seiner Enttäuschung,

Rebekka sei mit ihrer Mutter verreist. Sie träfen in Süddeutschland mit einem Verwandten zusammen, der in der Schweiz als Kaufmann arbeite und ihnen vielleicht von Nutzen sein könnte. Aber, schloß David Seidenberg, eine gute Rede von Mann zu Mann sei ja auch nicht zu verachten.

Dann ging er an seinen Wandschrank, nahm zwei silberne Leuchter heraus, stellte sie neben den sechseckigen Stern auf das Betpult, zündete etwas umständlich die Kerzen an, zog seinen Stuhl herbei und sagte: »Ein ernstes Gespräch werden wir haben, Wolfgang Horlitz; gut ist es, wenn die Lichter nicht fehlen.«

Wolfgang trug seine Entdeckung im Frankfurter Stadtarchiv vor, gestand, daß er für Rebekka etwas abgeschrieben habe, und nannte den Namen Gerich Seidenberg. Aber der Alte gab wie unbeteiligt zur Antwort: »Nicht tragen wir solchen Namen unter uns, nicht seit sieben Generationen, nicht seit Rabbi Adam von Seidenberg dem Israel ben Elieser von Mesbiz begegnet ist, dem Baalschemtow. Seitdem, Wolfgang Horlitz, sind wir Seidenbergs Chassidim und nannten wir uns nach den sieben Hirten des Propheten Micha: Adam, Seth, Methusala, Abraham, Jakob, Moses und David. Und ich bin der Letzte, denn mein einziger Sohn ging früh zu seinen Vätern. Und Rebekka trägt das Amulett, wie du jetzt weißt, Wolfgang Horlitz«, fügte der Alte hinzu, und das klang wie im Unmut gesprochen.

Wolfgang wagte nichts zu erwidern; Rebekka schien nicht nach dem Willen des Großvaters gehandelt zu haben, und Wolfgang fühlte sich mitschuldig.

»Zeigen Sie mir bitte den Zettel«, sagte David Seidenberg, nahm das Blatt entgegen, hielt es weit ab von seinen Augen und las halblaut den Text. Als er den Zettel zurückgab, sagte er mit einem Seitenblick: »Stand das auch in diesem Buch: ›Aber ach und weh, es wurde kein Brautbette daraus‹...?«

Wolfgang bekam einen roten Kopf, er versuchte sich zu rechtfertigen, doch der Alte fiel ihm beruhigend ins Wort: »Sie müssen sich nicht verteidigen, Herr Horlitz. Sie fühlen eine Liebe zu Rebekka, ist das eine Schuld? Ich sage dir, Wolfgang Horlitz, das ist eine Fügung aus den oberen Welten. Denn nun, Wolfgang Horlitz, kannst du nicht Hand anlegen an Israel. Siehst du wo immer ein jüdisches Mädchen, wirst du denken an Rebekka; siehst du wo immer einen alten Juden, wirst du denken an David Seidenberg.«

»Sie sind sehr gütig«, antwortete Wolfgang verwundert und beteuerte, auch ohne Rebekkas Bekanntschaft hätte er nie die Hand oder auch nur das Wort gegen einen Juden erhoben.

»Nie das Wort erhoben gegen einen Juden?« wiederholte der Alte langsam. Dann stand er auf, ging zur Tür, schaltete dort das Oberlicht aus, setzte sich wieder neben seinen Gast und sagte: »Im Angesicht der Lichter wollen wir reden, Wolfgang Horlitz.« Er beugte sich vor, stützte die Unterarme auf die Knie, faltete die Hände und blickte auf den schwach beleuchteten Teppich. »Was du da abgeschrieben hast, Wolfgang Horlitz, betrifft nicht die irdische Liebe; deine Anmerkungen sind falsch. Es gibt da eine weltverborgene Liebe, die glüht allein im Angesicht der Engel ...«

Und unvermittelt fragte er: »Kennen Sie das Hohelied?«

Dann, in Wolfgangs Gedanken hinein, sprach der Alte weiter: »Höre, Wolfgang Horlitz – im Buche Sohar steht geschrieben das Geheimnis von Ibbur und Gilgul. Wanderung der Seele, das bedeutet Gilgul. Aber die Menschen wissen nicht, was die Wege des Allerhöchsten sind. Sie wissen nicht, wie sie jederzeit gerichtet werden, bevor sie in diese Welt kommen und wenn sie aus dieser Welt gehen und wie viele Geister und Seelen nicht in den Palast des himmlischen Königs zurückkehren werden, ähnlich wie ein von der Schleuder gewirbelter Stein.«

Diese Sätze hatte David Seidenberg ganz monoton gesprochen, als läse er sie halblaut aus einem bekannten Buch. Dann sagte er plötzlich, zu seinem Gast hingewandt: »Nicht glaube ich, Wolfgang Horlitz, daß du aus früherem Leben an die Seele Rebekkas gebunden bist und daß ihr deshalb zueinanderfandet. Ich für meinen Teil glaube an einen Ibbur. Die Geistseele eines Gerechten aus den oberen Welten kümmert sich um deinen Weg, vielleicht ein Zaddik der Christen?«

Ergriffen von dem Gedanken, aus den ›oberen Welten‹ her kümmere sich jemand um ihn, wagte Wolfgang die Frage, was das bedeute, ein Zaddik.

»Ein Zaddik?« sagte der Alte vor sich hin. »Ein Zaddik ist ein Zaddik, wer will das erklären . . .«

David Seidenberg verharrte minutenlang im Schweigen. Endlich hob er den Kopf, sah Wolfgang Horlitz groß an und sprach: »Der Zaddik vermag es, den Segen des Allerhöchsten auf die Menschen herabzuziehen und den Heiligen Geist; aber zuvor, Wolfgang Horlitz, stellt er dir die Lichter um.«

Jetzt erhob er sich, trat an das Betpult und vertauschte die beiden Leuchter. »So, Wolfgang Horlitz, ist das Symbol . . .«

Beim Abschied, auf dem kurzen Weg zur Tür, sagte der Alte: »Du mußt wissen, Wolfgang Horlitz, einen Zaddik kann man nicht suchen wie auf der Landkarte einen versteckten Ort. Doch wenn die Seele schreit zu Gott, dann findet der Zaddik die Seele. Es ist kein Gehen, es ist ein Kommen. Und ein Zaddik ist in beiden Welten daheim, nicht immer also trägt er ein irdisches Kleid . . .«

Und dann fügte David Seidenberg hinzu: »Wir haben für das Herz gesprochen, und nun noch etwas für Ihr Ohr, Herr Horlitz. Das Leben meiner Rebekka ist schwer genug. Unterlassen Sie bitte alles, was ihre Seele noch stärker bedrückt. Es gibt keine Hoffnung für Sie und mein Enkelkind; Sie wissen, welche Hoffnung ich meine.«

Wolfgang wußte es nur zu gut.

»Sie geloben es?« fragte der Alte.

»Ich gelobe es«, gab Wolfgang zurück und fühlte sich sehr tapfer, dann überwand er eine Hemmung und sagte: »Ich habe das erste Mal in meinem Leben mit solcher Gewißheit über Gott reden hören, ich werde viel nachdenken . . .«

Der Alte hob ein wenig den Blick. »Wovon soll man sprechen, wenn nicht von Gott; worüber soll man sinnen, wenn nicht über *ihn*?«

Das waren die letzten Worte des David Seidenberg. Wolfgang sah den alten Mann nie wieder. –

Wolfgang Horlitz zog es jetzt nicht nach Hause, zu stark hatte ihn das Gespräch mit David Seidenberg ergriffen. Er ging zum Hafen und ein Stück den Oderdamm entlang, um ungestört mit sich selbst zu reden. Er fühlte für eine Stunde die Seligkeit vollkommener innerer Harmonie, und ganz selbstverständlich empfand er dicht an seiner Seite das Mädchen Rebekka, als sei sie einbezogen in diesen seelischen Aufschwung. Er verhielt seine Schritte und blickte über den Strom. Dort drüben, vor den nachtschwarzen Eichen, lag ihre Buhne.

Anfang November starb David Seidenberg, der Chassid. Drei Tage danach brannten allerorts die Synagogen, rief man unverhohlen zum Kampf auf gegen die Juden. Diese beängstigenden Ereignisse trieben Wolfgang Horlitz aus Frankfurt zurück nach Oderstedt. Als er spät am Abend die elterliche Wohnung betrat, fand er seine Mutter in nervöser Erregung, und der Vater zeigte ein ernstes Gesicht.

Was aber hatte sich zugetragen, war etwas mit den Seidenbergs geschehen?

Rebekka und ihre Mutter waren des Vormittags in die Bank zu Wolfgangs Vater gekommen, um ihr Konto zu löschen.

Sie wollten die Stadt endgültig verlassen, aber ihr kleines Barvermögen war bereits staatlich gesperrt. Da sie keine weiteren Mittel besaßen, um dem befürchteten Unheil zu entfliehen, hatte Wolfgangs Vater der verzweifelten Frau seine Hilfe versprochen, noch für den heutigen Abend.

Jetzt wurde Wolfgang an seines Vaters Statt zum Boten bestellt, und die Mutter beruhigte sich ein wenig; traute sie doch ihrem Sohn viel eher die Fähigkeit zu, sich unbeobachtet in das Weberhäuschen zu schleichen. Wolfgang nahm den Briefumschlag mit dem Reisegeld, legte die Abschrift aus dem Güldenen Tractat dazu – das Zitat von den liebenden Geschwistern – und versuchte sein Glück: Auf der Angerstraße sah er niemanden, am Kirchplatz stand nur ein Liebespaar im Nebel, Pastorengasse und Kürschnergasse blieben menschenleer, gleich war er am Ziel. Er schlich im Bogen um die Maulbeerbäume; auch hier hielt sich kein Spitzel verborgen, und schon klopfte er dreimal bei den Verfemten an. Die Tür öffnete sich einen Spalt breit, sofort stand er im Hausflur und traf unmittelbar auf Rebekka. Sie wich zurück und starrte ihn an wie ein Phantom. Dann aber stürzte sie zu ihm hin, schlang die Arme um ihn und stammelte unter heftigem Schluchzen immer die gleichen Worte: »Großvater hat's ja gesagt, Großvater hat's ja gesagt: Elias wird einen Boten senden ...«

Frau Seidenberg kam herbei. Rebekka löste sich von Wolfgang, dessen Herz einen stürmischen Wirbel schlug und der den ersehnten Brief nur mit hilfloser Geste überreichen konnte. Da fiel die Frau vor ihm auf die Knie und küßte ihm unter Tränen die Hände. Erschreckt zog er die Hände zurück, stand wie entgeistert vor der knienden Frau, unfähig, etwas zu denken, etwas zu tun. Inzwischen hatte Rebekka ihre Selbstbeherrschung wiedererlangt. Sie richtete die Mutter behutsam auf und führte sie weg durch die offenstehende Zimmertür.

Wolfgang rührte sich nicht vom Platz. Als Rebekka zurückkam, hörte er sie sagen: »Einen Geliebten küßt man auf den
Mund, einem Boten von drüben küßt man die Hände – leb
wohl, geliebter Bote...« Dann spürte er Rebekkas Lippen,
und noch ehe er Glück und Schmerz zu empfinden vermochte,
stand er bereits vor dem Haus im abgefallenen Moderlaub
der Maulbeerbäume. Wie ein Schlafwandler ging Wolfgang
Horlitz seinen Weg zurück.
Zwei Stunden später wurde das Weberhäuschen von legitimen
Briganten durchsucht und die Einrichtung beschädigt oder
zerschlagen. Nach den Bewohnern aber jagten die Briganten
vergebens. –
Kurz vor dem Weihnachtsfest erhielt Wolfgang Horlitz eine
Karte aus der Schweiz: »Grüße aus Zürich und lieben, lieben
Dank! Weißt Du noch das Lied der Oder...?« Es war die
Handschrift Rebekka Seidenbergs.

2

Der Himmel zeigte ein makelloses Blau, aber der Schnee auf
dem Bahnhof in Oderstedt war rußig schwarz und knirschte
unter zehn Grad Kälte. Wolfgang Horlitz trat von einem
Fuß auf den anderen. Er wartete auf den Berliner Schnellzug,
denn die Weihnachtsferien gingen zu Ende.
Auch Deutschmann und Henze waren wieder abgereist, Wolfgangs beste Schulfreunde. Sie drei hatten sich kürzlich in
Rösners Café getroffen; Henze und Deutschmann waren in
Oderstedt auf Urlaub, sie dienten in Glogau bei der Artillerie.
»Erst exerzieren, dann studieren«, hatte Henze erklärt und
sogleich prophezeit, wie schwer es einer habe, der umgekehrt
handle. Schon im Herbst, wenn es für alle anderen heiße

»Reserve hat Ruh«, hüpfe ein gewisser Herr Lehrer Horlitz mit vorgestrecktem Gewehr über den harten Kies des Exerzierplatzes. Aber man werde voller Mitgefühl an ihn denken; er, Henze, auf der Technischen Hochschule, Deutschmann, der künftige Jurist, an der Universität.

Nun, heute war es noch nicht soweit, und Horlitz fühlte sich sehr zufrieden, daß er jetzt nach Frankfurt zum Studium fuhr und nicht nach Glogau zur schweren Artillerie.

Der Zug kam mit Verspätung, und zum Einsteigen blieb wenig Zeit, nur eine Minute. Trotzdem lief Wolfgang Horlitz an den Wagen entlang, um einen freien Fensterplatz zu suchen. Er hatte Glück, entdeckte ein fast leeres Abteil und setzte sich dem einzigen Fahrgast gegenüber, einem lesenden Mädchen, das bei Wolfgangs Gruß weder aufblickte noch die Lektüre unterbrach.

»Kalt heute«, sagte Wolfgang, »bitter kalt.«

Das Mädchen schien nichts zu hören.

Wolfgang betrachtete sie unauffällig, indem er sich stellte, als schaute er aus dem Fenster. Dabei zog er einen Vergleich: Das dunkle Haar des Mädchens war bestimmt nicht so weich wie das Haar Rebekkas, doch das Gesicht fand er fein geschnitten; die Lippen waren wohlgeformt, die Wimpern lang, aber die Nase war etwas zu breit, auffallend breiter als Rebekkas Nase. Die Farbe der Augen vermochte er nicht zu erkennen, das Mädchen, nein, sie war eine junge Dame, blickte unentwegt in ihr Buch. Was sie da nur lesen mochte? Sie hielt den dünnen Band in so ungünstigem Winkel, daß er nicht oben hinein, nicht unten auf den Deckel sehen konnte. Der Zug hatte unterdessen Grünberg erreicht. Wenn niemand zustieg, wollte sich Wolfgang nach der Lektüre erkundigen.

»Arbeiten Sie für die Schule?« Seine Frage geriet etwas rauh. Die junge Dame blickte auf, ließ das Buch sinken und sagte spitz: »Sehe ich so aus?« Ihre Augen schimmerten wie der

Winterhimmel: blau, schön und fern. Dann las sie unange-
fochten weiter.

Warte, dachte Wolfgang Horlitz, und ihn packte der Übermut. Rasch beugte er sich vor, um den Buchtitel zu entziffern,
aber schneller noch legte sie das Buch auf die Knie, als hätte
sie Wolfgangs Attacke erwartet. »Suchen Sie etwas Bestimm-
tes?« fragte sie ein wenig spöttisch.

Wolfgang entdeckte ein winziges Lächeln um ihre Mundwinkel
und sah auch, daß dieses Mädchen nicht ganz so jung war,
älter als Rebekka, etwa ... dreiundzwanzig?

Er fühlte sich jetzt unsicher und ratlos und wünschte, die
junge Dame nähme die Lektüre wieder auf. Aber sie dachte
nicht daran, legte das Buch neben sich auf die Bank und
öffnete ihre Handtasche. Sie zog gelassen ein Zigarettenetui
hervor, ließ es aufspringen, bediente sich und fragte, zu Wolfgang gewandt: »Darf ich? Hier ist nämlich Nichtraucher.«

Er wollte ihr eilfertig Feuer anbieten, doch sie kam ihm zuvor. Nun blies sie ein paar kleine Wolken Rauch gegen die
Fensterscheiben, griff dann aber nach dem dünnen Buch und
reichte es Wolfgang hin. »Bitte, wenn Sie das Stück so sehr
interessiert ... Es ist ein Spiel vom Zauber und Vergehen der
Schönheit.«

Wolfgang las die Aufschrift: ›Und Pippa tanzt/Ein Glas-
hüttenmärchen von Gerhart Hauptmann‹. »Sie sind Schauspielerin«, erriet er, »Sie spielen die Pippa?« In seiner Stimme
schwangen Hochachtung und Bewunderung.

»Meine erste größere Rolle«, bestätigte sie; »ich debütiere
im Stadttheater in Frankfurt. Drücken Sie bitte die Daumen,
daß man mich dort behält.«

Diese Einschränkung milderte Wolfgangs Bewunderung
keineswegs. Seit seiner Begegnung mit dem Ensemble des
›Grenzland-Theaters‹ in Oderstedt – er besuchte damals die
Oberprima – besaßen Schauspielerinnen für ihn eine außer-

gewöhnliche Anziehungskraft. Sie hatten Charme, waren gewandt mit ihrer Antwort und blieben für einen Studenten jederzeit unerreichbar. All diese Attribute gebührten gewiß auch der jungen Dame ihm gegenüber, der er mit seinem kindischen Leseversuch wohl sehr mißfallen hatte. Dennoch faßte er sich ein Herz.

»Ich bin Student in Frankfurt«, sagte er, »also werde ich Sie auf der Bühne wiedersehen.«

Nun wurde die Dame für ihn wieder zum Mädchen. Sie zog die Nase kraus, beschrieb mit der Hand eine selbstabwertende Geste und gestand mit unverhohlenem Bedenken: »Ich muß für die Maria Lanzi einspringen; wissen Sie, was das heißt? Nein? Kennen Sie die Lanzi nicht?«

Wolfgang bekannte, daß er sich um die Namen der Schauspieler wenig gekümmert habe, es sei ihm vorwiegend auf das Stück und den Namen des Autors angekommen, und jeder Darsteller sei ihm hinter der dramatischen Person stets anonym geblieben, obwohl er den Schauspielerberuf sehr hoch einschätze.

»Ich heiße Elke von Mallwitz«, sagte das Mädchen, »falls Sie zufällig mal auf die Namen eines Theaterplakates sehen ...«

»Ist das Ihr Künstlername?« fragte Wolfgang.

»Künstlername?« wiederholte sie. »Bin ich vom Zirkus?« Dann erklärte sie, sie stamme von einem Gutshof rechts der Oder, und ihr Vater klage, das Gut Altweiden habe zu wenig Pferde, zu viele Kinder und allzuviel Schulden, und sie lachte und sagte: »Jetzt wissen Sie, weshalb ich in Frankfurt bestehen muß.«

Wolfgang Horlitz hielt es für geboten, sich ebenfalls vorzustellen, und nannte etwas unvermittelt seinen Namen. Die Schauspielerin sah ihn fragend an, wobei sie mit Bedacht und ein wenig hintergründig erwiderte: »Ah, Sie heißen Wolfgang Horlitz? Wie man sich doch täuschen kann ...«

»Wieso?« fragte er überrascht.

Die Schauspielerin warf die Zigarette in den Aschenbecher, schlug ein Bein über das andere, faltete die Hände vor dem Knie und sagte: »Dann haben Sie eben einen Zwillingsbruder.«

Wolfgang wurde stutzig. »Sie kennen jemanden, der mir ähnlich sieht?«

»Ja«, antwortete sie, und dann zählte sie auf: »Er trägt hellbraune Stulpstiefel und schwarze Kniehosen, eine dunkelgrüne Reiterjacke mit silbernen Knöpfen, einen weißen Schulterkragen, einen schwarzen Hut mit geschwungener Krempe und grüner Feder – aber neugierig ist er nie.«

»Ein Schauspieler?« rief Wolfgang.

Sie schüttelte den Kopf.

»Ein Diener in Livree?«

»Mein Vater wird gerade einen Diener anstellen«, rief sie lachend, »sogar einen mit Stulpstiefeln und Reiterhut! Nein, ein Porträt ist es. Das stammt aus dem Jahr 1666 und hängt in unserem Saal. Irgendein Geheimnis schwebt noch heute um diesen jungen Mann, deshalb ist er auch der Liebling meines Vaters. Sehen Sie, solche Zufälle gibt es ...«

Der Freimut und die Natürlichkeit der jungen Dame ermunterten Wolfgang Horlitz, weiter zu fragen.

»Also neugierig ist mein Zwillingsbruder nicht?«

»Nein, niemals.«

»Woher wissen Sie das?«

»Er hat noch nie nach meinen Buchtiteln geschielt!«

Wolfgang wurde etwas verlegen, dann aber sagte er forsch: »Er heißt ja auch nicht Horlitz.«

»Nein, nicht Horlitz und nicht Mallwitz«, sagte sie, »Ihr Zwillingsbruder heißt Gerich Seidenberg.«

Wolfgang horchte auf. Gerich Seidenberg? Das war doch der Arzt, dessen Namen er im Frankfurter Stadtarchiv entdeckt hatte. Das Fräulein von Mallwitz würde sich jetzt wundern! Elke jedoch hörte Wolfgangs historischen Bericht ziemlich gleichmütig an und sagte nur leichthin, das könne vielleicht ihren Vater interessieren.

Inzwischen hielt der Zug schon in Reppen. Noch zehn Minuten und beide waren am Ziel. Das Fräulein von Mallwitz fragte, wie es in Frankfurt mit Privatzimmern bestellt sei, sie wisse noch gar nicht, wohin. Wolfgang empfahl seine Wirtin, die gerade ein preiswertes Zimmer zu vergeben habe; wenn es dem Fräulein recht sei, wolle er das vermitteln. Da atmete sie erleichtert auf, und Wolfgang gewann seine Unbefangenheit vollends zurück.

Als er der zierlichen Elke den Koffer vom Bahnhof zur Straßenbahn schleppte, sprachen sie schon miteinander wie Freunde.

»Ich dächte«, fragte Wolfgang, »eine Gastschauspielerin sollte vom Direktor mit dem Taxi abgeholt werden?«

»Vielleicht bringt er mich per Taxi zurück, sofort nach der Premiere«, erwiderte sie lachend.

»Sie werden den Studenten gefallen«, sagte Wolfgang, »und damit haben Sie hier bereits gewonnen.«

Die Frankfurter Straßenbahn war nie die schnellste. Als Wolfgang und Elke endlich zum Wieselspring kamen, weit entfernt vom Theater, hatte die Wirtin das freie Zimmer neu vermietet. Mit Wolfgangs Hilfe fand die Schauspielerin zu guter Letzt dennoch ein Zimmer. Es lag im obersten Stockwerk eines Hauses nahe beim Theater und bot einen Blick auf den verschneiten Stadtpark und hinunter zum Café Kyritz.

Es war Silvesterabend. Im Café Kyritz spielte die Kapelle Ferdi Heller zum Tanz, dezente weiche Musik für Geigen, Saxophon, Streichbaß und Piano. Und wenn der Refrain eines

Tangos oder eines langsamen Walzers besonders einschmei-
chelnd anhob, dann griff auch Ferdi Heller, der schlanke
Kapellmeister, zur Zaubergeige und spielte so zärtlich und
süß, daß die Paare den Tanzschritt fast verhielten und noch
enger zueinander drängten. Auch Wolfgang Horlitz wurde
von dieser Stimmung ergriffen, und das gedämpfte Licht
ermutigte ihn, seine Partnerin desgleichen ein wenig fester
an sich zu ziehen – und Elke von Mallwitz wehrte sich nicht.
Der Kuß zum Abschied vor Elkes Haustür erfüllte ihn mit
stolzem Glück, und beim Heimweg durch die Winternacht
umgaukelten ihn verlockende Gedanken: Nach der Premiere
der ›Pippa‹ würde er mit einem Nelkenstrauß in Elkes Garderobe treten und sie hinüberbitten ins Café Kyritz. Dann sollten seine Freunde staunen, wie er mit ihr tanzte! Der Neid
würde alle packen, einen wie den andern. Jawohl, die Schauspielerin Elke von Mallwitz hatte er erobert, die schöne
Pippa! Allerdings, sie war drei Jahre älter als er, aber das
bedeutete so gut wie nichts. Sie hatte ja selbst zu ihm gesagt:
»Du bist zwar erst so alt wie mein Bruder, aber du siehst
älter und reifer aus . . .« Und leichten Schrittes bog Wolfgang
von der Hauptstraße ab, hinauf zum Wieselspring.

Drei Wochen später gab es im Stadttheater Premiere: ›Und
Pippa tanzt‹. Wolfgang Horlitz saß in der ersten Reihe, fünf
Schritte von der Bühne entfernt. Der Platz kostete ihn viel
Geld, er würde etliche Male auf das Mittagessen in der Mensa
verzichten müssen. Doch was bedeutete das schon: Elke hatte
Premiere, spielte und tanzte die Pippa. War das nicht wich-
tiger als das Mittagessen eines ganzen Monats?
Wolfgang war viel zu früh ins Theater gekommen. Es blieb
ihm Zeit zum Sinnieren. Wenn er nach der Vorstellung mit
Elke drüben im Café saß, wollte er ihr endlich von seiner
eigenen ›Premiere‹ berichten. Sicher würde sie hell auflachen

bei seiner Schilderung, und jene Szenen vom letzten Prima-
ner-Sommer in Oderstedt sprangen plötzlich vor ihn auf die
Rampe der noch geschlossenen Bühne:
Im Hof der Weinhandlung Hafen-Meyer fand eine Freilicht-
aufführung des Grenzland-Theaters statt. Deutschmann,
Henze und Horlitz waren vom Direktor des Gymnasiums zu
Statisten bestimmt worden, um dem Götz von Berlichingen
als Roßknechte und Wächter zu dienen. Während einer länge-
ren Spielpause gerieten Henze und Deutschmann in Hafen-
Meyers Weinkeller und probierten zu ihrem Verhängnis ein
Viertel Grünberger über den Durst. Dann – im Scherz – entbrannte hinter den Kulissen zwischen den beiden Roßknech-
ten ein Zweikampf; dabei gelangten die Streithähne unversehens auf die offene Bühne, schlugen einander die Helle-
barden über die Papphelme und versetzten den sterbenden
Götz sowie das ältere Publikum in größte Unruhe, die Jugend
dagegen in beifällige Heiterkeit. Und obwohl der Turmwäch-
ter Wolfgang Horlitz dem Hellebardenkampf nur als
Schiedsrichter beistand, traf auch ihn am nächsten Tag das
bedrohliche Urteil des Direktors: »Von sittlicher Reife keine
Spur; ich werde mir gut überlegen, ob ich Sie drei zum
Abiturium zulasse . . .«
Wolfgang wurde aus seinen Gedanken gerissen. Ein Klingelzeichen schwirrte durch das Theater, das Raunen verebbte,
die Nachzügler nahmen eilig Platz, und Wolfgang wartete
auf das erste Bild.
Als Elke, die so bewunderte, im bunten Kostüm einer Tanz-
puppe auf der Bühne erschien, wagte er kaum zu atmen; und
während ihre ersten Worte zu ihm herunterklangen, empfand
er Elkes Auftritt als großartig und über alle Maßen wunder-
bar. Er sah jetzt nur noch die Pippa, und wenn Elke von der
Bühne tänzelte, flogen seine Gedanken hinter ihr her. Er
vermochte dem Sinn des Spiels gar nicht zu folgen. Den

Höhepunkt jedoch bot Elke zum Schluß des Stückes: ihr Tanz in den Tod geschah wie in Ekstase – noch nie hatte eine solche Pippa auf der Bühne gestanden!

Der Beifall war freundlich, doch Wolfgang Horlitz hatte ihn spontaner und stärker erwartet. Noch mehr indes enttäuschte ihn, daß Elke bei ihrem Puppenknicks jeweils über ihn hinwegsah, als säße er irgendwo im zweiten Rang. Geradezu niederschmetternd aber wirkte die Begegnung vor Elkes Garderobentür. Wolfgang war schnell zur Kleiderablage gegangen, hatte aus seiner Aktentasche einen Nelkenstrauß hervorgeholt, um der Künstlerin zu gratulieren. Ein gutes Trinkgeld hatte ihm auch den Weg zu den Kabinen der Schauspieler geöffnet, Elke jedoch – er war vor ihrer Tür fast mit ihr zusammengeprallt – griff nur rasch nach den Nelken, reichte sie einer Garderobenfrau, rief ihm eilends zu, er möge entschuldigen, aber das Ensemble feiere jetzt Premiere im Hotel Kaiser, ganz unter sich ... Und schon war Pippa wie ein Pfeil davon.

Wolfgang Horlitz fuhr auch heute nicht mit der Straßenbahn zum Wieselspring, er ging wiederum zu Fuß: unlängst vor hochfahrender Freude nach Tanz und Kuß, jetzt aus bitterer Enttäuschung über soviel Kaltsinn und Egoismus. Nie würde er das verzeihen. Keinen Schritt mehr würde er ins Theater tun, wenn Elke auftrat. Schauspieleralüren, nun besaß er die Quittung! Nur gut, daß keiner der Kommilitonen ihn dort vor der Garderobe gesehen hatte. Und jetzt stapfte man hier durch den tauenden Schnee, und Elke tanzte mit ihren Kollegen im Hotel Kaiser ... Wer weiß, was sie alles schon erlebt hatte. Er mußte an Rebekka denken, sie hätte ihn nicht im Garderobengang stehenlassen. Ob Rebekka in der Schweiz ein Konservatorium besuchte? Und war die Kunst einer Konzertgeigerin nicht weit höher zu werten als die Schauspielkunst? Rebekka liebte Händel und die Klassiker, Elke liebte die sentimentale Fidelei des Ferdi Heller, das war auch bezeichnend. Wie sie übrigens immer zu diesem blasierten Kapellmeister hingesehen hatte das letztemal im Café Kyritz. Doch das war jetzt aus und vorbei, Schwamm drüber!

Gerich Seidenberg kam ihm in den Sinn, der Junker mit den Stulpstiefeln und dem dunkelgrünen Reiterjackett, sein ›Zwillingsbruder‹, der Arzt, der einstens im ›Güldenen Tractat‹ die Worte von der Geschwisterliebe unterstrich. Zweifellos waren der ›Zwillingsbruder‹ und der Arzt ein und dieselbe Person, das bezeugte ja der sonderbare Name. Hätte er, Wolfgang, doch einen wirklichen Zwillingsbruder, der mit ihm zusammen studierte und mit ihm ins Theater ging; ein Gefühl der Sicherheit überkam ihn bei diesem Wunschgedanken, und für einen Augenblick hatte er das Empfinden, jener Gerich Seidenberg schreite neben ihm her.

Wolfgang erwog, die Verbindung zu Elke von Mallwitz doch nicht abreißen zu lassen. Er konnte sich ja den Anschein geben, als sei das alles für ihn nur Liebelei gewesen, zum Zeitvertreib sozusagen. Weshalb auch sollte er so abrupt auf Elkes Gesellschaft verzichten? Vielleicht lud ihn Elke oder ihr alter Herr einmal zu sich auf das Gut? Von Anfang an hätte er der geheimnisvollen Gestalt des Gerich Seidenberg viel ernsthafter Beachtung schenken sollen. Und als Wolfgang daheim die durchnäßten Lackschuhe auszog, war seine Enttäuschung über Elke von Mallwitz schon nicht mehr stark genug, um etwa eine schlaflose Nacht zu bewirken.

Es war überhaupt sehr sonderbar: Jedes Mädchen, ob Elke oder wen immer, verglich er mit Rebekka Seidenberg; und niemand konnte neben Rebekka bestehen. War seine Liebe bereits endgültig vergeben, blieb jede künftige Begegnung mit einem Mädchen ebenfalls nur Liebelei? Das wünschte er nicht; dennoch, Rebekka würde er nie wiedersehen, zudem hatte er ihrem Großvater in die Hand versprochen, Rebekka nicht zu umwerben. Deutlich genug hörte er die Worte des alten David: »Es gibt keine Hoffnung für Sie und mein Enkelkind ...«

Nun, Wolfgang Horlitz – er sprach sich selber zu –, war keine Hoffnung, so blieb um so stärker eine innere Gewißheit, das Verbundensein beider Seelen über jede Grenze hinweg.

Mit diesem Gedanken legte er sich zu Bett.

Gegen Morgen träumte er von Gerich Seidenberg. Er sah sich als fünfjährigen Jungen, stürzte wieder von der Oderbrücke, fühlte noch einmal ganz deutlich, wie der Strom ihn abtrieb, dann griff er zur bergenden Ruderstange – aber nicht der lange Paulke war diesmal sein Lebensretter, es war der Junker mit dem schwedischen Reiterhut, Gerich Seidenberg. Plötzlich stand auch der alte David im Kahn, Rebekkas Großvater; und Wolfgang hörte jemanden sagen: »Ich habe dich aus den Wassern der Trübsal gezogen und will dich an das Ufer ...« Den letzten Teil des seltsamen Satzes behielt Wolfgang Horlitz nicht im Gedächtnis, auch vermochte er sich beim Erwachen nicht zu entsinnen, wer von den beiden Seidenbergs diese Worte gesprochen hatte, Gerich oder der alte David.

Die nächsten Wochen brachten keine Begegnung mit Elke von Mallwitz. Wolfgang hatte ein Landschulpraktikum im Warthegau zu absolvieren, und anschließend fuhr er nach Drossen zu einem Segelflugkurs. Als er wiederkam, war Elkes Gastrolle bereits zu Ende, denn die ›Pippa‹ war vorzeitig vom Spielplan abgesetzt worden. Mit einem Brief hatte sich Elke verabschiedet und den geringen Erfolg bedauert, der ihrer Meinung nach nicht auf die Darsteller zurückzuführen war, sondern auf die Frankfurter Theaterfreunde, die der tiefen Symbolik des Stückes fremd gegenüberstanden. Ein unverbindlicher Nachsatz indessen bereitete Wolfgang eine herbe Enttäuschung: »Besuch uns doch mal in Altweiden,

Vater freut sich vielleicht...« Und damit war die Episode Elke von Mallwitz für Wolfgang endgültig vorbei.

Die letzten Wochen des Studiums, die Vorbereitungen zur Abschlußprüfung, waren von einer versteckten politischen Unruhe beherrscht. Viele Studenten wurden vorzeitig zur Wehrmacht befohlen, kamen in Uniform zurück, studierten weiter, schweigsamer als sonst; und trotzdem wagte niemand ernsthaft an Krieg zu denken oder gar beschwörend darüber zu reden, aus Scheu vor der sich anbahnenden verderbendrohenden Wirklichkeit. Die Vorlesungen der Professoren verloren an geistiger Sammlung, die Übungen in den Seminaren an Disziplin, eine nervöse Zerstreutheit kennzeichnete die Situation an der gesamten Hochschule bis zum letzten Examenstag. Der Schlußball der Studentenschaft wurde abgesagt, denn jeder wollte möglichst rasch zu Hause sein.

Mitte September fuhr Wolfgang Horlitz mit dem Fahrrad zum Reihersee: Seit vierzehn Tagen war wirklich Krieg. Wolfgang wollte auf seine Weise Abschied nehmen von Werner Henze, dem Banknachbarn und Roßknecht auf Hafen-Meyers Freilichtbühne. Henze war als erster seiner Klassenkameraden in Polen gefallen.

Wolfgang wählte den Weg durch die Große Heide. Schnurgerade führte eine schmale Sandstraße durch kilometerweiten Rotkiefernwald, sie wurde eingesäumt von weißstämmigen Birken und verblühtem Heidekraut. Unmittelbar nach bestandenem Examen war er noch mit Werner Henze hier gefahren. Der Freund hatte Urlaub gehabt, und die Erikabüsche blühten über und über. »Krieg wird's geben«, hatte Henze an dieser Stelle gesagt, wo die Lichtung im Wald mit einem breiten lilafarbenen Teppich bedeckt war, »Krieg wird's geben, wenn die Heide in Blüte steht...« Aber Henze hatte das nicht melancholisch gesagt, sondern ganz unbekümmert;

und jetzt war er schon fünf Tage tot. Schwermut befiel Wolfgang, und dazu schlich sich die Frage in sein bedrängtes Gemüt, welchen Sinn das kurze Leben des Werner Henze im Grunde gehabt habe.

Als Wolfgang Horlitz an der Glogeiche vom Fahrrad stieg, um am Brunnen dort den Durst zu stillen, kam aus südlicher Richtung, von Lucias Grund, ein Kremser heran, ein viersitziger offener Wagen, langsam gezogen von einem Ackerpferd. Drei Mädchen in Dirndlkleidern und ein junger Mann in weißem Sporthemd winkten Wolfgang zu, und als sie beinahe an ihm vorüber waren, hörte er laut seinen Namen rufen. Der Wagen hielt an, eines der Mädchen kniete sich auf den Sitz, winkte zurück, lachte, und Wolfgang erkannte Elke von Mallwitz.

Mit leichtem Herzklopfen ging er auf den Wagen zu, und Freude, Groll und Mißtrauen stritten in ihm um die Oberhand. Doch Elke gewann den Streit dieser Gefühle augenblicks für sich. »Das ist wirklich eine Überraschung!« rief sie heiter, hier an der Glogeiche begegne man sich, und sie sei all die Zeit der Meinung gewesen, er stecke bis über die Ohren in Examensnöten oder sei gar schon beim Militär. Altweiden habe längst auf ihn gewartet, sie habe dem Vater von Gerich Seidenbergs ›Zwillingsbruder‹ erzählt, ihre Geschwister könnten das alles bestätigen. Und sie stellte vor: Hier Klaus von Mallwitz, Fliegerleutnant in Zivil; hier Roswitha, Rose genannt, die zweitjüngste Schwester, Oberschülerin in Glogau, sechzehn Jahre und noch zu jung zum Verlieben – Rose schlug mit ihrem Kopftuch nach der älteren Schwester –; und Pardon, zuerst natürlich Sylvia von Rapp, ihre liebste Freundin. Dann bat sie, Wolfgang möge einsteigen, man werde zusammenrücken und dem alten Egmont – sie deutete auf das Pferd – gut zureden. Schließlich ergänzte sie, ihn, Horlitz, brauche sie nicht lange vorzustellen, denn alle kennten ihn bereits, wenn bisher auch nur nach der Mode des siebzehnten Jahrhunderts gekleidet.

Wolfgang bedauerte, nicht mitreisen zu können, so hoch auf dem gelben Wagen; sein Stahlroß warte hinten an der Tränke, und zudem wisse er nicht, wohin man ihn entführen wolle. Doch rasch hatte Elke alles arrangiert. Das Rad wurde beim Waldhüter an der Glogeiche untergestellt, und zu fünft ging die Fahrt jetzt weiter zum Reihersee.

Der Fliegerleutnant in Zivil, er konnte lachen wie ein großer Lausbub, saß vorn neben Sylvia und hielt die Zügel. Wolfgang saß eng zwischen den bildhübschen Schwestern, und ein kleines Glücksgefühl hatte die Schwermut aus seinem Herzen vertrieben. Natürlich, wenn er an Henze dachte, zog sofort eine graue Wolke auf, aber sie verwehte bald wieder, hier auf dem gelben Wagen. Wolfgang schloß die Augen, er wollte probieren, wessen Nähe er deutlicher spüre, die Elkes oder die ihrer Schwester. Wenn er tatsächlich noch in Elke verliebt war, mußte die Berührung mit ihr doch merkbar Zeugnis geben. Beinahe hatte er Gewißheit erlangt, da fragte Elke laut: »Bist du müde, warum machst du denn dauernd die Augen zu? Schau, dort hinten liegt schon der Reihersee . . .« Wolfgang glaubte sich ertappt, es fehlte nicht viel und er wäre vor Schreck aufgesprungen. Dann sagte er unbedacht: »Wagenfahrten machen schläfrig . . .« Und Elke erwiderte: »Ein schönes Kompliment für uns Grazien.«

Der Leutnant mischte sich ein: »Zwischen euch beiden würde ich auch einschlafen; nur keine falsche Scheu, Wolfgang!«

Die Schwestern lachten den Bruder aus, Wolfgang aber schenkte dem von Mallwitz volle Sympathie, weil er sich gab wie ein Schulfreund und nicht wie ein Leutnant, denn Wolfgang fühlte sich fast als Rekrut; sein Gestellungsbefehl für Sonntag mittag lag schon daheim, und heute war bereits Freitag.

In der Försterei am Reihersee stiegen sie ab. Der Förster, kein Staatsbeamter, sondern ein Angestellter des Grafen Rapp, führte im Nebenberuf eine Schankwirtschaft. Der Wirtshausgarten lag unmittelbar am See im Schatten von Erlen und Weidenbüschen. Bald tafelten die fünf Landfahrer an einem der rohgezimmerten Holztische. Die Försterin trug Spiegeleier und Landbrot auf, der Förster brachte drei Schoppen Bier und zwei Fläschchen Waldmeisterlimonade für Sylvia und Rose. Guter Appetit ließ nicht so bald ein Gespräch in Gang kommen, erst nach der Mahlzeit wurden Fragen gestellt und Aufschlüsse erteilt: Klaus von Mallwitz hatte die Ausbildung zum Flugzeugführer abgeschlossen, und seine Versetzung zu einem Ergänzungs-Kampfverband stand bevor. Auch er mußte sich am Sonntag bei der Truppe zurückmelden. Elke wartete mit Spannung auf die Wiedereröffnung des Frankfurter Stadttheaters, denn sie besaß einen festen Vertrag für die kommende Saison. Sie bedauerte – wie es Wolfgang schien, ganz aufrichtig –, daß er inzwischen die Abschlußprüfung hinter sich hatte und sie ohne seine Gesellschaft in Frankfurt auskommen müsse.

Nun aber wurde eine gemeinsame Wasserpartie geplant. Der große Fischerkahn des Försters war jedoch mit Fischkästen und Reusen beladen. Sie mußten die beiden Ruderboote wählen, von denen jedes nur Platz für drei Personen besaß.

»Wir losen die Platzverteilung aus«, empfahl Rose, zupfte fünf Grashalme ab, zwei kurze und drei lange, und forderte auf zur Ziehung. Wolfgang traf einen kurzen Halm, und das weitere Los bestimmte ihm Rose zur Partnerin. Er versuchte seine Enttäuschung hinter einem erzwungenen Lächeln zu verstecken, Rose dagegen schien recht zufrieden, sprang sogleich in das neu gestrichene Boot, die ›Forelle‹, und forderte von Wolfgang mehr Behendigkeit, damit man nicht etwa mit der alten ›Emma‹ in See stechen müsse.

»Ob ich nicht lieber mit Rose und Wolfgang fahren sollte?«
fragte Elke.

»Nein, Schwesterchen«, rief Bruder Klaus, »wer weiß, wann
ich dich wiedersehe; bleib nur schön bei uns . . .«

Die beiden Bootsmänner nahmen verschiedenen Kurs. Wolf-
gang zog die Ruder langsam durch das spiegelglatte Wasser
und schwieg. Er stellte sich vor, er rudere allein, denn das
Mädchen saß hinter seinem Rücken, im Bug der ›Forelle‹. Zur
Schilfinsel wollte er rudern, dort hatte er neulich noch mit
Werner Henze angelegt.

»Halten Sie bitte mal«, rief Rose in seine Gedanken hinein,
»ich werde umsteigen, von hier aus kann man ja gar nicht mit
Ihnen reden.« Wolfgang schickte sich in seine Lage und
gehorchte.

Das Boot geriet plötzlich stark ins Schwanken. Rose aber
hielt sich bedenkenlos an Wolfgangs Haarschopf fest. »Bloß
gut, daß Sie noch Ihren vollen Skalp besitzen, sonst läge ich
jetzt im Reihersee.«

Wolfgangs Enttäuschung glitt endlich über Bord, das Mädchen belustigte ihn.

»Ist Fräulein Sylvia die Braut Ihres Bruders?«

»Ach wo! Sylvia macht dem Klaus schöne Augen, aber der
komische Kerl will nichts von ihr wissen. Ich glaube fast, der
hat eine andere.«

Jetzt deutete Wolfgang mit dem Kopf nach links. Dort hinter
dem Wäldchen, keine hundert Meter vom See entfernt, lag
das Schulhaus seines verstorbenen Großvaters. Vielleicht,
sagte Wolfgang, würde er nach dem Krieg dort als Lehrer
amtieren.

»Oh, das wäre fein«, entgegnete das Mädchen, »dann sind wir
ja Nachbarn und treffen uns wieder.«

»Treffen uns?« wiederholte er scherzhaft, »eine Gutsherrin
und ein Lehrer?«

»Weshalb nicht«, sagte sie, »der Lehrer in Schwentendorf kommt oft zu uns aufs Gut, er kümmert sich um unsere Bienenvölker.«

Wolfgang empfand die Antwort wie einen Insektenstich und spürte so deutlich wie nie zuvor den gesellschaftlichen Abstand zwischen sich und den Baronessen. Aber Rose fragte ganz unbekümmert: »Wollen Sie auch zu den Fliegern?«

Wolfgang faßte sich und erwiderte: »Ich will nicht, ich muß. Eigentlich wollte ich nach Glogau zur Artillerie. Dort sind alle meine Schulkameraden, aber als Segelflieger bin ich zur Luftwaffe kommandiert.«

»Schon bald?«

»Übermorgen.«

»Ausgerechnet am Sonntag, wie Klaus. Das finde ich gemein.«

»Es ist Krieg.«

»Ja, Krieg. Der Teufel führt Krieg, und alles rennt mit dem Teufel.« Ihr Gesicht war blaß geworden, und ihre Augen blickten verstört an Wolfgang vorbei.

Er horchte auf; so sprach doch kein sechzehnjähriges Mädchen.

»Sagen Sie das nicht laut«, warnte er ernsthaft, »Sie gefährden sonst irgend jemand, denn diese Worte stammen doch nicht von Ihnen?«

»Vater spricht so, und ich bin auf seiner Seite. Die meisten lachen ihn aus; auch Klaus. Vater sei zu alt für die moderne Zeit, und er könne die Jugend nicht verstehen. Aber wenn Klaus nicht wiederkommt von seinen Feindflügen, von denen er förmlich träumt, wenn er nicht wiederkommt?«

»Der Krieg ist bald aus«, tröstete Wolfgang, »und Klaus kommt sicher zurück.«

Jetzt blickte sie ihn an, dabei wurden ihre Augen wieder hell und weit, und dann rief sie begeistert: »Sie sehen ja wirklich so aus wie der Junker Gerich Seidenberg.«

Wolfgang hörte auf zu rudern, ließ das Boot treiben und

wollte wissen, ob sie ihm nichts Näheres über seinen historischen Zwillingsbruder mitteilen könne, über den sonderbaren
Namen beispielsweise.

Rose war sofort bei der Sache: Ihr Vater besitze eine alte
Handschrift über das Leben des Junkers und ein goldenes Medaillon. Diese Bildkapsel aber enthalte nicht das übliche Konterfei, sondern eingraviert den englischen Namen *George
Richard S.* Im Deutschen sei aus den ersten Buchstaben *Ge* und
Rich dann der Rufname *Gerich* gebildet worden – aber weshalb ›Seidenberg‹, das wisse sie nicht. Jedenfalls sei der Junker ein englischer Adoptivsohn der Mallwitz gewesen, und
wenn sie nicht irre, habe er späterhin auf den Adelstitel verzichtet und sei ein Wanderarzt geworden.

Ein leichter Wind war aufgekommen, kleine Wellen tänzelten
über den See und plätscherten eine immer wiederkehrende
Melodie an die Bootswand. Hörte man genauer zu, konnte
man deutlich die Intervalle unterscheiden: Terz und Quint.
Sonst war Stille weit und breit, und das Boot trieb dahin, bis
zu den Wasserrosen vor der Schilfinsel.

»Auch der Junker ist ein Seefahrer gewesen«, sagte Rose nach
einiger Zeit, »und auf seinem Grabstein sollen ganz ungewöhnliche Worte gestanden haben ...« Sie überlegte ein
wenig, dann schaute sie auf die Seerosenblätter neben der
Bootswand, als lese sie dort eine verborgene Schrift:

»Gerich Seidenberg hat viel gewagt. Als er das fünfzigste Jahr
erreichte, wagte er es, über das schwarze Meer des Todes zu
segeln. Und siehe, er kam glücklich hinüber.«

In Wolfgangs Herz begann eine heimliche Saite zu schwin-
gen, die Worte waren auf den Grund seiner Seele gefallen.
Ein niegekannter Ton klang hell in ihm an und wurde wie
Licht. Und mit vollkommener Klarheit sah er ein vertrautes
Bild: David Seidenberg, der alte Chassid, stellte auf dem
Betpult die Lichter um.

Rose spürte etwas von dieser Verwunderung in Wolfgang Horlitz, als sie mit fragendem Blick wiederholte: »Gerich Seidenberg kam glücklich hinüber ... Vater sagt, darauf komme es an. Wissen Sie, wohin man dann fährt?«

Wolfgang wußte es nicht, noch nicht; hatte er soeben doch erst einen Schimmer dessen verspürt, was die Heiligen Schriften der Menschheit als das Geheimnis der Gottessehnsucht bezeichnen. Aber er gab wie von selbst zur Antwort: »Gewiß wird es auf der anderen Seite weitergehen, sonst wäre der Tod keine Überfahrt, sondern nur das Aus ...«

»Aber ›glücklich‹ hinüber, glücklich! Hinüber kommen schließlich alle ...«

»Alle? Vielleicht gibt es auch einen Schiffbruch auf dem Meer des Todes. Wer kennt dort den Wind? Fährt doch ein jeder zum erstenmal, oder?«

Wolfgang Horlitz ruderte fort, durch die Blätter der verblühten Seerosen zur Schilfinsel hin. Und wenn das Wasser vom Ruder tropfte, gerann es auf den dunkelgrünen Blätterherzen zu kleinen Kugeln, die blitzten manchmal in der Sonne wie Kristall.

»Sollten wir nicht du zueinander sagen?« fragte Rose und blickte ihn mit großen Augen an.

Wolfgang streckte ihr die Hand entgegen, der arglose Insektenstich tat nicht mehr weh. »Auf lange Freundschaft, Rose ...«

»Auf lange Freundschaft, Wolfgang ...«

Was bleibt noch zu berichten von diesem Tag, von dieser Begegnung zu fünft?

Zum Abend nahm man Abschied an der Glogeiche, wünschte einander viel Glück, und jeder fuhr seines Wegs, seines ungewissen Wegs.

3

Im Herzen von Thrakien, an der schäumenden Mariza, liegt Plowdiw, die zweitgrößte Stadt Bulgariens. Ansteigend wie das weite Rund eines Amphitheaters, erhebt sich die Altstadt auf sechs Syenithügeln, und die weißen Wohnhäuser mit den dunkelbraunen Fensterrahmen und den vorspringenden Erkern krallen sich wie Adlerhorste an die Felsen. Das holperige Pflaster der steilen Gäßchen, die historischen Kaufherrenhäuser und die noch erhaltenen Mauern und Türme der Römerzeit verleihen der Stadt ungewöhnlichen Reiz. Ist auch das heutige Plowdiw nicht vergleichbar dem Pulpudeva, jener berühmten Stadt der Thraker, so bleibt dennoch der Satz des griechischen Schriftstellers Lucian bestehen: ». . . schon von Ferne strahlt ihre Schönheit«, strahlt inmitten leuchtendgrüner Felder, Wiesen und Obstgärten, inmitten von Weinbergen und schattigen Hainen.

Wolfgang Horlitz war müde von all dem Umherschweifen und Schauen. Er suchte sich einen freien Tisch vor dem Straßen-Café, um auszuruhen und nachzudenken. Der Wirt trug türkischen Mokka und ein Glas Wasser herbei und dankte freundlich für eine dargebotene Zigarette.

Kleine Geschenke anzubieten, das hatte Wolfgang auf dem Flugplatz Krumowo gelernt, südöstlich der Stadt. Dorthin kamen die Bauern der Nachbardörfer allwöchentlich in ihrer malerischen Festtagstracht, schenkten den Fliegern Eier und Wein, bestaunten die Flugmaschinen, nahmen aber als Gegengabe niemals Geld, doch mit kindlichem Lächeln Tabak und Schokolade.

Der Gefreite Horlitz bestellte den zweiten Mokka. Ein bulgarisches Mädchen schritt stolz an seinem Tisch vorbei. Sie war schön wie alle jungen Mädchen der Stadt, bemerkenswert schön. Weder die Schwestern von Mallwitz noch Rebekka wären in Plowdiw aufgefallen. Doch hoffnungslos blieb jeder Versuch, mit den Mädchen Thrakiens in Berührung zu kommen, selbst die Allerweltskerle der Staffel, die sonst in jedem Ort ein Herz zu gewinnen wußten, besaßen hier keine Chance.

Ein Mönch oder Priester ging vorüber, und Wolfgang erinnerte sich an die Einladung des Abtes Simeon Kallistos. »Wenn Sie sich einsam fühlen und wenn das Kriegshandwerk es Ihnen erlaubt, dann besuchen Sie uns doch einmal allein«, hatte der Abt ihm zum Abschied anempfohlen, als sie neulich mit der Staffel das Kloster des Gregor Pakurianos besuchten. Es war ein Dankesbesuch, und der Staffelkapitän hatte dem Abt einen Geldbetrag in Leva überreicht, eine Spende der Staffel. Die Mönche hatten zuvor eine schwerverletzte Besatzung geborgen, die auf einer Geröllhalde in den Rhodopen notlanden mußte. Der Abt Simeon Kallistos sprach fließend deutsch. Er hatte die Soldaten durch das Kloster geführt, hatte vermutlich Horlitz' besondere Aufmerksamkeit erkannt und ihn daraufhin persönlich eingeladen. Bei nächster Gelegenheit würde Wolfgang noch einmal hinaufsteigen zu diesem Kloster am Nordhang der Rhodopen, das stand fest.

Jetzt aber rief er den Wirt, bezahlte den Mokka und ließ sich die Richtung zum Bahnhof zeigen, wo der Mannschaftswagen der zwölften Staffel auf die Stadturlauber wartete.

Am anderen Morgen gewann der Gefreite Horlitz vom Luftkrieg ein neues Bild. Von sechs Maschinen, die in der Sudabucht einen englischen Kreuzer angriffen, kamen zwei nicht wieder, und Wolfgang zählte an der eigenen Maschine siebenundzwanzig Treffer. Es folgten böse Stunden zwischen Himmel und Erde, zwischen Himmel und See; und bevor noch der eigentliche Kampf um die Insel Kreta begann, wurde die Staffel nach Eleusis verlegt, auf einen rotverstaubten Flugplatz in der Nähe Athens.

46

Dort erlebte die Besatzung am 22. Mai, einem Himmelfahrtstag, jenen merkwürdigen Beistand, der Wolfgang Horlitz unauslöschlich im Gedächtnis blieb.

Die Besatzung war an diesem Tag mit beschädigter Maschine vom Einsatz zurückgekommen, ein Flaktreffer hatte die rechte Landeklappe fortgerissen. Jetzt gibt es Ruhe, dachte sich Wolfgang; aber in aller Eile wurde ein abgestelltes Übungsflugzeug umgerüstet, und der Kampf gegen die englischen Kriegsschiffe vor Kreta ging fort.

Beim Einsteigen in die zweite Maschine entdeckte Wolfgang Horlitz den Schraubenzieher. Der Schraubenzieher lag auf einer umgestülpten Bombenkiste. Gedankenlos steckte Wolfgang ihn zu sich, völlig gedankenlos, denn es war streng verboten, bei Feindflügen, die einen Sturzangriff vorsahen, irgendwelches Werkzeug mitzuführen.

Der Start begann, aber die Motoren der Austauschmaschine brachten nicht die volle Leistung. Mit einer Drehzahl von zweiundzwanzig Hundert hob sie sich nur schwer vom Platz, und erst über Salamis gewann die Maschine merklich an Höhe. Als der Kampfverband sich gesammelt hatte und auf Südkurs steuerte, blieb Wolfgangs Besatzung bald hinter den anderen Maschinen zurück, denn die L1-BX erreichte die vorgeschriebene Geschwindigkeit nicht.

Der Gefreite Horlitz lag flach in der Bola, spähte hinunter auf das tintenblaue Meer und horchte dabei mißtrauisch auf den Klang der Motoren. Indessen, die Maschine hatte ihren Rhythmus gefunden.

Nach gut einer Stunde – längst war den vier Fliegern die Staffel aus den Augen – entdeckten sie drei englische Zerstörer. Zwischen Antikythera und Kreta fuhren die Kriegsschiffe mit wildem Zickzackkurs nach West. Die Schiffsflak nahm das Feuer auf. Zahllose schwarze Wolken sprangen ringsum aus dem Nichts, jagten an der Maschine vorbei oder bildeten seitlich dichte Schwärme tückischer Rauchballons unter dem hellblauen Himmel. Die Besatzung hätte die Bomben aus viertausend Meter Höhe abwerfen und beidrehen können, aber der Flugzeugführer entschloß sich zum Sturzangriff. Ganz verblüfft von dieser tollkühnen Entscheidung hörte Horlitz die monotone Stimme durch das Bordtelefon: »Fertigmachen zum Sturz, fertigmachen zum Sturz . . .«

Der Winkel der Luftschraubenblätter wurde verstellt, die Drehzahl der Motoren wurde geringer, die Sturzflugbremsen fuhren aus, und die Maschine vibrierte und ›flatterte‹ in der Luft wie ein Raubvogel hoch über der Beute. Jetzt kippte die Maschine kopfüber und stürzte sich mit zunehmender Geschwindigkeit auf die englischen Schiffe. Das Abwehrfeuer wurde noch stärker. Eine Legion jener grauschwarzen Flakwolken fegte auf die Kabine zu, und in gleicher Sekunde zerschlug ein Volltreffer den rechten Motor. Das Kühlwasser spritzte durch zersplitterte Plexiglasscheiben, und Wolfgang spürte einen süßlichen Geschmack auf seinen Lippen. Sofort bediente der Pilot das Flettnerruder, im Nu fing er die Maschine ab, und, Gott sei Dank, sie gehorchte dem Steuer. Doch plötzlich lohten die hellen Flammen aus dem qualmenden Motor. »Brandhahn zu!« schrie der Bordfunker Hein Jansen, und seine Stimme überschlug sich dabei. Der Chef jedoch behielt die Ruhe, ließ nichts außer acht, und als die Treibstoffzufuhr zum rechten Motor unterbunden war, versiegten die Flammen. Aber schon drohte ein neues Unheil, die Maschine verlor an Höhe. Obwohl der linke Motor nahezu mit voller Drehzahl lief, sank das Flugzeug einen halben Meter pro Sekunde.

Sie flogen in noch achthundert Meter Höhe, nahmen Kurs auf die griechische Küste und konnten leicht errechnen, daß sie vor Monemvasia zu Wasser mußten, vorausgesetzt, der linke Motor hielt der Überbelastung stand. Minuten des Schweigens kennzeichneten den Ernst der Lage. Jeder wußte genau: eine Notlandung auf See mit nur einem Motor – das ging um Tod und Leben.

Als sie den Felsen von Monemvasia passierten und die Flughöhe noch zweihundert Meter betrug, begann auch der zweite Motor der L1-BX zu qualmen.

»Dach weg!« rief der Pilot. »Wir landen . . .«

Aber der Funker führte den Befehl nicht aus, schrie dagegen: »Der Abwurfbügel klemmt – das Dach hängt fest!« Gellend schrie er seinen Kameraden das Todesurteil in die Ohren. In nächster Minute würde die Maschine aufs Wasser schlagen, und war dann das Dach nicht entfernt, kam keiner der vier Männer mit dem Leben davon.

In höchster Angst sprang Horlitz dem Funker bei, stand auf seinem Klappsitz und zerrte mit Hein Jansen gemeinsam am Abwurfbügel. Vergebens, vergebens . . .

Mit einem Male geriet Wolfgang Horlitz in einen Zustand völliger Gelassenheit. Jede Furcht war dahin, eine stille Heiterkeit erfüllte ihn sogar, und ohne nachzudenken, mechanisch wie nach tausendfacher Erprobung, zog er den Schraubenzieher aus der Knietasche seiner Fliegerkombination, setzte das Werkzeug hinter den Bügel, stemmte den verbogenen Handgriff frei, packte zu, zog kräftig an – und das Kabinendach schnellte wie ein Geschoß davon. Im selben Augenblick setzte die Maschine auf, fuhr klatschend und krachend in die bewegte See. Das Salzwasser brach hart über die Männer herein und bedeckte sie wie eine Sturzflut. Dann kippte die Maschine vornüber, und es wurde grabesstill.

Tot? dachte Wolfgang Horlitz. Totsein, ist das so?

Doch schon erkannte er die wirkliche Lage, er befand sich tief unter Wasser. Hastig drehte er die Preßluftflasche seiner Schwimmweste auf, ruderte mit Armen und Beinen und erreichte als erster die Wasseroberfläche. Angstbefreit blickte er um sich: Das Flugzeug ragte nur noch mit dem Achterrumpf aus dem Meer, und soeben tauchten die Kameraden auf, Beobachter Wenske, dann der Chef, zuletzt Funker Jansen. Sie hatten die Augen weit aufgerissen und rangen erschöpft nach Luft. Unversehens hob sich der Rumpf der Maschine langsam empor, verharrte einen Moment in senkrechter Stellung und fuhr wie ein Bleigewicht in die Tiefe. Die Ju 88 L1-BX war überfällig. Auf den Wellen aber tanzte das Schlauchboot, es hatte sich rechtzeitig aus der Maschine gelöst. Horlitz – als geübter Schwimmer und Taucher in dieser Situation der Kräftigste von allen – hatte das Boot zuerst erklommen und half seiner Besatzung, einem nach dem andern, hinein. Jansen war einer Ohnmacht nahe, doch er erholte sich schnell; und als sie der Küste entgegenruderten, kam eine übermütige Stimmung auf. Der Unterschied der Dienstgrade verwischte, sie scherzten miteinander wie gleichberechtigte Männer – der Gefreite, die beiden Feldwebel, der Oberleutnant –, sie teilten den Notproviant, tranken gemeinsam die Schnapsflasche leer und feierten das fliegerische Meisterstück, das dem Chef mit dieser Landung gelungen war.

Ein mäßiger Südost kam den vier Schlauchbootfahrern zu Hilfe und trieb das ungefüge Boot rascher auf die Küste zu. Die Berghänge dort erschienen kahl und baumlos, eine Siedlung war nirgends zu sehen; aber die Besatzung hatte noch eine Strecke von zwei Seemeilen vor sich, vielleicht entdeckte man später ein Haus oder einen Menschen.

»Wo lagen die Bomben, Horlitz?« fragte der Flugzeugführer, nachdem die lustige Stimmung aus dem Schlauchboot gewichen war.

»Ich konnte den Einschlag nicht verfolgen«, entgegnete Wolfgang, »aber an einen Treffer glaube ich nicht . . .«

»Das weiß ich selbst«, sagte der Chef, und seine Stimme klang etwas brummig.

»Jetzt, wo wir in Gefangenschaft kommen, ist es bestimmt besser, daß wir nicht getroffen haben«, versicherte Wenske. Aber der Chef erklärte, die Ostküste des Peloponnes sei militärisch ohne Bedeutung, und es sei gut möglich, daß man keinem einzigen Engländer dort begegne; man müsse eben Glück haben.

Da unterbrach Hein Jansen das Rudern und rief laut: »Wir können uns sowieso gratulieren! Hätte der Horlitz den Schraubenzieher nicht in der Tasche gehabt, dann wären wir jetzt alle im Eimer ...«

Nun erläuterte Wolfgang den seltsamen Rettungsakt in allen Einzelheiten: wie er den Schraubenzieher ganz zufällig auf der Bombenkiste entdeckt und absichtslos in die Tasche gesteckt hatte, wie er später ausschließlich mit Hilfe dieses Schraubenziehers in letzter Sekunde das Kabinendach aus der Verankerung zu lösen vermochte, zum großen Glück der Besatzung. Aber keiner der Betroffenen horchte besonders auf, und Jansens Bemerkung schien nur eine Redensart in den Südostwind gewesen zu sein. Das Ungewöhnliche an dieser Geschichte, das ganz Ungewöhnliche, erkannte keiner von Wolfgangs Fahrtgenossen.

Sie ruderten jetzt seit einer Stunde und trieben bereits dicht vor der Steilküste dahin. Auf einem Felshang hatten sie unterdessen ein weißgetünchtes Bauernhaus entdeckt, und auf der Höhe der Bergkette ragte die Ruine einer Kirche oder eines Klosters in den blaßroten Abendhimmel. Der Felsen von Monemvasia, etwa zehn Kilometer zur Linken, lag in blauschwarzem Schatten wie ein riesiger Helm. Doch alle Aufmerksamkeit hatte von nun an der Landung zu gelten. Die Brandung, als hole sie tief Atem, wich so weit vom Ufer zurück, daß die algengrünen Steine klar hervortraten. Dann aber drängte diese Brandung mit geballter Kraft wieder nach vorn und schmetterte mit hohen Gischtspritzern gegen die

51

zerklüfteten Felsen. Und oben auf der Brandungswelle jagte das Schlauchboot wie ein Gummiball daher, um ebenso rasch zurückzuschnellen, wenn Horlitz gerade versuchte, die Leine über eine Steinkante zu werfen. Auf diese Weise wiederholte sich der gefährliche Landeversuch ein Mal ums andere.

Überraschend stand ein Mann auf dem Felsvorsprung. Er rief unverständliche Worte in den Wind und bedeutete mit heftiger Gestik, man solle die Leine ihm zuwerfen. Geschickt fing er das Seil, wand es blitzschnell um eine Felszacke, die Brandung wich wieder zurück, und das Schlauchboot schlug auf die Ufersteine. Überstürzt krochen die Flieger an Land und erklommen soeben den Felsvorsprung – der Fremde half mit beiden Händen –, als die Brandung erneut herauffuhr und das Schlauchboot wirbelnd fortriß.

Der Fremde ist der Patron des weißgetünchten Steinhauses am Berg. Auf steilem Pfad steigt er den Fliegern voran. Der Patron ist ein großer Mann um die Vierzig; er hat pechschwarzes Haar und blaue Augen. Vor der engen Haustür steht eine Frau, sie reicht den nassen Männern zum Willkommen die Hand. Die Patronin ist klein und von rundlicher Gestalt. Sie lächelt wie ein Mädchen.

Im Erdgeschoß des Hauses gibt es nur einen Raum, Küche und Wohnzimmer zugleich. Die Fenster sind klein und spenden wenig Licht. Aber die Patronin wirft ein Bündel Reisig auf das offene Herdfeuer, daß es hell über das rauhe Dielenholz des Fußbodens flackert; und sie bittet mit lebhaften Handzeichen und heiterer Mimik, man möge sich nun ausziehen und die Kleider trocknen. Der Patron bringt einen Steinkrug mit griechischem Landwein, holt fünf Tonbecher und entbietet den Willkommenstrunk. Die Flieger sind fast etwas mißtrauisch bei so viel Freundlichkeit, denn man liegt ja mit Griechenland im Krieg, und der Peloponnes ist noch von den Engländern besetzt. Sehr zu Unrecht läßt Wolfgang Horlitz seine

Pistole nicht aus dem Auge; die Waffen der Flieger hängen zum Trocknen neben dem Herd.

Die Abendmahlzeit besteht aus Brot und grünen Bohnen, Öl, Käse und Wein. Der Hausherr stellt eine Petroleumlampe auf den rohgezimmerten Tisch, und die Männer bleiben unter sich. Die Patronin ist nirgends mehr zu sehen. Später führt der Bauer seine Gäste über eine Holztreppe ins Obergeschoß zum Schlafzimmer der Eheleute. Es hilft kein Protest, den Fliegern werden die Betten überlassen, das Ehepaar schläft anderswo. Es folgen ein paar schlechte Stunden für den Gefreiten Horlitz, er kann nicht schlafen. Da er am vorderen Bettrand liegt, steht er auf, geht nach draußen und setzt sich auf die niedrige Steinmauer vor dem Haus. Die Nacht ist tropisch hell, die Brandungswellen rauschen ihr Crescendo in die milde Luft, durch das gotische Turmfenster der Klosterruine oben am Berg leuchtet ein Stern, als hätten unbekannte Hände dort ein Licht aufgestellt.

Am anderen Morgen legte der Patron den Fliegern einen Zettel vor. Mit griechischen und römischen Druckbuchstaben standen oben die Namen der Eheleute geschrieben: Alexandros Kalomiris und Rula Kalomiri. Der Oberleutnant bestätigte auf diesem Zettel, die genannten Personen hätten die Besatzung der Ju 88 L1-BX aus Seenot gerettet und gastfreundlich bei sich aufgenommen, dann wurde das kleine Dokument von den vier Fliegern unterschrieben. Kalomiris würde es sicher der zu erwartenden deutschen Besatzung vorweisen.

Nach dem Frühstück – Brot, Käse und Minzetee – drängte der Patron zum Aufbruch. Die Männer erstiegen die Höhe des Bergrückens, winkten noch einmal hinab zur jungen Hausfrau Rula und folgten ihrem Gastgeber auf steinigem Saumpfad nach Nordwesten.

Bereits nach kurzem Fußmarsch gelangten sie an eine kleine Bucht, in der ein Fischer mit seinem Boot auf sie wartete.

Lange noch stand Alexandros Kalomiris am Strand und winkte, als der Fischer an klobiger Stange ein Segel setzte und Kurs hielt zur Insel Spetsai, jenseits des Argolischen Golfes. Nachdenklich blickte Horlitz zurück. Er hatte das deutliche Empfinden, all das schon einmal erlebt zu haben, schon einmal hier gesegelt und gelandet zu sein, vor einer unbestimmbaren Anzahl von Jahren – wie es ja oft geschieht, daß Menschen bei sich wähnen, diesen oder jenen völlig fremden Ort dennoch von früher her zu kennen.

Zwölf Stunden dauerte die Fahrt über den Golf. Der deutsche Vorposten, auf Spetsai stationiert, schickte einen Funkspruch zum Seenotdienst nach Athen. Tags darauf wurde die verloren geglaubte Besatzung von einem Wasserflugzeug heimgeholt, heim auf das rotverstaubte Flugfeld von Eleusis.

Den verbindlichen Sonderurlaub erhielten die vier Männer erst drei Wochen später.

Als Wolfgang Horlitz sich zum Heimaturlaub abmeldete, traf gerade eine neue Besatzung bei der Staffel ein: zwei Unteroffiziere, ein Gefreiter und ein langer Leutnant. Man begegnete sich im ›Schreibstubenzelt‹ der zwölften Staffel.

»Wo kommt ihr denn her?« fragte Wolfgang den Gefreiten. In diesem Augenblick wandte sich der Leutnant um, lachte Horlitz an, steckte den Zeigefinger der rechten Hand nach vorn und rief: »Ich wette, wir kennen uns! Reihersee, stimmt's?«

Es war der Leutnant Klaus von Mallwitz.

Bis zum Abflug der Transportmaschine nach Krumowo blieb Wolfgang nicht mehr viel Zeit. Trotzdem verstaute er auf Wunsch des Leutnants rasch ein Paket bulgarischer Zigaretten in seinem Reisegepäck, er sollte es in Altweiden abgeben und Grüße von Klaus an Vater und Geschwister ausrichten. Nach dem Urlaub, so versicherte der Leutnant, wolle man hier in

Eleusis näher miteinander bekannt werden. Seine Schwestern schwärmten von Wolfgang, besonders Rose. Dann reichte man sich freundschaftlich die Hand, im guten Glauben an ein Wiedersehen.

Wolfgang Horlitz startete in den Urlaub mit den angenehmsten Gedanken: Nun also würde er Altweiden kennenlernen und auch den Baron; vielleicht traf er sogar Elke dort an; gewiß aber sah er Rose wieder, und gewiß durfte er sich freuen auf das Porträt des geheimnisvollen Zwillingsbruders. Vielleicht auch fuhr er mit Rose zum Reihersee? Sie war ja jetzt bereits achtzehn Jahre alt. Und wenn es zutraf, daß sie für ihn schwärmte, wie der Bruder versichert hatte... Wolfgang Horlitz ließ seiner Phantasie sehr freien Lauf.

In Krumowo, auf dem vertrauten bulgarischen Flugplatz, mußten die Urlauber vierundzwanzig Stunden auf die Wiener Kuriermaschine warten. »Da hätten wir auch mit der Bahn fahren können«, brummte Hein Jansen, »wir haben mehr Zeit verloren als gewonnen.«

Wolfgang Horlitz jedoch war zufrieden. Er lieh sich auf der Kommandantur ein Fahrrad, fuhr quer über das breite Rollfeld und bis zum ersten Dorf am Nordhang der Rhodopen. Dort stellte er das Fahrrad ab und stieg hinauf zum Kloster, um endlich den Abt Simeon Kallistos zu besuchen.

Das Kloster liegt inmitten von buschwerkreichen Berghängen an einem schäumenden Gebirgsfluß. Hohe kahle Steinfassaden erweisen es nach außen hin als schroffe mittelalterliche Klosterfeste. Doch der weite Innenhof mit seinen getünchten Säulengängen, dem Brunnen und der aus weißem Marmor erbauten Klosterkirche vermittelt dem Besucher ein freundlicheres Bild, zumal der hufeisenförmige Grundriß den Blick freigibt auf das grüne Gartenland beiderseits der Mariza.

Der Abt Simeon Kallistos empfing Wolfgang Horlitz mit weit geöffneten Armen und einem Bruderkuß. Er führte ihn in einen Gemeinschaftsraum, ließ dem Gast Brot und Käse servieren und einen Becher mit Wasser gemischten Weines. Er erkundigte sich nach Wolfgangs jüngsten Erlebnissen und erläuterte dann: der Name des Seenothelfers Alexandros Kalomiris bedeute etwa ›Alexander Edelseele‹, und man sähe also wieder einmal, daß im Namen oft eine Vorbedeutung liege. Und der Abt ergänzte, das Kloster habe einst einen Starez beherbergt, der auch den Namen Kalomiris trug. Er sei vom Athos gekommen und habe das geistige Herzensgebet hier eingeführt, wie es damals in den Athosklöstern geübt wurde. Das Wirken des Abtes Kalomiris liege aber schon zweihundertfünfzig Jahre zurück. An der Ostküste des Peloponnes habe Kalomiris später eine Einsiedelei gegründet und sich einen guten Freund, einen schlesischen Arzt, zu Hilfe gerufen zum Kampf gegen die Malaria, gegen das Sumpffieber, das dazumal die Bauern Lakoniens und die Bevölkerung von Monemvasia heimsuchte. Wie ein Heiliger sei dieser Starez verehrt worden.

Wolfgang hatte die Absicht zu fragen, ob jene Kloster- oder Kirchenruine nördlich des Felsens von Monemvasia womöglich die Einsiedelei des Starez Kalomiris gewesen sei, als der Gastgeber das Thema wechselte und darum bat, ihn in die Kirche zu begleiten.

Der Abt Simeon Kallistos genoß im Kloster hohes Ansehen. Wolfgang hatte das beim ersten Besuch bereits erfahren. Die Mönche begegneten dem Abt mit großer Ehrfurcht. Simeon hatte in jungen Jahren in Wien studiert, Sprachen und Literaturwissenschaft. In die Heimat zurückgekehrt, studierte er Theologie, und danach erwählte er die ›Hesychia‹, das Leben in der Ruhe und Einsamkeit. Heute, mit siebzig Jahren, bekleidete er längst das Amt des Vorstehers, zugleich versah er den Posten eines Archivars und Bibliothekars und führte außerdem eine umfangreiche Korrespondenz mit Gelehrten und Laien in aller Welt. Auch Wolfgang Horlitz fühlte Hochachtung vor dem Abt Simeon Kallistos, der mit seinem grauweißen Vollbart und dem gelassenen, aufrechten Gang einem Patriarchen glich, so daß er, Wolfgang, seine Frage nach der Turmruine bei Monemvasia nicht mehr zu stellen wagte, um des Abtes Bericht über die Klosterkirche nicht zu unterbrechen.

Im Halbdunkel des Kirchenschiffes empfand Wolfgang Horlitz eine weltvergessende Ruhe. Krieg und Soldatseinmüssen waren ausgelöscht, und er spürte, was die Mystik der Ostkirche unter dem Begriff ›Hesychia‹ versteht. Die gesammelte Stille übertrug sich wohltuend auf sein Gemüt.

Der Abt berührte Wolfgangs Arm und führte ihn zum Kleinod seiner Kirche, zur Ikone der Mutter Gottes mit den goldenen Augen. »Einen Gast soll man zuerst bewirten«, sagte er mit gedämpfter Stimme, »wiederum taugt ein voller Leib nicht zum Studieren und schon gar nicht zur Kontemplation. Trotzdem frage ich: Was sehen Sie, mein Freund?«

»Ein feingezeichnetes braunes Gesicht, übergroße, die Seele fesselnde Augen mit goldener Iris, leuchtend wie von innen her«, entgegnete Wolfgang Horlitz.

»Sie sehen ein Bildnis, ein Kirchenbild?«

»Ja, ein kostbares Bild«, bestätigte Wolfgang.

»Kommen Sie, wir gehen nach draußen, dort wollen wir mitsammen reden«, und wieder berührte der Abt behutsam den Arm seines Gastes. Einen Augenblick schien es Wolfgang, als schritte David Seidenberg neben ihm her, der alte Chassid; und ihm stellte sich die Frage: Ist dieser Abt, Simeon Kallistos, vielleicht ein Zaddick der Christen? Ein Gerechter, ein Mittler zwischen Gott und den Menschen?

Sie setzten sich auf eine verwitterte Marmorbank unter den Arkaden des Innenhofes; ihr Blick wanderte weithin über das grüne Tal. Nach längerem Schweigen sagte der Abt: »Es gibt

Menschen, die besitzen die Gabe der heiligen Schau; aber unter den Kriegsknechten wird solche Gabe schwerlich gefunden.«

Wolfgang war sehr betroffen von dieser Rede, der Stolz packte ihn, und er wagte den Einwand: »Ich bin kein Kriegsknecht, ich bin ein Flieger . . .«

Der Abt schien gar nicht darauf zu hören, sondern fuhr erläuternd fort: »Sie wissen, mein Freund, das griechische Wort ›Ikone‹ bedeutet ›Ebenbild‹. Der wahre Ikonenmaler besitzt die Gnadengabe der heiligen Schau. In mystischer Versenkung erblickt er das transzendente Urbild und gestaltet danach ein Ebenbild, eine Ikone. So wird die verborgene Wirklichkeit göttlichen Seins durch die Ikone offenbar, deshalb gilt sie zu Recht als heilig. Aber das mystische Erlebnis eines Gottsuchers nimmt den umgekehrten Weg: Er betrachtet die Ikone, diese öffnet sich, der Blick des mystischen Menschen durchdringt die irdische Wand, und er erkennt das strahlende Urbild in der Transzendenz . . .«

Wolfgang Horlitz hätte gern gefragt, warum der Abt in dieser erhebenden Weise zu ihm spreche, als Simeon Kallistos schon die Antwort gab: »Ein Fingerzeig für Sie, mein Freund, daß Gott sich allezeit offenbart.«

»Aber nicht jedermann?« sagte Wolfgang.

»Das Offenbaren liegt bei Gott, nicht bei den Menschen.«

»Aber es geschieht sehr selten?«

»Selten? Wer will das entscheiden. Das Reich der Himmel ist gleich einem im Acker verborgenen Schatz, den ein Mensch fand und wieder verbarg. Wie viele Menschen verbergen wohl diesen Schatz oder diese Perle aus Sorge vor der Entweihung?«

»Was muß ich tun um dieser Perle willen? Alles verkaufen, was ich besitze?« Inbrünstig stellte Wolfgang diese Frage.

»Der Perlenfund geht voraus, und danach erst verkauft man alles – ›mit Freuden‹, wie der Evangelist berichtet . . .«

»Der Krieg hindert mich am allermeisten. Als ›Kriegsknecht‹, wie Sie sagen, ist es mir nicht möglich, mich mit solchen Fragen tiefer zu befassen, nachzudenken, nachzusinnen. Auch ist man nie für sich allein, lebt tagtäglich im Massenquartier einer Kaserne oder Baracke. Vielleicht aber finde ich später bessere Zeit, um im Land der religiösen Mystik zu wandern . . .«

Wieder schien es, als habe der Abt gar nicht zugehört, doch unversehens sagte er: »Kommen Sie mit in die Bibliothek, ich will Ihnen einen verläßlichen Wegweiser zeigen; er ist so fest gefügt, daß ihn niemand verdrehen kann. Sie wissen ja, es gibt böse Hände, die wenden den Arm eines Wegweisers in die falsche Richtung, und der ahnungslose Wanderer steigt in die Irre. Das soll Ihnen nicht widerfahren. Kommen Sie, lieber Freund.«

Wolfgang folgte dem Abt über den Säulengang zu einer Eichentür. Sie stiegen eine Wendeltreppe hinauf bis in das oberste Stockwerk. Am Ende eines langen, schmucklosen Ganges, der an einer Vielzahl kleiner Türen vorbeiführte, erreichten sie die Klosterbibliothek. Der helle weite Raum war an drei Seiten bis unter die Decke mit Büchern und Folianten angefüllt. Die vierte Wand zeigte eine Reihe breiter romanischer Fenster. Vor dem Mittelfenster befand sich ein wuchtiger sechseckiger Renaissancetisch, dabei standen zwei Lehnstühle mit fester Polsterung und geschnitzten Füllbrettern. Der Abt lud Wolfgang ein, Platz zu nehmen, und ergriff ein altes, in Leder gebundenes Buch, das wie vorbedacht auf der Nußholzplatte des Tisches lag.

»Sie müssen wissen«, begann der Abt – und dem Gast war zumute, als hörte er die Stimme des David Seidenberg –, »Sie müssen wissen, mein Freund: Wie jeder Weg Gefahren mit sich bringt, so hat auch der Weg nach innen seine Fallstricke. Aber in der ständigen Anrufung des Großen Namens ist alle Gefahr gebannt, die Gefahr nämlich, sich mit einem Scheingott zu verbinden, mit einem kosmischen Pneuma statt mit dem heiligen Pneuma oder Geist. Zum Kosmischen gehören auch die dämonischen Kräfte, die da zittern bei der Nennung Seines Namens. ›Herr Jesus Christus‹ wird Er angesprochen, und in diesem ›Herr‹ klingt alles mit, was Gewaltiges über den Kyrios in der ganzen Heiligen Schrift enthalten ist, bis hin zur Darstellung des ›Königs der Könige‹ in der Apokalypse. Alle, die diesen Namen im Herzen tragen, sind geschützt vor den dämonischen Einbrüchen in die menschliche Seele.«

Der Abt wollte schon das Buch aufschlagen, als Wolfgang einwarf: ein jüdischer Mystiker habe ihm einst erklärt, nur das Gebet halte Sammael zurück, und wenn der Mensch bete zu Gott, gehe Sammael blind an dem Beter vorbei.

Der Abt hob den Kopf, blickte über den Tisch zu Wolfgang hin und sagte: »Das seraphische Gebet vermag den Fürsten der Dämonen zu blenden, aber dazu bedarf es eben des feuerflammenden Gebetes eines zu Gott hin brennenden Herzens. Das ist nicht jedermanns Ding. Dieser jüdische Mystiker stand vielleicht in der Kette jener seraphischen Beter, welche die jüdische Legende ›Gerechte‹ nennt. Und wer sie antastet, die Gerechten Israels, der tastet Seinen Augapfel an, wie der Prophet Sacharja deutlich verkündet. Der Weg zu diesen Gerechten ist sehr weit; aber ich will Ihnen zeigen, mein Freund, wie man auf solchen Weg gelangen kann im Schutze des Kyrios Jesus Christus. Dazu hören Sie bitte den Traktat vom immerwährenden Gebet des Herzens. Und dieses Herzensgebet ist gleichsam auch ein christliches Mantrayana, ein Spruchfahrzeug zur Überfahrt über den Grenzfluß *Tau**.«

---

* Der Tau auf Wiese und Feld gilt in der mystischen Tradition als Symbol der göttlichen Gnade und der geistigen Stärkung. Das lateinische ›T‹ (das ›Tau‹ des griechischen Alphabets) ist mystisches Symbol des Kreuzes, also des mystischen Todes und der Auferstehung zum ewigen Leben. In diesem doppelten Symbolsinn nennt der Abt den Grenzfluß ›Tau‹, da sich im Deutschen eine Konsonanz bietet.

Dann schlug der Abt Simeon Kallistos das Buch an einer bestimmten Stelle auf, und Wort für Wort betonend, übersetzte er den griechischen Text:

»Wisse aber, daß der Glaube nach göttlichem Wahlspruch ein *doppelter* ist: der erste nämlich ist allen rechtgläubigen Christen gemeinsam, auf ihn sind wir zu Anfang getauft worden, und in ihm werden wir einst wieder aus dieser Welt scheiden. Der *andere* Glaube ist der Glaube der Wenigen, die durch die Beobachtung des Gebotes Gottes danach streben, in sich selbst das göttliche Bild und Gleichnis auszuformen. Nun soll der Mönch, ob er esse oder trinke, ob er sitze oder aufwarte, ob er unterwegs sei oder irgend etwas tue, ohne Unterbrechung sagen: ›Herr Jesus Christus, Sohn Gottes, erbarme dich meiner‹, bis endlich der Name des Herrn im Innersten des Herzens Wurzel geschlagen hat und das Herz nichts anderes mehr denkt, als daß Christus in uns Gestalt gewinne.

Wenn dann die Seele nach dem Tode zu den Pforten des Himmels fliegt, mit dem heiligen Namen ›Jesus‹ in sich und über sich, dann muß sie sich auch hier nicht vor dem Feinde fürchten. Wer über seine Seele zu jeder Stunde wacht, wer sich in seinem Inneren zur Kontemplation sammelt, wird den Lichtglanz des Geistes in sich schauen. Und wer jede Erhöhung verschmäht, sieht im Herzen den Herrn.

Wenn du also im Leibe Gott dienen willst, als wärest du außer dem Leibe, dann eigne dir dieses unablässige Gebet im Verborgenen deines Herzens an, und schon vor dem Tode wird deine Seele ein Engel sein. Aber nimm dich in acht, daß niemand dein Tun erfahre, und lasse dich nie durch die Gottesgüte zur Lässigkeit verleiten . . .«

Der Abt Simeon Kallistos wiederholte den letzten Satz, dann las er eine zweite, eine dritte Seite und schloß das Buch. Er legte es zurück auf den Tisch, stand auf, schritt zum Fenster, blickte hinaus und sagte dabei: »Das ist eine Unterweisung für Mönche; wieviel ein Kriegsknecht daraus entnehmen kann, wird er selbst entscheiden.«

»Der Kriegsknecht entscheidet sich für jedes Wort«, erwiderte Wolfgang und stand gleichfalls auf. Jetzt stellte er die langgehegte Frage: »Aber sagen Sie, Abt Simeon, weshalb geben Sie sich solche Mühe mit einem fremden Flieger?«

Der Abt wandte sich um und sah Wolfgang groß an, und wie ein Lichtstrahl flog es von Augenpaar zu Augenpaar. Dann sagte er: »Dieser Weg wird beschrieben, bestätigt und bezeugt seit den Tagen der Apostel bis auf unsere Zeit. Die heiligen Lehrer haben diesen ›guten Samen‹, diese ›Kraft aus der Höhe‹, diese ›kostbare Perle‹ einer dem anderen weitergegeben. So wurde dieses Licht als Erbe geschenkt und wird durch alle Generationen auf geheimnisvolle Weise weitergetragen, bis Christus zum zweitenmal auf Erden erscheint.«

Und Simeon, der Abt, fügte hinzu: »In unserem Traktat leuchtet auf die Mystik in ihrer lauteren christlichen Formung. Aber, mein Freund, vergessen Sie nie: Die Mystik ist ein Privileg der gottsuchenden Seele, nicht eine Domäne des akademischen Wissens. Bedenken Sie bitte: Die kirchlichen Instanzen tragen ein akademisches Gesicht, das sie der Mystik freundlich, ingrimmig oder höhnisch zuwenden, wie der theologische Zeitgeist es gerade gebietet . . .«

Während dieser Worte schritt der Abt hinüber zur Innenwand der Bibliothek, betätigte einen verborgenen Mechanismus an einem der Bücherregale und öffnete dadurch eine Tapetentür zu einem Geheimzimmer. Wolfgang entdeckte durch den Türspalt einen Schreibtisch und einen Aktenschrank.

»Früher war das Zimmer hier ein Versteck«, rief der Abt zurück, »heute dient es mir als Arbeitsraum. Mein Sekretär wohnt gleich nebenan. Wir haben eine Tür in seine Mönchszelle durchbrechen lassen. Aber damals, in der Türkenzeit, haben die Brüder in diesem Geheimzimmer zuweilen Verfolgte und Flüchtlinge versteckt. Betrachten Sie sich diesen gotischen Schrank . . . Kommen Sie bitte!«

Wolfgang Horlitz trat durch die offene Tapetentür und erblickte einen prunkvoll mit spätgotischem Maserwerk geschmückten Schrank, er glich im Aufbau zwei übereinandergestellten Truhen. Der Abt öffnete die untere Tür, und Wolfgang gewahrte dahinter ein schmales Ruhebett.

»Die Mechanik ist außer Betrieb«, erläuterte der Abt, »doch früher konnte der Flüchtling notfalls mit dem Bett in die Tiefe gleiten wie in einem Fahrstuhl. Die Wandklappe dort ersetzte dann den Schrankboden . . .«

»Darf ich probieren?« fragte Wolfgang.

»Bitte, nur keine Angst«, sagte der Abt.

Wolfgang legte sich auf die Bettstatt, der Abt schloß zum Scherz die Tür – und ein paar Herzschläge lang hatte Wolfgang Horlitz wiederum das sichere Gefühl, das alles schon einmal erlebt zu haben.

Als sie das Geheimzimmer wieder verließen, sagte der Abt: »In vielen Nachtmärschen überquerte der Flüchtling schließlich die Rhodopen und bestieg an der ägäischen Küste ein gemietetes Boot. Auf dem Meer war er bereits in Sicherheit. Die See beherrschten damals die Venezianer. Gegen gutes Geld nahmen sie jeden Flüchtling auf und brachten ihn nach Monemvasia, nach Napoli di Malvasia, dem hochberühmten . . .«

Inzwischen hatte der Abt die Tapetentür geschlossen, und als sie wieder Platz genommen hatten am Renaissancetisch vor dem Mittelfenster, reichte der Abt seinem Gast einige zusammengefaltete Bogen und bemerkte, diese Blätter enthielten jenen Text über das Herzensgebet, den er soeben übersetzt habe. Die Fehler darin möge Wolfgang bitte entschuldigen, sie seien beim Diktat entstanden; denn sein Sekretär beherrsche zwar die deutsche Sprache, aber nicht die deutsche Orthographie.

Noch während sich Wolfgang bedankte, zog der Abt eine kleine Schachtel aus der Falte seines schwarzen Talars, öffnete sie und legte sie als Geschenk des Klosters in Wolfgangs Hand. Die Schachtel enthielt ein vergoldetes griechisches Kreuz mit zierlichem Halskettchen.

»Ein Geschenk an alle, die das Herzensgebet pflegen«, sagte der Abt und fügte hinzu, der Gast möge es stets bei sich tragen, denn dieses Kreuz habe den Zweck, allezeit an das Gebet zu erinnern. Der Übende werde nämlich erfahren, daß der Starez Kalomiris mit Recht behauptet habe, der anfangende Beter nehme sich zwar hundertmal des Tages vor, in der Anrufung des Heiligen Namens zu verharren, aber tausendmal reiße der Belial – oder Sammael, wenn man so wolle – dem anfangenden Beter diesen Vorsatz wieder aus dem Herzen. Und um Wolfgang weiterer Dankesbezeigungen zu entheben, schloß der Abt: »Kommen Sie, mein Freund, ich zeige Ihnen jetzt unseren Klostergarten.«

Als der Gefreite Horlitz gegen Abend zum Flugplatz Krumowo zurückfuhr, hielt allein der bevorstehende Urlaub seine Seele im Gleichgewicht. Beim Gedanken jedoch, er müßte statt dessen zurück nach Eleusis, zurück in den Krieg und zurück in jenes unpersönliche, bedrückende, freudeleere, abschreckende Massenquartier für Mannschaftsdienstgrade, schauderte ihn, und ein Bedauern darüber fiel ihn an, daß das Kloster keinen Flüchtling mehr versteckte.

4

Der Urlaub glich anfangs einer Kette von Sonnentagen. Zuerst hängte Wolfgang Horlitz seine Uniform in die äußerste Ecke des Kleiderschrankes, und am liebsten hätte er immerfort gesungen. Welch herrliches Gefühl ist das, ein Zivilist zu sein! Man steckt ganz einfach die Hand in die Hosentasche, raucht mit der anderen auf offener Straße unbehelligt eine Zigarette, man muß um zehn Uhr abends noch lange nicht im Mannschaftslogis zur Stelle sein und muß keinem einzigen silbernen Schulterstück ›Ehre bezeigen‹. Eigentlich war es verboten, Zivilkleidung zu tragen, ein solches Vorrecht genossen nur die Offiziere. Aber Oderstedt besaß glücklicherweise keine Garnison, deshalb waren Kontrollen nicht zu befürchten. Wolfgang war wieder frei wie als Student.

Die ersten Tage widmete er seinen Eltern. Sie hofften – wie alle Oderstedter Bürger – auf den Frieden, der jetzt, nach dem Balkanfeldzug, scheinbar vor aller Türen stand. Von Rebekka indessen und ihrer Mutter hatte niemand etwas erfahren, weder die Eltern noch andere Oderstedter Freunde, die sich nach der überstürzten Flucht der Familie Seidenberg dieser wieder ehrlich verbunden fühlten. Aber der geplante Besuch in Altweiden ließ Wolfgang Horlitz keine Ruhe. Am Samstag, früh um sieben Uhr bereits, war er mit dem Rad unterwegs. Er fuhr durch den Oderwald zur Großen Heide, dann schnurgerade die altbekannte Sandstraße entlang, vorüber an den weißstämmigen Birken rechts und links am Weg. An der Glogeiche stieg er wiederum vom Rad, stillte nach der zweistündigen Fahrt seinen Durst und bog jetzt ab in südliche Richtung, fuhr durch Lucias Grund, eine tiefgelegene Schneise im hier beginnenden Mischwald, und erreichte nach abermals einer Stunde die Felder und Wiesen von Altweiden. Die Gegend war ihm fremd; zwar kannte er sonst das ganze Gebiet des Oderkreises, aber an Lucias Grund waren sie, er und seine Freunde, früher immer vorbeigefahren, denn der Reihersee zog sie wie ein Magnet jedesmal geradeaus.

Wolfgang überholte ein Fuhrwerk, das ein Fuder Grünfutter geladen hatte. Er fragte den Kutscher nach dem Weg, und dieser zeigte wortlos mit dem Peitschenstiel nach Süden, wo man eine dichte Baumgruppe erkannte. Als Wolfgang die Baumgruppe erreicht hatte, stieß er auch schon auf die Toreinfahrt zum Herrenhaus und geriet jäh in Erstaunen: Am Ende einer breiten Allee mit hohen Pappeln erblickte er die Fassade eines imposanten Schlosses im Stil des frühen Klassizismus, unvergleichbar einem ›Haus‹, wie Klaus von Mallwitz es schlicht beschrieben hatte. Auch Elkes erste Erläuterung einst, der Vater klage über zu wenig Pferde und zu viele Schulden, wollte sich nicht in das Bild fügen, das Wolfgang hier gewann, denn Zufahrtsweg und Parkanlage vermittelten den Eindruck gepflegter und wohlhabender Ordnung.

Wolfgang Horlitz widerstrebte es, mit dem Rad durch die Pappelallee zu fahren. Er entschloß sich, zu Fuß zu gehen und das Rad zu schieben, nachdem er noch sein Sporthemd straffer unter den Gürtel gesteckt und die Fahrradspangen von den Hosenbeinen entfernt hatte.

Eine erwartungsvolle Spannung erfüllte ihn. Wem würde er dort vorn zuerst begegnen: Rose? Elke? Dem Baron?

Als Wolfgang Horlitz das Ende der Allee erreicht hatte, stellte er sein Rad gegen den Stamm der letzten Pappel, zog die Aktentasche vom Gepäckständer, nahm das Päckchen für den Gutsherrn heraus, hängte die Tasche dann an die Lenkstange und schritt langsam und ein wenig ehrfurchtsvoll auf die breite Freitreppe zu.

»Hallo! Heda!« rief eine schnarrige Stimme von links. »Wo wollen Sie denn hin?« Und auf das kleine Paket deutend, sagte der Mann mit der ledernen Reithose und dem halsoffenen grünen Hemd: »Der Eingang für Dienstboten ist noch immer hinten, bei den Wirtschaftsgebäuden.«

Wolfgang war stehengeblieben, sah den mittelgroßen, etwas grobknochigen Reitersmann sprachlos an. Dieser jedoch gab sich nun etwas versöhnlicher und sagte mit mehr Ton in der

Stimme: »Sie sind wohl neu, also...« Er streckte die Hand nach dem Päckchen aus und begütigte: »Das nächstemal bitte hinten durch die Wirtschaftsgebäude.«

Wolfgang überlegte rasch. Das konnte der Baron von Mallwitz nicht sein. Der Baron war angeblich groß und hager. Außerdem mochte der Reitersmann kaum älter sein als vierzig Jahre. Dieser Mensch hier war sicherlich irgendein Gutsinspektor. Und wieder einmal packte Wolfgang der Übermut. Er schlug die Füße zusammen, erhob sich dabei selber in den Adelsstand, verbeugte sich sehr förmlich und gab zurück: »Von Horlitz – wenn ich mich vorstellen darf –, ich bin ein Bote des jungen Baron von Mallwitz.«

Der vermeintliche Inspektor ließ den Mund offenstehen, sah Wolfgang verblüfft in die Augen, dann gab er sich einen Ruck, gewann die Sicherheit zurück, stellte sich vor unter dem Namen ›Salmuth‹ und bat mit kühler Verbindlichkeit, Herr von Horlitz möge ihm folgen, er werde dem Baron seinen Besuch melden.

Halt, wollte Wolfgang rufen, das war nur ein Scherz, mein Name ist Horlitz, nur Horlitz, aber der Mann war schon die Freitreppe hinaufgeeilt – hinaufgeritten, wie es Wolfgang schien –, und der Gefreite Horlitz wollte schon das Hasenpanier ergreifen, um der Blamage zu entgehen, als Herr von Mallwitz groß und hager in der Eingangstür erschien.

»Herzlich willkommen, Herr Leutnant«, rief der Baron, kam etwas steifen Schrittes die Freitreppe herunter, streckte dem Gast beide Hände zur Begrüßung entgegen und versicherte mit bewegter Stimme immer wieder seine Freude über diesen unverhofften Besuch des Herrn Kameraden seines Sohnes Klaus.

Wolfgang wurde in das Herrenzimmer geführt, links neben der Eingangstür. In tiefen Ledersesseln – so unbequem, daß der Gast nicht wußte, wohin mit den Armen – nahmen sie

Platz, der Baron von Mallwitz und der ›Herr Leutnant von Horlitz‹. Die erste Frage nach dem eigenen Wohlergehen nutzte Wolfgang sofort, um das peinliche Mißverständnis aufzuklären. Er gestand freimütig, es habe ihn zuerst befremdet, dann aber belustigt, daß er als Beauftragter des jungen Barons zum Boteneingang verwiesen wurde, und so habe er sich dem Herrn in den Reiterhosen gegenüber einen Scherz erlaubt; zudem, ein Leutnant sei er ebenfalls nicht, sondern ein Gefreiter.

Der Baron lachte. »Dem Salmuth geschieht das sehr recht«, sagte er. »Wir verraten nichts. Und ›Leutnant‹ bleiben Sie. Ich befördere Sie auf meinem Gut zum Leutnant. Dem Salmuth werden wir schon Respekt beibringen. Der ist nämlich ein bißchen selbstherrlich. Ein Verwandter meiner verstorbenen Frau übrigens und ein geschickter Verwalter.«

Dann bat Herr von Mallwitz seinen Gast, vom Flugplatz in Eleusis zu berichten. Ihn fesselte jede Einzelheit, besonders fragte er nach den Feindeinsätzen und der Chance zu überleben.

Wolfgang schilderte den Maschinentyp Ju 88 in freundlichen Farben, und der Baron hörte dem schöngefärbten Bericht mit Erleichterung zu. Dabei öffnete er das kleine Paket. »Parbleu«, rief er erfreut, »der Junge denkt doch immer an seinen alten Herrn!« Und er bot Wolfgang eine der bulgarischen Zigaretten an: »Bitte sehr, Herr Leutnant . . .«

Wolfgang suchte nach seinen Streichhölzern, und die Gedanken sprangen zu Elke von Mallwitz, zu jener gemeinsamen Bahnfahrt im Winter vor zweieinhalb Jahren, und vorschnell erkundigte er sich nach dem Befinden der »jungen Damen«, Elke und Roswitha.

»Hm, gut diese bulgarischen Zigaretten«, lobte der Baron nach der ersten Rauchprobe, »die Leutchen haben noch unverfälschten Tabak . . .« Und dann erwähnte er wie nebenbei:

Elke spiele Theater in Berlin, ›irgendwas von Kleist‹, die beiden Jüngsten besuchten seit Ostern ein Internat in Breslau, die Direktorin dort sei eine Freundin seiner Frau gewesen, und Roswitha – ja, die sei vorhin die Treppe hinaufgestoben, vermutlich ziehe sie sich um. Und er fügte hinzu: der Salmuth sei mit ihr die Wiesengründe abgeritten, man beginne mit der Heuernte.

Da ging die Tür auf, und im breiten dunkelgebeizten Eichenrahmen stand Roswitha von Mallwitz in weißem Sommerkleid, graziös und sonnenbraun, mit blauen Augen und hellblondem Haar. An Elke erinnerten nur die herben, wohlgeformten Lippen und der Tonfall der Sprache.

»Mein Bootsmann ist da – herzlich willkommen!«

Etwas verlegen stand Wolfgang auf und reichte dem Mädchen die Hand. »Ich bringe Grüße von Ihrem Bruder . . .«

»Haben Sie mir die Freundschaft gekündigt? Wir standen fest verschworen auf du und du«, sagte sie spitzbübisch, aber mit Charme.

Wolfgang zögerte unwillkürlich mit der Antwort. ›Zu jung zum Verlieben‹, hatte Elke damals vom Kremser herabgerufen. Jetzt spürte Wolfgang, daß diese Worte nicht mehr galten. »Klaus läßt herzlich grüßen, dich besonders«, sagte er schließlich.

Rose servierte einen selbstgekelterten Apfelwein, das ›beste Mittel gegen den Durst‹, und Wolfgang berichtete noch einmal alles, was er über den Flugdienst in Eleusis zu sagen wußte. Danach lief das Gespräch zu dritt munter wie bei alten Bekannten rund um den Tisch.

Als Herr Salmuth sich dazugesellte – unaufgefordert, wie Wolfgang mißfällig bei sich vermerkte –, stockte das Gespräch. Aber unbekümmert bat Herr Salmuth um einen erfrischenden Trunk, lobte dann das Heuwetter, bestritt die weitere Unterhaltung ganz allein und sprach nur immer von der Landwirtschaft und von seinen Pferden. Endlich gönnte er sich und den Zuhörern eine Pause, trank das Glas leer, hob es Rose ein wenig entgegen und sagte wie nachträglich: »Auf dein Wohl, mein Herz . . .«

Roses Augen wurden dunkel vor verstecktem Zorn, und Wolfgang war sicher, sie hätte am liebsten ihr Weinglas nach Salmuth geschleudert. Da hob der Baron die Stimme: »Ich denke, es wird nun Zeit, dem Herrn Leutnant unseren Saal zu zeigen und vor allem das Bild des Gerich Seidenberg.« Und mit den Worten »Du bedienst dich bitte selbst, Eckehart« entschied er zugleich, wer nicht an der Besichtigung teilnehmen würde.

Der Saal lag im oberen Stockwerk. Herr von Mallwitz, Rose und Wolfgang stiegen die breite Eichenholztreppe hinauf und schritten den weißgetünchten Flur entlang, dessen Wände alte Waffen und Jagdtrophäen zierten; dann öffnete der Baron den hohen Flügel einer Doppeltür und ließ dem Gast den Vortritt.

Wolfgang Horlitz sah mit dem ersten Blick eine Reihe breiter Fenster ohne Gardinen, davor einen riesigen Barocktisch, umgeben von zahlreichen Stühlen mit hochragenden Lehnen, und plötzlich, als er den Fuß über die Türschwelle setzte, erkannte er in einem Eckspiegel sein Ebenbild. Er hielt spontan den Atem an, und einen Augenblick lang meinte er sogar, er selber befinde sich dort hinter der goldgerahmten Spiegelfläche und blicke in umgekehrter Richtung auf die drei Menschen in der Eingangstür zum Saal.

»Bitte, treten Sie ein, was zögern Sie?« hörte er nun den Baron, und Wolfgang fand sich wieder zurecht.

»Der Saal ist noch Barock«, sagte Herr von Mallwitz, »die Fassade unseres Hauses dagegen hat ein Modernist vor hundertfünfzig Jahren auf Klassizismus abgestimmt, ein Protz unserer Familie vermutlich – wir hatten deren mehrere.«

Dann unterbrach er sich: »Aber das Porträt hat den Vorrang, bitte hier, rechts...« Er deutete mit ausgestrecktem Arm auf die Stirnwand des Saales.

Wolfgang Horlitz war ein wenig enttäuscht. Das Spiegelbild soeben hatte die vorgegebene Ähnlichkeit zwischen ihm und dem Junker zwar vollkommen bestätigt, doch jetzt, unmittelbar vor dem lebensgroßen Porträt, schien alle Ähnlichkeit wie fortgewischt. Nur Elkes Beschreibung der Montur des Gerich Seidenberg traf genau zu, sogar die Reihenfolge stimmte, denn die Augen des Betrachters maßen dieses Bildnis unwillkürlich von unten nach oben: die hellbraunen Stulpstiefel, die schwarzen Kniehosen, die dunkelgrüne Reiterjacke mit den silbernen Knöpfen, den weißen Schulterkragen, den schwarzen Hut mit der geschwungenen Krempe und der grüngefärbten Reiherfeder. Und erst nach längerem Hinsehen haftete der Blick fest am Gesicht des Mannes, nachdem die kräftigen Farben der Montur ihre Anziehungskraft verloren hatten.

Noch einmal, wenn auch sehr flüchtig, schien es Wolfgang, als zeige sich die Ähnlichkeit von neuem, vor allem um Mund und Kinn, dennoch wollte seine Enttäuschung nicht weichen. Zu lange schon lebte er in der Vorstellung, in der Ahnengalerie eines alten Geschlechtes sein getreues Ebenbild zu finden; und diesem geheimnisvollen Zufall wollte er mit allem Eifer nachspüren. Jetzt schien dieser Wunschtraum schon vorbei zu sein.

»Also, Papa«, fragte Rose, »hatten wir recht? Ist Wolfgang nicht der Doppelgänger unseres abtrünnigen Verwandten?«

»Äußerlich eigentlich nur halb«, entgegnete der Baron, »ihr Mädchen habt eben eure besondere Phantasie. Aber...«, der Baron hielt inne und blickte Wolfgang an, »vielleicht ähneln sich die beiden Herren ihrem Wesen nach wie Zwillingsbrüder?« Er erwartete sichtlich eine Antwort, doch Wolfgang verstand ihn nicht.

»Und was sagst du?« fragte Rose den Gast, »siehst wenigstens du die Ähnlichkeit?« Aber das klang, als sei sie selbst nicht mehr davon überzeugt.

»Ein bißchen vielleicht?« fragte Wolfgang zurück, und dann beeilte er sich zu erklären, von der Tür her habe er dort im Spiegel eine frappante Ähnlichkeit entdeckt.

Und wie befreit rief Rose: »Richtig, Papa, der Spiegel ist es gewesen; der Spiegel hat uns die Ähnlichkeit gezeigt, Elke und mir und dem Klaus!« Aber zu Wolfgang gewandt erläuterte sie: Wer hier zu Hause sei, achte aus Gewohnheit meist gar nicht auf Bilder und Möbel und Vasen; nur wenn man den Saal betrete, springe einem vom Spiegel her manchmal das Bild des Gerich Seidenberg vor Augen, so lebendig, als wollte sich der Junker in Erinnerung bringen.

Ein Gong tönte vom unteren Stockwerk. Der Baron bat Wolfgang zu Tisch. Als sie die Treppe hinabstiegen, fragte er den Gast, ob er die Aufzeichnungen über Gerich Seidenberg kennenlernen möchte, man könne nach dem Mittagessen in die Bibliothek gehen und bei einer Tasse Kaffee gemeinsam Einblick nehmen in dieses ungewöhnliche Manuskript. Wolfgang wäre viel lieber mit Rose zum Reihersee gefahren, jetzt durchkreuzte der Hausherr diesen Plan; aber Rose kam Wolfgangs Absicht ein bißchen zu Hilfe. »Das Manuskript wird Wolfgang bestimmt interessieren«, sagte sie zu ihrem Vater, »und wenn ich mit den Erdbeeren fertig bin, hole ich ihn bei dir ab und zeige ihm unseren Park.«

Bei Tisch bekundete Herr Salmuth erneut die Vertrautheit mit Rose und streute bewußt entsprechende Bemerkungen in seine langatmigen Reden ein: »Erinnerst du dich noch, Rose, an unseren Rastplatz im Reiherwald? Genau an dieser Stelle hat der Gewittersturm neulich die hohe Kiefer entwurzelt. Ich werde dieses Prachtstück nicht verkaufen, was hat man heute schon von unserer Papiermark? Ich werde Bretter schneiden lassen. Ich reite heute noch nach Schwentendorf zur Sägemühle, kommst du mit, Rose, wie immer?«

Wolfgang wurde von dem Wunsch gepeinigt, seine Vertrautheit mit Rose gleichfalls zu betonen; deshalb, während einer Redepause des Herrn Salmuth, fragte er rasch: »Sag, Rose, weshalb gilt dieser Gerich Seidenberg, der mir so ähneln soll, als abtrünniger Verwandter eurer Familie?«

Rose griff die Frage sofort auf und fügte ihr dann eine Spitze gegen Salmuth bei: »Der Gerich Seidenberg hat unserer Familie den Adelstitel vor die Füße geworfen; ich hab dir das aber doch längst erzählt, damals im Boot, an der Schilfinsel im Reihersee ... Fahren wir in deinem Urlaub noch einmal dorthin?«

Wie ein geübter Fechter hatte Salmuth blitzschnell die parierende Klinge zur Hand und erwiderte mit gezielter Ironie: »Der eine wirft einen Adelstitel fort, der andere hängt sich selbst einen an – solche Unterschiede gibt es unter den Menschen, sogar unter Zwillingsbrüdern ...«

Der Baron lachte entwaffnend. »So ist es nun mal auf der Welt«, rief er leichthin, hob die Tafel auf und blinzelte Wolfgang zu, als wollte er sagen: Weiß der Kuckuck, der Salmuth hat alles gemerkt.

Die Bibliothek erinnerte Wolfgang Horlitz an das Rhodopenkloster und an den Abt Simeon Kallistos. In Erstaunen aber versetzte ihn ein seltsamer Zufall. Auf dem runden Tisch vor dem hohen Bücherregal lag ein kleiner Band mit der Aufschrift ›Das Herzensgebet der Athosmönche‹.

»Kennen Sie das Buch?« fragte der Baron.

»Ich kenne das Gebet und sein Ziel.«

»Sie üben das Herzensgebet?«

Wolfgang gedachte der Mahnung: ›Aber nimm dich in acht, daß niemand dein Tun erfahre‹ – zudem hatte er bisher lediglich den Vorsatz gefaßt, sich übend in das Gebet zu versen-

ken; deshalb antwortete er, seine Kenntnis des Herzensge-
betes beruhe nur auf der Theorie. Ein aufsteigendes Gel-
tungsbedürfnis aber verleitete ihn, von der Begegnung mit
dem Abt Simeon Kallistos zu berichten und dem Baron als
Beweisstück das griechische Goldkreuz zu zeigen, das er seit
jener Begegnung auf der Brust trug.

»Wie ein verborgenes Ritterkreuz«, sagte der Baron nachdenklich, dann hob er die Stimme und ergänzte: »Und wie
das Goldkreuz des Gerich Seidenberg.«

Horlitz blickte auf. Verblüfft wiederholte er die Worte: »Wie
das Goldkreuz des Gerich Seidenberg?«

Jetzt stieß ein schlanker Fuß die angelehnte Tür nach innen
auf, und Rose betrat die Bibliothek, in beiden Händen trug
sie das Tablett mit dem Kaffeeservice. »Wohin, Papa?«
fragte sie, und der Baron deutete auf den zweiten Tisch am
Fenster zum Park.

Die kelchförmigen Rosentassen aus feinem Meißener Porzellan, das ziselierte Silbertablett und den Duft des echten
Mokka nahm Wolfgang kaum wahr, nicht einmal Roses
Gegenwart lenkte seine Gedanken noch zum Reihersee; denn
all seine Erwartung war gerichtet auf das, was der Baron
sogleich über Gerich Seidenberg und das Goldkreuz sagen
mußte. Als aber die Männer Platz genommen hatten, als
Rose den Mokka servierte und dabei betonte, in einer Stunde
etwa hole sie ihn, Wolfgang, hier ab, gewannen Neigung und
Sinn für Rose wieder die Oberhand, und wie unabsichtlich
sah Wolfgang ihr nach, während sie mit leichtem Schritt die
Bibliothek verließ, mit dem schwebenden Tanzschritt der
Pippa, gerade so wie ihre Schwester Elke. Doch dann ent-
schied der Baron den inneren Zwiespalt des Gastes zu Gerich
Seidenbergs Gunsten: er stellte eine Bronzekassette auf den
Tisch und entnahm ihr zwei denkwürdige Gegenstände – das
Medaillon, von dem Rose damals während der Bootsfahrt

gesprochen, und ein vergoldetes griechisches Kreuz an zierlichem Halskettchen. Das glich dem Goldkreuz des Wolfgang Horlitz wie ein Doppelstück.

Eine kühne Gedankenverbindung fesselte Wolfgang ganz: sein griechisches Kreuz war ein Gastgeschenk des Klosters; es wurde allen zuteil, die das ›Herzensgebet‹ pflegten, wie der Abt versichert hatte. Sollte Gerich Seidenberg einst in jenem Rhodopenkloster zu Gast gewesen sein?

»Sie kennen die Aufzeichnungen, Baron von Mallwitz?« fragte Wolfgang.

»Gewiß, sehr genau, ich bringe sie sofort.«

»Steht darin geschrieben, ob der Junker jemals ein orthodoxes Kloster besucht hat?«

»Das ist verbürgt. Ich wollte soeben schon die Probe machen auf eine gewisse Vermutung hin. Sagen Sie also, wie heißt das Kloster, in dem Sie Ihr Gastgeschenk erhielten?«

»Kloster des Gregor Pakurianos«, sagte Wolfgang gespannt.

»Richtig, in diesem Kloster lebte Gerich Seidenberg nahezu ein Jahr im Versteck«, rief der Baron erfreut. Und dann beteuerte er, hinter all diesen merkwürdigen Dingen könne kein blinder Zufall stecken, dahinter verberge sich zweifellos ein Sinn; und vielleicht finde man noch weitere Übereinstimmungen, wenn man den Lebenslauf des Wolfgang Horlitz mit dem seines historischen Zwillingsbruders vergleiche. Der Baron hatte inzwischen eine Rolle handgeschriebener Blätter herbeigeholt, sie geöffnet und die Bogen auf den Tisch gelegt. Etwas ungeschickt versuchte er, sie glattzustreichen, um seinem Gast Einblick zu bieten.

»Sehen Sie«, sagte er, »die Schrift mit ihren übertriebenen Rundungen ist sehr schwer lesbar, auch sind manche Stellen des Textes so lädiert – hier Wasserflecke, dort verblaßte Tinte –, daß man viel Übung braucht, um die Handschrift richtig zu lesen. Hinzu kommt noch das altschlesisch gefärbte

Deutsch im Stil Jakob Böhmes. Sehen Sie bitte...« Der Baron fuhr mit dem Finger unter einer bestimmten Zeile entlang, nahm zugleich die glättende Hand von den Bogen, da rollten alle Blätter flugs zusammen und türmten sich zu einer Pyramide von Papier.

»Zum Kuckuck!« rief der Baron, versuchte den Papierberg zu ordnen, ließ wieder davon ab und sagte: »Kurz und gut, ich bin dabei, das gesamte Manuskript in ein lesbares Deutsch zu übertragen. Natürlich bleibt die stilistische Eigenart der Chronistin erhalten. Später werde ich das Ganze als Buch herausgeben. Einen süddeutschen Verlag habe ich bereits für diesen Plan gewonnen. Ich kann das Manuskript nicht entbehren, aber das erste gedruckte Exemplar bekommen Sie, Wolfgang – wenn ich mir diese vertrauliche Anrede erlauben darf –, und dann, Wolfgang, werden wir gemeinsam die Parallelen in Ihrem und in Seidenbergs Lebenslauf aufspüren und versuchen, eine Antwort zu finden.«

Wolfgang brannte darauf, schon heute weitere Einzelheiten über den geheimnisvollen Zwillingsbruder zu hören, und stellte dem Baron die Frage nach des Junkers ›Überfahrt‹, nach der sonderbaren Inschrift auf dem Grabstein, von der Rose ihm auf dem Reihersee erzählte.

Der Baron hob den Blick, dann wandte er sich wieder den Papierrollen zu, blätterte ein wenig, fand auf der vorletzten Seite den gesuchten Satz und las ihn vor, als deklamiere er einen bekannten Vers:

»Also setzt er das Segel und steuert vor dem Winde, und das Meer ist heute fast schwarz, weil der Himmel so ungewöhnlich trüb. Aber weither noch leuchtet das helle Segel des Gerich Seidenberg, meines viellieben Bruders.«

Wolfgang verstand nicht, was sein Gastgeber meinte, doch der Baron erklärte, er habe gerade aus dem Schlußteil der Chronik den entscheidenden Satz zitiert. Begreife man Seidenberg als Symbol, dann sei dieser Gerich Seidenberg der Zwillingsbruder eines jeden, der solcher Überfahrt nachfolge, um endgültig auf der Seite Gottes zu stehen, nicht mehr auf Seiten dieser Welt.

»Aber«, so unterbrach sich der Baron, »Sie möchten gewiß etwas anderes hören, etwas unmittelbar Persönliches. Nun gut: Gerich Seidenberg gelangte als Wanderarzt bis zum Peloponnes. Er lebte zuletzt bei den Mönchen einer Einsiedelei, nördlich der Stadt Monemvasia. Dort könnte noch heute der Stein zu finden sein, von dem Sie sprechen. Ein Grabstein aber ist es nicht, denn Seidenberg starb auf dem Meer.«

»Er war erst fünfzig Jahre alt?« fragte Wolfgang.

»Ja«, antwortete der Baron, »fünfzig Jahre; und jetzt im Krieg darf Ihnen das ein Trost sein. Aber die Duplizität gewisser Lebensfakten bei Ihnen und Seidenberg soll Sie späterhin nicht beunruhigen, insofern, als Sie dann stets Ihren fünfzigsten Geburtstag fürchten.«

Wolfgang versicherte, so abergläubisch sei er nicht, und er sprach mit fester Überzeugung, denn der fünfzigste Geburtstag lag ihm noch sehr fern. Seine Gedanken aber flogen zum Peloponnes, zur Steilküste, wo ihre Notlandung geschah: Er sitzt auf der niedrigen Steinmauer vor dem Haus des Alexandros Kalomiris. Die Nacht ist tropisch hell, die Brandungswellen rauschen ihr Crescendo in die milde Luft, durch das gotische Turmfenster der Klosterruine oben am Berg leuchtet ein Stern. Er wagte nicht, dem Baron davon zu berichten, er wollte nicht, daß dessen Antwort vielleicht diesen Traum zerstörte, denn er war bei sich überzeugt, die Einsiedelei der Mönche zu kennen, den letzten Aufenthalt des Zwillingsbruders und Wanderarztes Gerich Seidenberg.

»So nachdenklich?« sagte der Baron forschend.

»Ach, nur eine Erinnerung«, erwiderte Wolfgang und fragte,

ob es zutreffe, daß der Junker nur ein Adoptivsohn der Familie von Mallwitz gewesen sei.

»Nur ein Adoptivsohn«, wiederholte der Baron, »nur? Na, die Mallwitz und die Bielschützen dürften sehr stolz sein, hätten sie aus eigenem Geschlecht einen solchen Mann hervorgebracht. Aber das zweite Gehör vererbt sich nicht, junger Freund, das zweite Gehör ist ein Geschenk aus der oberen Welt, und nur wer den verborgenen Klang zu hören vermag, der beginnt die Überfahrt des Gerich Seidenberg.«

»Und wo kam er her, der Junker? Rose sagte, er sei ein Engländer gewesen . . .«

»Einer meiner Ahnen fand ihn auf See und nahm ihn an Bord. Er trieb in einem steuerlosen Boot, ein vierjähriger Knabe. Er kam wie ein kleiner Abenteurer in einem Rettungsboot, und sechsundvierzig Jahre später fuhr er auf gleiche Weise davon. Dazwischen lag das große Abenteuer seines Lebens, das Wagnis auf irdischem und geistigem Feld . . .«

In diesem Augenblick öffnete Rose die Tür und rief: »Ich bin schon fertig, ihr auch? Komm, Wolfgang, ich zeige dir den Park.« Sie ahnte nicht, welchem Zwiegespräch sie ein Ende setzte. –

Im Westteil des Parkes lag ein verwilderter Garten. Vor einem sechseckigen offenen Pavillon blühten Hunderte von Feuerlilien. Seitlich, einen knappen Steinwurf weit, unter den herabhängenden Zweigen der Erlen, fand sich ein Goldfischteich mit zerbröckelnder Steinumrandung. Auch der Springbrunnen in der Mitte hatte längst seinen Dienst getan, und statt der Fische hatten ein paar braungelbe Frösche das brackige Wasser besiedelt.

»Wohin wollen wir uns setzen, Wolfgang«, fragte Rose, »hier auf die Teichmauer oder in das Gartenhaus?«

Wolfgang deutete auf die Teichmauer. Sie nahmen Platz,

wandten einander die Knie zu und stützten sich mit dem äußeren Arm auf den sonnenwarmen Steinrand.

»Das ist meine romantische Ecke«, sagte Rose.

»In Oderstedt gibt es auch eine Romantische Ecke«, entgegnete Wolfgang, »im Hof des Lyzeums, dort haben wir als Primaner oft gezeichnet . . .«; und er wollte jetzt von Rebekka Seidenberg erzählen, als das Signal eines Jagdhorns vom Schloß herüberklang.

»Das ist der Salmuth«, erklärte Rose, »der möchte mit mir ausreiten. Er lädt mich auf diese Weise immer ein, wenn er mich nirgendwo findet. Aber heute mag er Signale blasen, soviel er kann, soll er reiten, mit wem er will – mit mir nicht!«

»Seit wann arbeitet denn dieser Herr Salmuth bei euch als Verwalter?«

»Seit einem Jahr etwa, und seitdem geht es mit uns bergauf. Weißt du, Papa ist eigentlich ein Gelehrter, aber nicht ein Gelehrter der Ökonomie, sondern der Religions- und Geisteswissenschaften. Als unsere Mutter starb, verlor das Gut die leitende Hand . . .«

»Ich war überzeugt, dein Vater verstehe sich auf beides, auf Ökonomie *und* auf die Philosophie.«

»Verstehen schon«, bestätigte Rose, »aber als Ökonom ist er viel zu großmütig. Das ökonomische Handeln muß ihm ein anderer abnehmen. – Weißt du, der Salmuth ist ein Cousin meiner Mutter. Manchmal benimmt der sich so blöd wie vorhin mit seinem Trinkspruch, daß man ihn am liebsten . . .«

Das Jagdhorn tönte zum zweitenmal.

»Der spinnt doch«, sagte Rose und machte eine entsprechende Handbewegung; dann rief sie mutwillig: »Wenn der hierherkommt, verstecken wir uns in den Feuerlilien.« Jetzt hob sie den Kopf, lauschte und flüsterte Wolfgang zu: »Du, er kommt tatsächlich – rasch!«

Sie packte Wolfgang am Handgelenk, und im nächsten Augenblick waren beide im Lilienmeer versunken. Sie lagen dicht beieinander, spähten, so gut es ging, zwischen den Stengeln und Blüten der Lilien hindurch, und Wolfgang erinnerte sich genau an das Weidenversteck der Oderbuhne, wo er vor Jahren ebenso heimlich neben Rebekka Seidenberg gelegen. Er lächelte verhalten, aber bald wurde sein Gesicht nachdenklich ernst. Ein melancholisches Symbol hatte sich ihm erschlossen: immer würde er zurückschauen müssen, wollte er Rebekka sehen; geradeaus, in der Zukunft, lag keine Hoffnung.

»Der Salmuth kommt anscheinend doch nicht«, sagte Rose, und als sie Wolfgang anblickte, betroffen von seiner Nachdenklichkeit, fügte sie hinzu: »Gelt, du findest das albern, sich so vor dem Salmuth zu verstecken?«

Wolfgang gewann sein Lächeln wieder. »Gar nicht albern, lustig finde ich das . . .« Und während sich beide in die Augen sahen, viel zu lange, verlor die Umwelt jegliche Kontur, und inmitten der blühenden Feuerlilien erlosch das ›Lied der Oder‹.

Am Abend begleitete Rose den Gast zum Parktor. Wolfgang hatte sich vom Baron verabschiedet und eine Einladung für die kommende Woche erhalten. Das Herz voller Freude und schöner Pläne schritt er an Roses Seite die Pappelallee hinunter. Übermorgen, am Montag, würde er mit Rose zum Reihersee fahren, den Rückweg über Altweiden nehmen und dort übernachten. Am Dienstag würde ihm der Baron aus der Chronik des Gerich Seidenberg vorlesen, aber dann . . .

Doch er wollte jetzt nicht an das Urlaubsende denken und fragte schnell: »Wie geht es eigentlich Sylvia, Klaus' Freundin vom Reihersee?«

»Sylvia hat sich verheiratet. Sie ist Gutsherrin irgendwo in Pommern.«

»O die Glückliche!« sagte Wolfgang mit Übertreibung.

»Man täuscht sich«, antwortete Rose, »nicht jede heiratet, um glücklich zu sein.«

»Weshalb sonst?«

»Nun, aus anderen Gründen: Pflichterfüllung, Standesethos, Gehorsam, Ehrgefühl, Reputation und wie diese gewichtigen Synonyma alle heißen.« In Roses Worten klangen Ironie und Resignation zusammen, und Wolfgang horchte auf. Jener Schwentendorfer Lehrer fiel ihm ein, der auf dem Gut die Bienen versorgte, und er besann sich der Kluft zwischen den Baronessen und ihm. Er wollte Gewißheit, und rasch gelang ihm eine geschickte Frage: »Dann haben die alten Romane also recht. Der Adelsstolz bezwingt die Liebe?«

»Es ist nicht immer der Stolz«, sagte Rose ernsthaft, »aber wie soll ich dir das erklären? Ich könnte zum Beispiel einen – Schauspieler heiraten, aber dann gingen wir nach Berlin oder nach München, weg vom Gut...«

»Weit weg vom Gut?« fragte Wolfgang.

Rose wich der Antwort ein bißchen aus und versicherte, die Familie Mallwitz vergleiche sich nicht mit Wolfgangs Romanfiguren; ihre Mutter stamme aus einem bürgerlichen Haus und der Vater sei alles andere als adelsstolz.

Sie hatten das Parktor erreicht.

Rose gab Wolfgang die Hand.

»Du mußt nicht so reden«, sagte sie weich und formte die Lippen wie zum Kuß.

»Bis übermorgen?« sagte Wolfgang versöhnt.

»Bis übermorgen!«

Rose stand noch lange am Tor, und sie winkte, wenn Wolfgang zurücksah.

Sonntag früh, am 22. Juni, meldete der Deutschlandsender den Krieg mit Rußland. Sonntag mittag erreichte den Gefrei-

ten Horlitz ein Telegramm, das ihn umgehend zur Kommandantur des Flugplatzes Wien-Aspern befahl. Der Urlaub war
jäh vorüber.

Vom Bahnhof Oderstedt telefonierte Wolfgang Horlitz nach
Altweiden. Dort meldete sich der Herr Salmuth. Rose? Die
sei leider unterwegs. Der Baron? Der wolle von niemandem
gestört werden. Wolfgang sprach wie mechanisch den Text
seines Telegramms in die Schallmuschel und hängte den Hörer
ein.

5

Es gibt Alpträume in zahlloser Spielart. Sie fallen über den
Menschen her wie böse Dämonen, schütteln und quälen ihn
unerbittlich, bis er schweißnaß mit lautem Aufschrei erwacht.
Aber dann ist der Traum dahin wie ein Rauch im Wind. Der
Alptraum des Wolfgang Horlitz jedoch zeigt eine groteske
Beharrlichkeit. Er kommt immer wieder, lauert heimtückisch
auf seine Stunde, Jahr um Jahr, und nicht die geringste Phase
dieses Traumes verändert sich. So wiederholt sich für Wolfgang Horlitz in regelloser Folge jeweils das gleiche düstere
Bild: Dann steht er Posten auf dem Feldflughafen von Saloniki. Das Mondlicht malt gespenstische Schatten auf die drei
Kampfmaschinen Ju 88, die er bewachen muß und die sich
ducken wie mörderische, doppelköpfige Hornissen. Jetzt schreit
der Schakal, schreit wie ein wehklagendes Kind durch die
halbdunkle Nacht, und einem teuflischen Zauber gleich werden die schwarzgrünen Hornissen lebendig. Die Luftschrauben
springen an, die Maschinen richten sich auf, ihr Leitwerk ragt
steil in die Luft, und schon jagen die spukhaft entfesselten
Hornissen-Maschinen ihn, Wolfgang Horlitz, über das Roll-

feld von Saloniki, bis er vor Erschöpfung zusammenbricht und augenblicks hochfährt aus so unerquicklichem Schlaf.

Und dann, während er noch um das volle Wachbewußtsein kämpft, bedrängt ihn ein zweites, aber ungewisses Bild: Hat auf dem Rumpf der mittleren Maschine nicht jemand im Sattel gesessen? Ein Reiter mit halsoffenem grünem Hemd? Eckehart Salmuth, der letzte Herr auf Altweiden, der Ehemann Roswitha von Mallwitz'? Und Wolfgang Horlitz preßt die Hand gegen das griechische Kreuz und zwingt die Gedanken mühevoll zur Konzentration auf das christliche Mantrayana der Athosmönche. Wo nun liegt der Keimboden dieses makabren Traumes, die tiefere Ursache? –

Als Wolfgang Horlitz, vom Urlaub zurückgerufen, wieder in Eleusis eintraf, als er erfahren hatte, daß der Leutnant von Mallwitz unterdessen an die Ostfront versetzt worden war, als Wolfgangs Pilot, der Offizier, wieder sein Einzelzimmer bewohnte, Funker und Beobachter, die beiden Feldwebel, ihr Doppelzimmer bezogen hatten und er, der Gefreite Horlitz, wieder im Massenquartier logierte, als er beschloß, der bedrückenden Misere des Nie-allein-sein-Könnens dadurch zu entgehen, daß er sich als Offiziersanwärter bei einem anderen Truppenteil bewarb – da erhielt der Kampfverband in Eleusis einen Befehl, der die Besatzungen in die Lage von Selbstmördern trieb.

Sie sollten, von Athen aus startend, mit einer Tausendkilo-Mine nach Ägypten fliegen, die Mine in den Suezkanal werfen und dann versuchen, wieder heimzukommen. Versuchen – denn ein Kampfflugzeug vom Typ Ju 88 A5 konnte bei vollen Benzintanks nur acht Stunden in der Luft bleiben, und acht Stunden etwa dauerten Hin- und Rückflug bei jenen Einsätzen ohne Sicherheitszeit. Wer vom Kurs abkam, wer englischen Jägern ausweichen mußte, der war verloren. Treibstoffmangel bescherte ihm das bittere Los eines Ikarus: er stürzte ins Meer, irgendwo zwischen Kreta und dem Peloponnes.

Fünfmal gelang Wolfgangs Besatzung dieses befohlene Husarenstück, dann ließ sie das Fliegerglück im Stich.

Sie rollten in der Abenddämmerung zur Startbahn. Neben Wolfgang, auf dem Funkersitz, hantierte der ›Neue‹ an seinem Maschinengewehr. Er hatte den malariakranken Hein Jansen zu vertreten und flog mit Wolfgangs Besatzung zum ersten Mal. Er zeigte große Gelassenheit und gab sich, als ginge es nur um einen Werkstattflug. Angst hatte er gar nicht, so schien es Wolfgang, und er beneidete den Neuen.

Der Anflug zum Suez verlief genau nach Plan: Sie setzten sich gut von der Rollbahn ab, gewannen Höhe und steuerten auf Kurs. Die Nacht zog langsam herauf, Stern um Stern begann sein Leuchten, aber sie empfanden nicht die Schönheit der südlichen Sternennacht hier oben in viertausend Meter Höhe, denn die grauschwarze Tiefe unter ihnen, das eintönige Gedröhn der Motoren und das beständige Vibrieren der Kampfmaschine erstickten allen Schönheitssinn.

Wolfgang erinnerte sich mit großem Unbehagen daran, daß er dem Baron von Mallwitz die Ju 88 in solch falschen Farben gezeichnet hatte, denn im Grunde war diese Maschine mit ihren zwei 1450-PS-Motoren eine Fehlkonstruktion, ein Flugzeug, das sich für den Langstreckeneinsatz als ungeeignet erwies. In seiner ursprünglichen Form zwar ein flugtüchtiger Horizontalbomber, war die Maschine auf Betreiben eines einflußreichen Generals zum Sturzkampfflugzeug umgerüstet worden: die Tragflächen wurden verkürzt, die Bombenaufhängung wurde nach außen verlegt und eine Sturzflugausführung montiert. Damit verlor die Maschine ihre ursprüngliche aerodynamische Tauglichkeit und büßte zudem weit mehr an Flughöhe, Nutzlast, Reichweite und Geschwindigkeit ein, als die vom General bedrängten Konstrukteure voraus-

gesagt hatten. Geradezu lebensgefährlich war jeder Langstreckeneinsatz, besonders über dem Mittelmeer. Der Ein-
motorenflug in wärmeren Luftschichten blieb utopisch, und
bei Seenotlandungen gingen die meisten Besatzungen deshalb
verloren, weil die Maschine sofort in die Tiefe sank und das
Schlauchboot nur in seltenen Fällen flott wurde. Bei Kälte dagegen neigte die Maschine zum plötzlichen Abtrudeln, weil
die Enteiser an den Trimmklappen schlecht funktionierten.
Wer auf der Ju 88 A5 überleben wollte, brauchte einen
Artisten, wie Wolfgangs Chef es war. Wo nur ein Pilot am
Steuerhorn saß, nicht ein Artist, mußte man in kurzer Zeit
mit dem Verlust dieser Besatzung rechnen.

Gegen ein Uhr nachts gelangte Wolfgangs Maschine ans Ziel.
Der Mond stand voll am Himmel und zeichnete den Kanal
als schnurgeraden Silberstreifen in die ägyptische Finsternis.
Die Angriffshöhe betrug nur fünfhundert Meter. Die Flieger
schwebten im Gleitflug nach unten, doch bevor sie die Mine
auslösen konnten, gerieten sie in grellblendende Scheinwerfer-
kegel und heftiges Flakfeuer. Die Leuchtspurgarben der Ab-
wehrbatterien blitzten in allen Regenbogenfarben an der
Kabine vorbei, und unmittelbar nach dem Abwurf der Mine
meldete der neue Funker einen Treffer im Rumpf der Maschine. Aber das Flugzeug blieb steuerfähig. Im Tiefflug
zogen sie einen weiten Bogen um das Zielgebiet und suchten
das offene Meer.

Wieder gewannen sie an Höhe, und Wenske, der Beobachter,
begann zu singen, wie immer, wenn der Angriff vorüber war.
Plötzlich brach er sein Schlagerlied ab und schrie in das Bordtelefon: »Der Rumpftank ist hin, die Pumpen fördern nicht!«
Nach dem ersten Schreck ergriff Wolfgang Horlitz den Hebel-
arm der Handpumpe und arbeitete bis zur Erschöpfung. Vergebens, wieder hörte er Wenskes Stimme im Bordtelefon:
»Reservepumpe fördert nicht!«

Die Lage war heikel. Technisch gesehen ergab sich folgendes Bild: Im zweiten Rumpftank, der als Zusatztank für Fernflüge eingebaut wurde, mußten sich schätzungsweise noch fünfhundert Liter Treibstoff befinden. Genau war das nicht zu ermitteln, denn der zweite Tank besaß keinen Benzinstandsmesser am Armaturenbrett. Vermutlich hatte ein Flaktreffer die Treibstoffleitung zerrissen und zwang die Besatzung auf fünfhundert Liter Brennstoff zu verzichten und eine gute Stunde *vor* dem Heimathafen zu landen. Vielleicht, so dachten bangend alle vier Flieger, vielleicht erreichten sie Rhodos, den italienischen Stützpunkt.

Während der nächsten drei Stunden herrschte Schweigen in der engen Kabine, in der sie so dicht zusammenhockten, daß Horlitz beim Notpumpen sogar den Fallschirm ablegen mußte. Mehrmals versuchte er später, den Fallschirm wieder umzuschnallen, aber das gelang ihm nicht: sein Platz in der Bola war so eng, daß er mit dem Schirm an einer Handschraube hängenblieb, ihn oben aufriß und die Seide wie weißer Schaum hervorquoll. Der Fallschirm war unbrauchbar geworden.

Gegen vier Uhr früh wurde es hell, und rechts voraus, am Horizont, sahen sie plötzlich Land. Rhodos?

Zum Rätseln blieb keine Zeit, Land ist Land, und sie flogen darauf zu. Nach fünfzehn Minuten war es taghell. Vor ihnen zeigte sich eine langgestreckte Küste, dahinter Bergkette um Bergkette.

Das war doch nicht Rhodos?

Aber dann begann der rechte Motor zu stottern, der Treibstoff ging aus; es wurde höchste Zeit zur Landung.

Der Flugzeugführer gab seine Anweisung durch: »Besatzung, Achtung – Besatzung, Achtung! Wir fliegen genau auf die Küste. Horlitz, die Bola abwerfen. Alles fertigmachen zum Fallschirmsprung!«

›Bola‹ nannten die Flieger jene Klapptür, durch welche die Einstiegluke unterhalb der Maschine geschlossen wurde und die, mit einem Maschinengewehr ausgerüstet, gleichzeitig als ›Bodenlafette‹ diente. Im Notfall wurde die Bola abgeworfen, und durch die entstandene Öffnung konnte dann die Besatzung in die Tiefe springen. Aber Wolfgang hatte diese Möglichkeit vergeben. Sein defekter Fallschirm lag unter Wenskes Sitz.

Fast schwanden dem Gefreiten Horlitz die Sinne, er zitterte am ganzen Leib und war unfähig, ein Wort hervorzubringen. Der Neue stieß ihn von oben her an, gab heftige Handzeichen, doch Wolfgang begriff nicht, was er meinte. Und wieder hörte er die Stimme des Flugzeugführers. Diesmal schrie die Stimme ins Bordtelefon: »Horlitz, Bola weg! Beeilen Sie sich gefälligst!«

Da fand Wolfgang die Sprache wieder und schrie zurück: »Ich habe keinen Fallschirm mehr! Ich habe keinen Fallschirm!« Und während er in Verzweiflung den Gedanken faßte, sich beim Absprung an einen Kameraden anzuklammern, sagte der Flugzeugführer sehr ruhig: »Fertigmachen zur Wasserlandung«, und er drückte die Maschine nach unten.

Wolfgang hätte singen mögen wie Wenske, aber dazu blieb keine Zeit. In Kürze hatten sie die gebotene Landehöhe erreicht, der Pilot fing die Maschine ab, und eilends sollte der Funker das Kabinendach abwerfen. Der Neue – seine Gelassenheit war längst dahin – zerrte hastig am Nothebel und blickte hilflos zu seinem Bordschützen. Im Nu stand Horlitz auf dem Klappsitz über der Bola, entsicherte den Abwurfhebel und griff fest in den roten Bügel. Das Dach sprang aus der Halterung, wurde fortgerissen, schlug gegen das Leitwerk und zertrümmerte das Seitenruder. Gleichzeitig hob der starke Fahrtwind den Gefreiten Horlitz aus der Kabine heraus, und nur der beherzte blitzschnelle Griff des Neuen, er hatte Wolfgang am Koppel gepackt, rettete dem Bordschützen das Leben. Dann wiederholte sich das Landemanöver von Monemvasia: die Maschine setzte auf, krachend brach die See über die Besatzung herein und bedeckte die Männer wie eine Sturzflut. Als sie auftauchten, Horlitz zuerst, der Neue zuletzt, suchten sie vergebens nach dem Schlauchboot. Es hatte sich nicht aus dem Flugzeug gelöst und schoß in diesem Augenblick mit der Ju 88 L1-BR in die Tiefe.

Zu ihrem Glück war das Festland nicht weit, war die Brandung gering, und alle vier erreichten mit Hilfe der Schwimmwesten den flachen Sandstrand der fremden Küste.

Der Neue sagte das erste Wort. Er zog die nasse Fliegerhaube vom Kopf, daß sein rotblonder Feuerschopf in der Frühsonne aufleuchtete, kniff die Augen zusammen, lachte breit und rief fast frohlockend: »Kismet!« Dann schleuderte er seine Fliegerhaube in weitem Bogen zurück ins Meer.

Wenig später bereits wurden die vier Flieger von türkischen Gendarmen festgenommen und nach Kalkan geleitet, einem Marktflecken an der anatolischen Küste. Hier mißlang das erste Verhör wegen sprachlicher Schwierigkeiten.

Als es zu dunkeln begann, stellte ein ›Kommandant‹ für die Flieger vier Bergesel bereit, dazu einen Wachtposten namens Ali. Dieser beteuerte, er sei kein Polizist, er sei ein ›Asker‹, ein Soldat also; das dünkte ihn vortrefflicher. So riefen die Flieger ihn ›Ali-Asker‹, und darüber grinste er zufrieden.

Seit der Landung an der türkischen Küste empfand Wolfgang dem neuen Funker gegenüber eine seltsame Zuneigung. Auch der Wachsoldat, Ali-Asker, hatte den Neuen besonders ins Herz geschlossen. Er nannte ihn ›Iskender-Bey‹ und verbeugte sich jedesmal, wenn er den Namen aussprach. In seinem Verhalten lag ein solcher Ernst, daß Wolfgang unmöglich annehmen konnte, es handle sich hierbei um einen freundlichen Scherz.

Iskender-Bey ritt vor Wolfgang her, ritt wie sie alle müde und schweigend durch die endlose Nacht. Ali-Asker führte die kleine Karawane an, er marschierte voraus. Ali-Asker sang zuweilen an Wenskes Statt. Er sang sehr fremdartige Weisen, kurze Tonfolgen ohne Text, die sich ständig wiederholten und übereinstimmten mit der Monotonie dieser Landschaft aus Felsen, Mondlicht, Schatten und Geröll.

Zwischen dem Singen prüfte Wolfgang in Gedanken Iskenders Jubelruf. Kismet – konnte dieses Wort überhaupt etwas Gutes umfassen? Konnte es Freude, Lebenslust, Lachen in sich schließen? Deutungen dieser Art waren ihm bisher unbekannt. Er hatte mit dem Wort Kismet zeitlebens etwas Unheimliches verbunden: unverschuldet in Not und Elend geraten, auf widersinnige Weise zu Tode kommen. Aber besaß nicht jedes Ding zwei Seiten? Vielleicht hatte der Neue recht, den Wolfgang im stillen bereits ›Iskender‹ nannte; vielleicht gab es auch für das Wort Kismet zwei Blickwinkel: Nach unten? Nach oben? Er würde mit Iskender darüber sprechen, später, irgendwann später; auf diesem Ritt war er viel zu müde.

Am frühen Morgen gelangten sie nach Kas, einer kleinen Hafenstadt. Hier wurden die Flieger einem Matrosen übergeben, der sie mit seinem Motorboot nach Antalya bringen sollte.

Im Hafen von Kas gab es einen merkwürdigen Abschied. Ali-Asker stand lange am Ufer und rief wieder und wieder durch die vorgehaltenen Hände: »Iskender-Bey, güle, güle!« So grüßt der Türke einen scheidenden Freund: Güle, güle! – Immer lachen!

Weshalb aber der Name Iskender, was hatte der Neue mit diesem rätselhaften Namen gemein?

»Sie müßten es doch wissen«, sagte der Chef zu Wolfgang, »Sie sind doch Lehrer«; und Wolfgang war ein wenig verstimmt.

Die Fahrt nach Antalya dauerte den ganzen Tag, eine Küstenfahrt wie eine Ferienreise; denn unter türkischer Flagge hatten sie kein englisches Kriegsschiff, kein Flugzeug, keine Flak zu fürchten.

Als sie in Antalya einliefen, erinnerte sich Wolfgang Horlitz, daß der Apostel Paulus einst hier gelandet war. Sogleich verkündete er den anderen diesen Gedanken, fand aber keinen Widerhall. Ihm hingegen erschien das Stadtbild nun geradezu anziehend: die in der Runde am Berg hängenden Häuser, die Felsen, die alten Türme und Mauern, das spitze Minarett, die rötliche Erde und das leuchtende Gelb der Rapsfelder. Pamphylien nannte man zu Paulus' Zeiten das Land hinter der weiten Bucht.

In Antalya fand eine erfolgreiche Vernehmung statt, und der Dolmetscher erklärte lächelnd, daß der Krieg für die Herren Flieger zu Ende sei. Sie galten hinfort als interniert. Ein Lager in Ankara wurde ihr letzter Landeplatz.

Internierung bedeutet fast Gefangenschaft, nicht aber bei den Türken. Hay, welch ein herrliches Leben war den Fliegern beschieden! Maschallah, welch ein vortreffliches Kismet! Das Internierungslager, ein Hotel, lag im Zentrum der Neustadt. Hotelboy und Zimmermädchen standen zu Diensten, eine perfekte Köchin sorgte für die Mahlzeiten. Die deutsche Botschaft spendete reichliches Taschengeld und kleidete die vier Flieger ein von Kopf bis Fuß. Maßanzüge nach persönlichem Wunsch lieferte ein deutschtürkischer Schneider. Die Bücherei der Botschaft stand den ›Internierten‹ offen, Einladungen bei den Mitgliedern der Botschaft gehörten beinahe zur Tagesordnung, denn die Flieger durften sich frei bewegen und nach Belieben die Botschaft, Konzerte oder Kinos besuchen. Und das alles mitten im Krieg – Maschallah, welch ein Kismet! Nun glaubte Wolfgang Horlitz den Vorstellungen Iskenders, daß ›Kismet‹ vorwiegend Glück bewirke. Und Wenske würde dazu ergänzen: Nur die Mädchen nicht vergessen, die liebenswerten Angestellten der Botschaft! Sie kamen zu Besuch ins Lager-Hotel, wann immer sie wollten, brachten Schokolade und Zigaretten, Wein und Raki, Grammophon und Schallplatten. Die Flieger indessen luden sie ein zu Ausflügen in alle vier Winde.

Im Hausflur des Lager-Hotels saß Achmet, der wachhabende Polizist. Er strich des Abends die Namen von der ›Ausgangsliste‹ und hielt jeden Heimkommenden noch eine Weile auf. Achmet lernte Deutsch.

»Wie man sprechen das?« – »Wie man sagen hier?«

Achmet, dem Polizeibeamten und Deutschschüler, verdankte Wolfgang die Lösung des Rätsels ›Iskender‹. Auch Achmet hatte den Funker von Anfang an mit diesem Namen beehrt, nur ersparte sich Achmet die Verbeugung; und wenn Wolfgang Horlitz den Achmet-Efendi richtig verstanden hatte, dann hat es mit dem Namen Iskender folgende Bewandtnis: Iskender war ein Liebling Allahs, ja, er ist Allahs Liebling noch heute, denn Iskender ist nicht gestorben. Auf einem heiligen Vogel stieg er in Allahs Himmel auf, abends, als die Sonne rotgolden unterging. Und rotgolden wie Allahs Sonne am Abend ist Iskenders Haar. Und türkisfarben sind seine Augen, grünblau, wie Allahs wunderbarer Morgenhimmel. Iskender ist ein großer König; und eines Tages wird er wiederkehren, um Ost und West zu vereinigen zum immerwährenden Friedensreich. Iskender also ist Allahs Liebling; und er ist der Liebling jener, die Allah lieben. Da hatte Iskender einen Freund. Als beide sich zum ersten Male anblickten, wußten sie, daß sie Freunde waren; und sie wußten auch sogleich ihre Namen. Osman hieß der Freund, und einst rettete Osman Iskenders Leben; und dann trug der grüne Vogel den Iskender fort – hinauf in die Himmel Allahs.

Der Funker mit dem Feuerschopf und den grünblauen Augen trug nun auch im Kreis der Besatzung den Namen Iskender. Wolfgang hörte das gern, verband er doch mit diesem Namen heimlich die Vorstellung, er, Wolfgang, sei dem Osman gleichzusetzen und sie beide wären einander verbunden wie Blutsbrüder. Hatten sie sich nicht gegenseitig das Leben gerettet? Er hatte für Iskender in letzter Sekunde das Kabinendach abgeworfen, und Iskender hatte ihn mit blitzschnellem Zugriff vor dem Sturzflug über Bord bewahrt.

Wolfgang Horlitz hatte seit seinen Knabenjahren einem Wunschtraum nachgegrübelt, dessen Verwirklichung ihn hoch beglückt hätte. Er besaß keinen Bruder. Aber er wußte aus Erfahrung anderer, daß Bruderliebe nur zu oft Gleichgültigkeit im Gefolge hat und es nicht immer als Glück betrachtet wird, einen Bruder neben sich zu wissen. Wolfgang dagegen sah in der Person eines Bruders das zweite Ich; und in seinem Wunschtraum erschien ein solcher Bruder wie ein Spiegelbild seines Äußeren und seiner Seele. Henze, der Banknachbar und Freund aus der Schulzeit, war dieser Vorstellung nahegekommen; und nun hatte Iskender wiederum vieles gemeinsam mit Werner Henze, der in Polen gefallen war. Wie Henze liebte Iskender die Musik und die Literatur, wollte aber, von Beruf ›Abiturient‹, nach dem Krieg Philologie studieren.

Hier im Yeni-Hotel, dem Internierungslager par excellence, bewohnten Wolfgang und Iskender gemeinsam ein Zimmer und galten bald als unzertrennlich. Sie besuchten miteinander die allmonatlichen Sinfoniekonzerte, übten und musizierten abwechselnd auf dem Flügel in der deutschen Botschaft und widmeten sich ausdauernd der Botschaftsbibliothek. Vertrauliche Gespräche dagegen über Wolfgangs geistiges Anliegen ergaben sich seltener, wie ja ein Perlenschmuck nicht täglich zur Schau gestellt wird, auch nicht im engsten Kreis. Iskender war bei solchen Gesprächen zumeist nur mit aufschluß-

heischenden Fragen beteiligt, weil ihm selbst der innere An-
sporn noch fehlte, dem Freund auf diesem Weg zu folgen.
Doch begeisterten ihn die Persönlichkeiten, die Wolfgang ihm
geschildert hatte: der alte David, der Abt Kallistos und auch
der Baron von Mallwitz.
»Was war nun für dich das entscheidende Merkmal?« fragte
Iskender eines Tages. »Sag es mit einem Satz.«
»Der Flug zur intuitiven Erkenntnis«, gab Wolfgang Horlitz
zur Antwort.
»Ein weiter Flug?«
»Ein Höhenflug, Iskender, ein Höhenflug.«
Der Kontakt der beiden Freunde mit den übrigen Internierten, elf deutschen und zwanzig italienischen Fliegern, riß
zwar nicht ab, doch bewies die ›mythische Namensgebung‹ –
ein Brauch unter den internierten deutschen Fliegern –, wie
bemerkenswert Wolfgangs und Iskenders Freundschaft auch
von außen empfunden wurde: sie hießen die ›Dioskuren‹, die
unzertrennlichen ›Söhne des Zeus‹, und ihr Chef erhielt als
ältester und erfahrenster Pilot den Namen ›Dädalos‹.
Während eines Musiknachmittags des Ankara-Sinfonie-
orchesters lernte Iskender eine Dame der Schweizer Botschaft
kennen. Sie hatte ein wertvolles Handtäschchen verloren, das
Iskender unter einer Stuhlreihe wiederfand. Zu dieser Zeit,
im November, erhielt Wolfgang Horlitz den ersten Brief von
Rose aus Altweiden. Sie schrieb wenig Gutes: Klaus sei mit
seiner Besatzung im Osten vermißt, der Vater habe sich von
einem Herzanfall noch immer nicht erholt, Elke kümmere
sich nur noch um ihre Karriere, und die beiden Jüngsten seien
wieder daheim, weil das Internat einem Lazarett habe Platz
geben müssen. Nun habe sie bei aller Belastung noch zwei
›Internatskinder‹ zu erziehen. Ob Wolfgang als Pädagoge sich
vorstellen könne, was das bedeute? Zum Schluß fügte sie hinzu, sie alle hofften, Klaus sei am Leben, befinde sich vielleicht

in russischer Gefangenschaft, und Wolfgang möge offen schreiben, wie er als Flieger Klaus' Chance beurteile. Dann folgte noch ein herzlicher Gruß, aber keine Silbe über die Feuerlilien, kein Wort von Liebe.

Bei allem Mitempfinden war Wolfgang vom Inhalt des Briefes enttäuscht. Wie einen Lichtstrahl empfand er deshalb Iskenders Frage, ob er sich nicht um die Anschrift Rebekka Seidenbergs bemühen wolle; von hier aus könne er doch unbesorgt in die Schweiz schreiben; keine Instanz, die eine Korrespondenz mit Juden verbot, würde das je gewahren. Er, Iskender, wolle seine Schweizer Dame gern um die Vermittlung der Adresse bitten.

Zwei Wochen später war Wolfgang im Besitz der Zürcher Anschrift Rebekka Seidenbergs. Er wußte sich vor Freude kaum zu fassen, schrieb seitenlange Briefe, zerriß sie wieder, begann mit Eifer von neuem, bis er endlich die richtigen Worte traf. Und da er jedes Risiko vermeiden wollte, wählte er als Absender den Namen des Junkers von Altweiden: ›Gerich Seidenberg, Ankara, postrestan‹.

Seit dem 1. Dezember ging Wolfgang Horlitz täglich zur Hauptpost. Rebekkas Antwort aber blieb einstweilen aus. Erst Anfang Februar bekam er den ersehnten Brief mit der vereinbarten Adresse.

»Mach doch auf«, ermunterte Iskender, der Wolfgang zur Hauptpost begleitet hatte. Wolfgang jedoch steckte den Brief in die Rocktasche, um das Zittern seiner Hand zu verbergen, und bat den Freund, ihn jetzt allein zu lassen.

»Ach, so ist das«, sagte Iskender gedehnt, »ich glaubte immer, es sei Rose, und jetzt ist es Rebekka; ja dann ...« Er klopfte Wolfgang auf die Schulter und ging mit weiten Schritten voraus.

Wolfgang suchte sich einen Eckplatz in einem Café, bestellte türkischen Mokka, zündete sich eine Zigarette an, öffnete den

Brief und las mit anhaltender Erregtheit immer wieder Rebekkas ungewöhnliche Antwort:

»Geliebter Bote!

Nun bist Du in Sicherheit. Vorbei ist für Dich dieser schreckliche Krieg. Wie glücklich ich über Deine Nachricht bin, können eigene Worte nicht sagen. Als Dein Brief mich erreichte, habe ich im Hohenlied des Königs Salomo gelesen. Dieses habe ich gelesen: ›Ich schlief, doch es wachte mein Herz – horch, da klopft mein Geliebter: Tue mir auf, meine Schwester, meine Freundin, meine kleine Taube . . .‹

Und ich dachte an das Lied der Oder, als ich ferner las von einem Kettchen und einem Halsschmuck der Sulamithin, der Schwester und Braut.

Und mir steht unser Abschied vor Augen, unser letzter Abend in Oderstedt bei solchen Worten: ›Mein Geliebter streckte die Hand durch die Luke der Tür, da wallte in mir mein Herz . . . Ich tat meinem Geliebten auf; doch mein Geliebter war fort... Ich suchte ihn, aber ich fand ihn nicht . . . O wärst du mein Bruder, den die Brust meiner Mutter gestillt!‹

Weißt Du, Wolfgang, manchmal im Traum vermag ich in die Zukunft zu schauen. Behalt dieses Geständnis für Dich! Seit gestern nacht weiß ich, daß wir uns wiedersehen. Sehr viel später jedoch wird es sein, denn Dein Haar, Wolfi, war an den Schläfen schon grau, wie mir das Traumbild zeigte.

Sonst geht es uns gut hier in Zürich. Ich studiere Violine am Konservatorium; mein Lehrer, glaub ich, ist mit mir zufrieden. Den Text des Hohenliedes habe ich für Dich aus einer Zürcher Bibel abgeschrieben; und nun, bitte, laß mich schließen mit einem letzten Vers. Du sollst diesen Vers auch dann bewahren, wenn ich den Namen eines anderen Mannes tragen werde.

Höre, Wolfgang Horlitz: ›Lege mich wie ein Siegel an dein Herz . . .‹, mich, Deine Rebekka Seidenberg.«

Als die Erregung von Wolfgangs Seele wich, folgte die Wehmut. Rebekka würde heiraten, dann war alles zum zweitenmal zu Ende.

Alles? Wolfgang hob den Kopf, als ob er lauschte: Alles zu Ende?

›Lege mich wie ein Siegel an dein Herz‹, stand hier im Brief mit Rebekkas ausdrucksvoller Schrift. Trug er fortan nicht ein unsichtbares Amulett, Rebekkas Amulett, unter dem griechischen Kreuz des Simeon Kallistos?

»Ich lege Dich wie ein Siegel an mein Herz«, wollte er Rebekka antworten, und dieser beglückende Vorsatz trieb ihm die Wehmut fort. Es stand für Wolfgang Horlitz außer jedem Zweifel, er liebte Rebekka Seidenberg über alles Maß; aber er empfand keine Eifersucht bei dem Gedanken, sie werde in Kürze verheiratet sein. Dieser scheinbar so offenkundige Widerspruch war dennoch zu lösen: Rebekka fühlte geradeso wie er, deshalb gab sie Antwort und Aufschluß mit bestimmten Worten des Hohenliedes: ›Schwester und Bruder und Geliebter‹.

Und Wolfgang erinnerte sich der Rede des David Seidenberg, es sei da noch eine weltverborgene Liebe, die aber glühe nur im Angesicht der Engel. Nein, niemals würde Rebekkas künftiger Mann ihre Seele besitzen, nie!

Doch wie stand es um ihn, Wolfgang Horlitz? Angenommen, er heiratete Roswitha von Mallwitz, wem gehörten dann sein Herz und seine Seele – Rebekka oder Rose? Er prüfte sich genau und kam zu keinem rechten Schluß. Er mochte von sich nicht behaupten, Rose würde seine Seele niemals besitzen. Was also unterstellte er da einem fremden Mann? Er, Wolfgang, würde Rose lieben ganz nach dem Maß ehelicher Liebe. Rebekka aber würde er lieben »über alles Maß«, weil er trotz der Ehe mit Rose sich immer wieder nach Rebekka sehnen würde, stets um ihr Wohlergehen besorgt wäre und sich glücklich fühlte allein dadurch, sie irgendwo auf Erden zu wissen. Es bestand zwischen ihm und Rebekka eine seelisch-geistige Vertrautheit wie zwischen den Stimmen einer Duo-Sonate für Violine und Klavier, man wußte: von der ersten Note bis zur Fermate des letzten Taktes wird kein Mißklang sein.

Es fiel ihm schwer, seine Empfindungen für Rebekka anders als durch ein musikalisches Bild klarzulegen, Empfindungen, die der Gattenliebe, Geschwisterliebe und Freundesliebe nur annähernd entsprachen – denn seine Zuneigung für Rebekka schwang wie ein helles Arpeggio federleicht über den deutelnden Verstand hinweg. »Es gibt einige Freundschaften, die im Himmel beschlossen sind und auf Erden vollzogen werden«, hatte Wolfgang vor kurzem bei Matthias Claudius gelesen. Er glaubte diesem Wort und nahm es in Besitz für sich und Rebekka: Mein Bruder, mein Freund, mein Geliebter, lege mich wie ein Siegel an dein Herz . . .

Im Frühjahr waren urplötzlich zwei deutsche Offiziere aus dem Internierungslager verschwunden, Wolfgangs Chef und mit ihm der Oberleutnant S. Jeder im Lager-Hotel sprach von einer vorgefaßten Flucht. Die Bestätigung dafür erfolgte im Juni. Wenske erhielt eine Ansichtskarte aus Berlin mit dem lakonischen Satz: »Heimflug gut gelungen, es denkt oft an Sie drei Ihr Dädalos.«

Von diesem Augenblick an war Iskenders Ruhe dahin. »Wir müssen hier raus«, beschwor er Wolfgang tagtäglich, »fast ein Jahr sind wir jetzt interniert!« Den Einwand, zwischen Ankara und Bulgariens Grenze lägen fünfhundert Kilometer Fußmarsch und dazu noch der Bosporus, wischte er jedesmal mit ärgerlicher Handbewegung fort, denn das Heimweh hatte ihn überfallen und war stärker als alle Vernunftgründe.

Die Zeit indessen wirkte zu Iskenders Gunsten und stimmte Wolfgang Horlitz um. Seit der Flucht der beiden Offiziere durften die Flieger das Lager nur noch in Begleitung eines Kriminalbeamten verlassen und ausschließlich zu kurzem Stadtbesuch. Im Hof des Lager-Hotels patrouillierte nun ein Asker, ein Gewehrposten des türkischen Militärs. Für Wolfgang kam zu diesen widrigen Dingen eine quälende Besorgnis hinzu. Zwar hatte Rose es längst nachgeholt, in ihren Briefen von den Feuerlilien und der Liebe zu sprechen, aber dann – es war im Spätsommer – hatte Wolfgang wiederum Hiobspost erhalten: Der Baron von Mallwitz war tot, war an einem Herzschlag gestorben. Salmuth aber und Roses Vormund, so meldete sie im letzten Brief, hätten es abgesehen auf eine Verlobung zwischen ihr und dem Vetter. Nicht, daß Salmuth aufdringlich werde, doch er lasse keinen Zweifel darüber, daß er nicht der Mann sei, der Altweiden »für nichts und wieder nichts« verwalte. Salmuth erhoffe ein legitimes Anrecht auf das Gut durch eine Heirat mit ihr, Rose. Da Wolfgang aber versichert habe, Klaus könne sehr wohl noch am Leben sein, nur dürfe er aus russischer Gefangenschaft vermutlich nicht schreiben, fühle sie sich verpflichtet, das Gut für den Bruder in bestem Stand zu halten, außerdem brauchten die beiden Jüngsten eine Heimat. So könne sie selbst, der Geschwister wegen, Altweiden nicht verlassen, andererseits könne sie um des Bruders willen nicht verantworten, daß Salmuth auf und davon ginge. Zum Schluß des Briefes raffte sich Rose dennoch zu einer lustigen Wendung auf. »Ich wünschte, Wolfgang, es wäre wie damals«, schrieb sie, »wir beide lägen im Versteck zwischen den Feuerlilien und ließen den Salmuth blasen, blasen, blasen . . .«

Dieser letzte Satz jedoch enthielt nicht allein eine lustige Wendung, wie Wolfgang Horlitz wähnte, er war zugleich eine heimliche Frage an ihn selbst; aber das erkannte er zu spät.

In diesen Tagen verschwanden zwei weitere Offiziere spurlos aus dem Yeni-Hotel. Iskender war außer sich vor Grimm.

»Die lassen einen hier hängen und sagen einem kein Wort. Sie tun bis zum letzten Moment ganz harmlos – und klick, fort sind sie, wie die Bilder der Laterna magica!«

»Was willst du denn dagegen unternehmen?« fragte Wolfgang.

»Wir müssen denen zuvorkommen«, beschwor Iskender den Freund, »irgendwer hat die Hand im Spiel und holt die Offiziere hier heraus. Glaubst du etwa, die schaffen es allein bis nach Bulgarien? Der Oberleutnant S. bestimmt nicht, der kommt nicht einmal bis nach Kavaklidere. Aber paß auf, später folgen die Unteroffiziere, und zu guter Letzt bleiben zwei hier, auf Lebenszeit, die beiden Gefreiten, die Dioskuren, die Söhne des Zeus.«

»Wenn ich recht verstehe, willst du dem unbekannten Fluchthelfer die Pistole auf die Brust setzen: Hier sind wir, jetzt hilf auch uns!«

»Das will ich«, beteuerte Iskender, »wenn ich bloß wüßte, wer der richtige Mann ist, wer dahintersteckt . . .«

Diesen ›richtigen Mann‹ zu finden, war fast hoffnungslos geworden, denn nach der Flucht der beiden nächsten Offiziere, zweier Leutnants, wurde den Internierten jeglicher Ausgang gesperrt, auch der Ausgang in Begleitung des Kriminalbeamten.

Für Wolfgang war damit die schriftliche Verbindung zu Rebekka wieder zerrissen. Gewiß, die Sekretärinnen – sie durften die Flieger weiterhin im Yeni-Hotel besuchen – hätten den Gang zur Hauptpost für Wolfgang übernommen, aber das damit verbundene Risiko konnte er nicht eingehen. Iskender hatte recht: »Wenn die Spitzel in der Botschaft einen einzigen Brief erwischen – die Anklage wegen Hochverrats wäre dir sicher. Und was hätte Rebekka von einem erschossenen Freund? Wenn dir nämlich der Prozeß gemacht wird, *dann* liefern dich die Türken aus, im Handumdrehen.«

Im Winter, dem zweiten in Ankara, erhielt Wolfgang Horlitz eine gedruckte Verlobungsanzeige aus Altweiden. Kein persönliches Wort von Rose stand dabei. Von nun an hatte Iskender leichtes Spiel. Wolfgang trieb beinahe heftiger zur Flucht, als es Iskender jetzt lieb war, der über eine Sekretärin der Botschaft dem Fluchthelfer endlich auf die Spur gelangte. Immer wieder mußte er Wolfgang vertrösten: »Es ist bestimmt der Schmidt, der Teppichhändler, aber er kommt erst im Frühjahr aus Istanbul zurück...«

Der Schmidt kam erst im Sommer, aber Wolfgang hatte inzwischen einen recht verläßlichen Trost von Elke aus München erhalten: Keine Angst, lieber Wolfgang, die Rose heiratet den Salmuth nie, diesen Pferdenarren.

Wolfgang überlegte: Im kommenden Jahr wurde Rose volljährig, dann entschied sie allein, in jeder Beziehung. Aber – er verstrickte sich in Zweifel – würde sie sich auch für einen Lehrer entscheiden? Wolfgang entsann sich nur zu genau des Gesprächs auf der Pappelallee von Altweiden. »Ich könnte einen Schauspieler heiraten«, hatte sie gesagt, »aber dann gingen wir nach Berlin oder nach München, weg vom Gut...« Würde Rose seinetwegen Altweiden verlassen, um das Schloß mit einer Dienstwohnung zu vertauschen, den Park mit einem Schulgarten, die Geselligkeiten großen Stils mit einer Kirmes im Dorf?

Iskender hielt solchen Tausch für ausgeschlossen und empfahl dem Freund, einen ›höheren Rang‹ anzustreben, nach dem Krieg von neuem zu studieren, am besten die Diplomatenlaufbahn zu wählen und sich bereits hier, an Ort und Stelle, über die Aussichten zu erkundigen.

Doch, Wolfgang Horlitz, was soll die Grübelei dir nützen, du mußt mit Rose selber sprechen, mußt so schnell wie möglich hier fort!

Am 6. des Monats, während eines Besuches im Yeni-Hotel,

erzählte das Mädchen Hildegard wie beiläufig, der Teppichhändler sei aus Istanbul zurückgekommen. Am 7. des Monats
sprangen die Dioskuren davon.

Basmala! Welch ein Husarenstück.

Kurz vor Mitternacht schlenderten Wolfgang und Iskender
gemächlich die Treppe hinab in den Hausflur. Sie hatten sich
mit ihren langen Bademänteln getarnt und trugen an den
bloßen Füßen türkische Pantoffeln. Im Hausflur führte Achmet heute die Aufsicht. Sogleich winkte er freundlich und rief:
»Iskender-Efendi, wie man sprechen das?« Er hielt seinen
gelbbraunen Finger auf eine Stelle im türkisch-deutschen
Lehrbuch.

Iskender täuschte Kopfschmerzen vor, bedeutete, er wolle an
die frische Luft, und vertröstete ihn auf später. Achmet lächelte zustimmend und entließ die Freunde in den Hof.

Der Wachtposten sah nur ein einziges Mal gleichgültig zu den
Fliegern hin, trotzdem wanderten die beiden mit klopfendem
Herzen draußen auf und ab. Ihre Chance bestand nur darin,
an der Rückseite des kleinen Hofes unbemerkt die fast drei
Meter hohe Mauer zu erklimmen. Sie hatten indes gut vor-
gesorgt. Unter dem Fenster ihres Hotelzimmers stand monate-
lang eine blecherne Müllkiste. Kürzlich hatten die Freunde
den türkischen Truppenarzt – er besuchte das Lager in be-
stimmtem Turnus – gebeten, diese Kiste des üblen Geruches
wegen doch anderswo aufstellen zu lassen, zum Beispiel hinten an der Mauer, dort störe sie niemanden. Iskender hatte
mit betonender Gestik den Antrag unterstrichen, hatte sich die
Nase zugehalten und gerufen: »Koku fenà, fenà . . .«

Der Truppenarzt hatte die Müllkiste an die rückwärtige Hof-
mauer transportieren lassen, er durchschaute Iskenders dama-
liges Gebaren keineswegs.

Jetzt, Punkt zwölf Uhr nachts, erfolgte die Ablösung der
Torwache im Yeni-Hotel, und in diesem Augenblick warfen

die Flieger an der Rückseite des Hofes die Bademäntel ab, schwangen sich barfuß auf den Deckel der Müllkiste, erklommen von dort aus die rauh verputzte Steinmauer – und ohne noch einen Blick zurückzuwerfen, sprangen sie in das ungewisse Dunkel auf der anderen Seite. Der tiefe Sprung gelang. Sie erhoben sich unverletzt, drüben, im Hof des Nachbarhotels. Rasch zogen sie Schuhe, Strümpfe und Krawatte aus den Taschen ihres Jacketts, das der Bademantel so vortrefflich getarnt hatte, strichen die hochgekrempelten Hosenbeine glatt und betraten kurz darauf das Nachbarhotel durch die Hintertür, elegant gekleidet, wie Gäste dieses vornehmen Hauses. Sie durchschritten selbstbewußt die Vorhalle, dann öffnete ihnen der Portier geflissentlich die Ausgangstür zur Straße.

Basmala – welch ein Kismet: Zur selben Minute hielt ein Taxi vor dem Hotel und brachte einen Gast. Iskender winkte entschlossen, er und Wolfgang stiegen wie auf Verabredung ein, und Iskender nannte das Fahrziel. Von dort aus, der Schweizer Botschaft, war es nicht mehr allzu weit bis zum Landhaus des Teppichhändlers im Vorort Kavaklidere.

Der Taxichauffeur nickte und sagte: »Evet, efendim, evet...«, ließ sich jedoch beängstigend viel Zeit. Er zählte noch das letzte Fahrgeld, legte seinen Bakschisch beiseite und setzte erst jetzt den Wagen in Gang. Zu allem Überfluß fuhr er nicht geradeaus, sondern bog rechts ab und rollte gemächlich am Yeni-Hotel vorbei; Allah, Allah! Aber der Wachtposten stand ahnungslos und gelangweilt vor dem eisernen Gittertor.

Etwa eine Stunde später zwängten sich Wolfgang und Iskender durch die Gartenhecke des Landhauses und klopften an eines der rückwärtigen Fenster. Herr Schmidt, der Teppichhändler, hatte anscheinend einen leichten Schlaf. Er zog alsbald die Gardine zurück, leuchtete mit einer Taschenlampe hinaus, riß dann das Fenster auf und zischte gereizt: »Was wollt ihr denn hier, seid ihr etwa getürmt?«

102

Die Flieger nickten in den Schein der Taschenlampe.

»Hat euch jemand gesehen?«

Die Flieger schüttelten den Kopf.

»Los, herein!« Der Schmidt reichte eine Hand nach draußen, um den Einstieg der beiden zu beschleunigen. Dann schloß er das Fenster, ließ ein Rollo herab, zog die Übergardine vor und sagte: »Schöne Bescherung!«

Frau Ruth, die junge, man kannte sich gut von den geselligen Abenden in der Botschaft, saß aufrecht im Bett, das Haar voller Lockenwickler. Sie hielt mit der linken Hand die Daunendecke vor die Brust und winkte mit der rechten geschwind zur Schlafzimmertür, als wollte sie sagen: Da hinaus, bitt schön, aber es pressiert . . .

Wolfgang bezweifelte, ob eine Begrüßung der Dame des Hauses in dieser Situation angemessen war, Iskender jedoch verbeugte sich beim Vorübergehen. »Guten Abend, gnädige Frau . . .«

Herr Schmidt hatte einen Bademantel über den Schlafanzug geworfen und saß dann mit den Fliegern in der Küche. Er vollzog dort ein peinlich genaues Verhör. Erst als er seiner Sache sicher schien, stand er vom Küchenstuhl auf, gab beiden kraftvoll die Hand und beteuerte mit gezielter Festigkeit in der Stimme: »Also, auf Biegen oder Brechen!«

Herr Schmidt hielt es mit bestimmten Schlagworten und konnte sich nicht versagen, den Fliegern nachträglich ein wenig Angst einzuflößen. »Also gut«, begann er seine Philippika, »ein Haar ist nicht drin in der Suppe, die ihr mir eingebrockt habt. Aber auf eins könnt ihr Gift nehmen, hätten die Türken etwas spitzgekriegt, dann hätte ich euch persönlich zur Polizei transportiert. Und dann, meine Herren, wär's zappenduster mit dem feinen Hotelleben, dann wärt ihr in ein Barackenlager nach Anatolien marschiert, gratuliere: pro Tag eine Handvoll geschälter Bohnen und eine halbe Wassermelone, türkisches Soldatenfutter. Mein lieber Schwan, da hätten sie euch vielleicht in die Pfanne gehauen . . .«

Da aber huschte Frau Ruth herein, im hellblauen Morgenrock, ohne Lockenwickler, parfümfrisch und mit lachenden rotgeschminkten Lippen. »Geh, Willi, mach den Herren keine Angst«, rief sie ihrem Mann zu, reichte den Fliegern die Hand zum Willkommen und sagte: »Auf gute Freundschaft im Haus, für mindestens vier Wochen!« Und weiter erklärte sie, nach diesem Schwabenstückerl hätten alle zusammen akkurat einen stärkenden Mokka verdient.

Iskender hatte sich nicht getäuscht, denn der Schmidt war offensichtlich der Fluchthelfer der Offiziere. Er lächelte zwar nur und zog die breiten Schultern hoch, wenn Iskender die äußeren Umstände der Offiziersflucht erfragen wollte, doch bestätigte der Schmidt, seine Frau habe mit dem Hinweis auf eine vierwöchige Wartezeit hier im Hausversteck den Nagel auf den Kopf getroffen. Nun gelte es vorerst, zwei Ansichtskarten zu schreiben. Iskender stamme aus dem Rheinland, also habe er Grüße aus Köln, Wolfgang dagegen Grüße aus Breslau in das Yeni-Hotel zu senden. Gewichtig versicherte der Schmidt, später werde er den Kameraden die Karten zustellen lassen, von Köln und Breslau aus, wie sich von selbst verstehe.

»Und wie geht es weiter?« fragte Iskender.

»Das überlassen wir getrost der Vorsehung«, erwiderte Herr Schmidt und blies den Rauch seiner langen Zigarre über Iskenders Kopf hinweg.

Es folgten lauter fröhliche Tage zu dritt, mit Frau Ruth.

Der Hausherr ging tagsüber seinen Geschäften nach und kam meist erst spätabends zurück. Die beiden Flieger begrüßten seine Abwesenheit sehr. Frau Ruth war Wienerin. Ihre natürliche Heiterkeit steckte nicht nur an, sondern forderte auch ein wenig heraus. Die Flieger sparten nicht mit Komplimenten, sie verehrten und liebten sie gleichermaßen, und Frau Ruth fand in den beiden die besorgtesten Kammerdiener: sie spülten das Geschirr, schälten Kartoffeln, hantierten mit Staubsauger und Putzlappen und pflegten der Herrin die zierlichen Schuhe. Nur draußen im Garten durften sie ihr leider nicht zur Hand gehen.

»Beim Propheten, ihr schönen Damen, nehmt euch zwei Kavaliere zugleich und gebt keinem den Vorzug; beim Propheten, ihr werdet auf vier Händen getragen immerdar!« So rief Iskender eines Morgens beim Frühstück zu dritt, nachdem er und Wolfgang im ungewollten Zweikampf die Zuckerdose verschüttet hatten, weil jeder der Gastgeberin am schnellsten zu Diensten sein wollte.

Frau Ruth jedoch lenkte lächelnd ab: »Nicht so hochfahrend, meine Herren Flieger. Denken Sie bloß an den armen Achmet im Lager, der jetzt die Folgen Ihres Ausflugs zu tragen hat; ein türkisches Disziplinarverfahren ist ihm gewiß.«

Die Freunde dagegen dämpften ihren Übermut keineswegs. Wenn Achmet irgendwelche Folgen zu tragen hatte, gut – das war sein unabwendbares Verhängnis. Lehrte das nicht der Koran? Jawohl: Wenn in der Nacht Al-Kadr, wie die Mohammedaner glauben, die menschlichen Schicksale für das kommende Jahr entschieden und vorherbestimmt werden, dann war diesmal *gegen* Achmet befunden worden, und das Glück lag bei ihnen beiden, den entsprungenen Fliegern. Sie bedachten nicht, daß ein Jahr auch nach mohammedanischer Zeitrechnung zwölf Monate umfaßt, und lebten weiterhin unbesorgt von der Gunst der Stunde.

Nur manchmal, wenn Wolfgang nachts nicht schlafen konnte und an Rebekka dachte, an den alten David und den Abt Kallistos, schlich eine bedrückende Unzufriedenheit in sein Gemüt. Er hatte die innere Sammlung in letzter Zeit nur selten gepflegt und war auf dem Wege stehengeblieben, den Kallistos ihm gezeigt hatte; ja noch mehr, er hatte sogar des Abtes Warnung mißachtet, die er damals als besonders bedeutsam erkannte: Und lasse dich nicht durch die Gottesgüte zur Lässigkeit verleiten!

»Schläfst du wieder nicht?« fragte Iskender einmal.

»Ich kann nicht, mir ist so heiß ...«

»Ist es Rebekka oder ist es Rose?«

»Es ist das Kloster des Pakurianos.«

»Ich störe dich oft, ich weiß das«, sagte Iskender, »aber bald sind wir zu Hause, dann bist du wieder für dich allein, wenn du es brauchst.«

»Das ist nicht entscheidend, Iskender.«

»Doch, Wolfgang, wenn ich dich richtig verstanden habe, doch.«

Der Fluchtplan von Ankara aus nach Istanbul war bis ins kleinste durchdacht, er gelang reibungslos: Ein Taxi brachte die Freunde zum Flugplatz, kurz vor dem Start der Passagiermaschine. Gefärbtes Haar, Brille, geschminktes Gesicht, die knappe Zeit beim Wiegen und bei der Paßkontrolle sicherten ihnen rasch die gebuchten Touristenplätze im Heck der Verkehrsmaschine. Kaum hatten sich die Freunde angeschnallt, rollte das Flugzeug schon zum Start, beschleunigte es die Geschwindigkeit, hob es ab und zog fort nach Westen. Unten blieben Altstadt und Burg noch eine Weile sichtbar, und davor blitzte das Wasser der modernen Sammelbehälter in der Sonne, als signalisiere jemand herauf: Guten Flug.

Auf Wiedersehen, Ankara; auf Wiedersehen, Frau Ruth!

Auf dem Flugplatz in Istanbul wartete eine schwarze Limousine. Der Chauffeur trug trotz aller Hitze weiße Handschuhe, wie abgesprochen.

»Kismet?« fragte Iskender den Mann.

»Kismet, mösyö, kismet«, war die prompte Antwort.

Die Parole stimmte, und die Freunde stiegen ein.

Das Glück von Kavaklidere aber wiederholte sich in Istanbul nicht. Hier mußten die Flieger eine harte Geduldsprobe auf sich nehmen. Sie hausten sieben Wochen in einem Kellerversteck, bevor man sie, als Smyrnateppiche getarnt, in Kisten nach Bulgarien transportierte.

Die Güterzugfahrt in die Freiheit sollte etwa sechs Stunden dauern. Sechs Stunden saßen die Freunde deshalb im Kellerversteck zur Probe, jeder in seiner Teppichkiste. Das hölzerne Serail war eng. Man vermochte zwar darin zu liegen, drehen und wenden aber konnte man sich nur mit einiger Mühe. Dennoch überstanden sie das Experiment im Keller recht gut. Zum Unglück sah niemand voraus, daß die türkische Eisenbahn den betreffenden Waggon auf ein Abstellgleis rangieren würde, niemand ahnte, daß den Teppichkisten eine Fahrtzeit von zwanzig Stunden bevorstand, ehe sie die bulgarische Grenze passierten. Schon der Transport zum Bahnhof ließ nach Wolfgangs Meinung viele Wünsche offen. Die Lastträger gingen mit seiner Kiste um, als wäre sie wirklich mit Teppichen gefüllt: sie stellten ihn auf den Kopf, kanteten ihn den Bahnsteig entlang, stießen ihn mit viel Geschrei in den Güterwagen und stapelten weiteres Sperrgut krachend über ihm auf. Hätte er es vermocht, er wäre bedenkenlos ausgestiegen. Schreien oder klopfen wollte er nicht, das verbot ihm noch sein Stolz. Diesen Stolz verlor er dann später: Sie standen bereits längere Zeit auf dem Abstellgleis, und vergeblich hoffte Wolfgang auf die Weiterfahrt des Zuges, da überfiel ihn plötzlich gräßliche Angst. Er glaubte zu ersticken, Funken wirbelten vor seinen Augen, und in den Schläfen hämmerte das Blut einen schmerzenden Takt. Er stemmte sich verzweifelt gegen die stabilen Seitenwände, riß sich die Kleider vom Leibe, schrie nach Iskender, warf sich hin und her wie ein Rasender, dann verlor er das Bewußtsein.

Wolfgang Horlitz kam wieder zu sich, als ihn zwei deutsche Soldaten aus der geöffneten Kiste ziehen wollten. Von oben schaute auch Iskender in die Kiste hinein. Er lachte breit unter seinem schwarzgefärbten Haarschopf und hielt dem Freund eine Flasche Kognak an den Mund. Dann nahm er selbst einen kräftigen Schluck, reichte die Flasche an die Soldaten weiter und rief mit hochgestreckten Armen: »Basmala, welch ein Husarenstück! Basmala, welch ein Kismet!«

Der weitere Weg war den Fliegern wieder militärisch vorgeschrieben. Dieser Weg umfaßte fünf Stationen: Sofia, Berlin, Heimaturlaub, Ersatzabteilung, Frontverband.
Ihre Kampfstaffel lag jetzt in Saloniki. Von den alten Besatzungen trafen sie keine mehr an, keine hatte überlebt. Iskender und Horlitz waren einstweilen überzählig, es fehlte an Maschinen und Piloten. Die Staffel besaß nur sechs Flugzeuge vom Typ Ju 88 A4. So wurden die beiden Gefreiten dem Wachpersonal zugeteilt, mußten täglich wie Rekruten exerzieren und jede zweite Nacht aufziehen zur Flugzeugwache. In jeder Hinsicht wurden sie wie Rekruten behandelt, nicht wie Männer, deren erfolgreiches Abenteuer Bewunderung verdiente, wie beide meinten. So trugen sie eine bewußte Widersetzlichkeit zur Schau, und der Kompanieführer versäumte nicht, den beiden Türken, wie er sie nannte, auf seine Manier neuen soldatischen Geist einzuimpfen. Es stand außer Frage, so schnell wie Wolfgang Horlitz hat selten ein Flüchtling in die Freiheit seine Tat bereut!
Wolfgang war ständig reizbar und mißmutig. Iskender trug die Enttäuschung leichter. Einmal sogar, Wolfgang reinigte gerade seinen Karabiner, kam Iskender freudestrahlend in den Unterkunftsraum, um den Freund abzuholen für einen Werkstattflug. Startverpflegung sei ihnen sicher, betonte er sogleich.

Verdrossen dachte Wolfgang an die bevorstehende Nacht-
wache, an die Trostlosigkeit um ihn her, an den verhaßten
Drill, der immer nur den unteren Dienstgraden zugemessen
wurde, er dachte an den Urlaub unlängst, in dem er Rose endgültig verlor, und unter all diesen Umständen an seine unge-
heure Torheit: die Flucht. Aus solcher Stimmung heraus lehnte
er Iskenders Aufforderung kurzweg ab. Dieser jedoch gab
nicht nach, drängte und drängte, bis Wolfgang die Geduld riß
und den Freund heftig anherrschte, er solle sich um alles in
der Welt endlich davonmachen.

Grenzenloses Erstaunen in seinen Iskender-Augen, blickte er
Wolfgang Horlitz schweigend an, dann wandte er sich zum
Gehen. Ein jäher Windstoß schlug die Barackentür hinter ihm
zu.

Drei Viertelstunden später war Iskender tot.

Als Wolfgang atemlos die Unglücksstelle erreichte, hatte man
den Freund und den Flugzeugführer bereits geborgen. Die
Maschine lag zertrümmert am Ende der Startbahn.

Ein Augenzeuge, ein Mechaniker, berichtete unbeteiligt: »Ab-
gehoben mit hängendem Schwanz und dann aus fünfzig Me-
tern durchgesackt wie ein Fahrstuhl im Leerlauf, krach!« Er
veranschaulichte den Vorgang, indem er mit seinen flachen
Händen den Flug und Sturz der Maschine nachahmte.

Nachts, auf Flugzeugwache, war Wolfgangs Empfinden, waren seine Gedanken wie ausgelöscht, stand er stumpf und teil-
nahmslos vor den drei Kampfmaschinen Ju 88. Nur eines vernahm er halbbewußt: aus der Richtung, wo die Flugzeug-
trümmer lagen, schrie unablässig ein Schakal wie ein wehklagendes Kind.

Den toten Freund hat Wolfgang Horlitz nicht mehr gesehen.
Zur Stunde der Beisetzung – die Ehrenwache war soeben angetreten – ging er befehlsgemäß mit einer neuen Besatzung
zum Start. Sie flogen Seeaufklärung über der Ägäis und ge-

langten bis zur Höhe von Rhodos. Auf dem Heimflug erkannte Wolfgang Horlitz deutlich die türkische Küste. Für einen Augenblick geriet er in eine Art Ekstase: Wie durch ein Fernrohr sah er dicht unter sich den Strand ihrer Landung. Iskender riß die Fliegerhaube vom Kopf, schleuderte sie weit hinaus ins Meer und rief lachend sein Wort: Kismet!

In der folgenden Nacht meldete sich zum erstenmal der Alptraum: Im fahlen Mondlicht schrie der Schakal, und die doppelköpfigen Hornissen Ju 88 jagten ihn, den Gefreiten Horlitz, über das Rollfeld von Saloniki.

6

Der unsinnige Tod des Freundes, dessen Ursache lächerlich unbedeutend schien, gemessen an den zahlreichen Gefahren, die Iskender ohne Schaden überstanden hatte, weckte in Wolfgang den Gedanken, die Mohammedaner blieben womöglich im Recht mit ihrer fatalistischen Lehre, daß alle Dinge unabwendbar vorherbestimmt werden in der verhängnisvollen Nacht Al-Kadr, über die sich beide, Iskender und er, in Gegenwart von Frau Ruth so hochfahrend belustigt hatten.

Kismet? Wolfgang Horlitz prüfte mit dieser türkischen Elle die entscheidenden Ereignisse seines Lebens:

Als Fünfjähriger stürzte er von einem Buhnenkopf in das treibende Wasser der Oder, aber der lange Paulke konnte ihn retten – Kismet?

Rebekka gelang die Flucht in die Schweiz – Kismet?

Henze, der Schulfreund, fiel in Polen – Kismet?

Der alte David und der Abt Simeon Kallistos zeigten ihm einen geistigen Weg, den die Mehrzahl der Menschen nicht kennt – Kismet?

Die Ähnlichkeit mit einem Junker des siebzehnten Jahrhunderts verband ihn mit der Familie von Mallwitz; ein aufgefundener Schraubenzieher rettete seiner Besatzung das Leben; Iskender entkam aus der Türkei und starb beim nächsten Werkstattflug; er, Wolfgang, trug ein griechisches Kreuz, das ihn an das ›immerwährende Gebet‹ gemahnen sollte – Kismet? Aber wozu dieses Gebet, wenn doch alles unabwendbar vorherbestimmt wurde?

Wolfgang Horlitz verstrickte sich in eine ausweglose Grübelei. Schließlich richtete er einen langen, fragenden Brief an den Abt Simeon Kallistos. Die Antwort kam bald, sie war eindringlich und klar:

»Mein lieber Freund!
Wer wie Sie bestrebt ist, den doppelten Glauben zu gewinnen, also in sich selbst das göttliche Bild und Gleichnis auszuformen, der rechtet nicht mit seinem Schöpfer, der fragt Gott niemals: Warum? Er spricht vielmehr mit unserem Lehrmeister, dem Kyrios Christos: ›Herr, wie du willst . . .‹

Bedingungslose Kapitulation sagen Sie? Ja, vor Gott – aber keineswegs vor dem Schicksal. Denn: ›In Seiner Hand steht mein Geschick‹, singt der Palmist mit heller Stimme; und das ist ein Jubellied.

Nun spricht der Prediger: ›Alles hat seine bestimmte Stunde, jedes Ding unter dem Himmel hat seine Zeit. Geboren werden hat seine Zeit, und Sterben hat seine Zeit.‹ Kismet, fragen Sie? Der Apostel Paulus sagt: ›Das Gebet eines Gerechten vermag viel, wenn es ernstlich ist.‹

Hören Sie, Wolfgang Horlitz: ›In jenen Tagen (706 v. Chr.) wurde Hiskia, der König von Juda, todkrank; und der Prophet Jesaja kam zu ihm und sprach: So spricht der Herr: Bestelle dein Haus; denn du mußt sterben und wirst nicht genesen. Da kehrte Hiskia sein Angesicht gegen die Wand, und er betete zum Herrn ... und weinte laut. Da erging das Wort des Herrn an Jesaja: Kehre um und sage zu Hiskia: So spricht der Herr: Ich habe dein Gebet gehört und deine Tränen gesehen. So will ich denn noch fünfzehn Jahre zu deinem Leben hinzutun ...‹

Also ist der König Hiskia (nach Jesaja, Kap. 34 und 2. Könige, Kap. 20) ein Zeugnis wider alle, die einem Fatalismus huldigen, denn der Herr hat dem Hiskia noch fünfzehn Jahre zu seinem Leben hinzugetan!

Wir Mönche haben im gemeinsamen Gebet Ihres toten Freundes gedacht. Möge die Gnade unseres Herrn Jesus Christus die Seele Ihres Freundes erreichen, daß er aufgezeichnet gefunden wird im Buche des Lebens.

Und diese Gnade sei mit uns allen.

Es grüßt Sie Ihr geistiger Freund und Bruder

Simeon Kallistos.«

Der Brief des Abtes enthob Wolfgang Horlitz der Grübelei, aber das Herz blieb traurig. Hatte er doch nicht nur den Freund, sondern auch Rose verloren und vielleicht noch den geheimnisvollen Zwillingsbruder Gerich Seidenberg, dem er sich nach Iskenders Todessturz so nahe fühlte, daß er eines Morgens, zwischen Traum und Wachsein, bereits einen Brief an ihn entwarf. Einen Brief in das siebzehnte Jahrhundert! Waren seine Nerven zu stark angegriffen? Und er hatte Mitleid mit sich selbst. Dabei zogen noch einmal die Ereignisse des letzten Urlaubs an ihm vorüber, des letzten Urlaubs vor Iskenders Tod.

Die Flucht aus Ankara hatte über zehn Wochen gedauert. Während des nachfolgenden Heimaturlaubs faßte Wolfgang den Plan, Rose mit seiner unerwarteten Rückkehr ebenso eindrucksvoll zu überraschen wie zuvor seine Eltern. Einen offiziellen Besuch indessen mochte er in Altweiden nicht wagen.

Der Baron lebte nicht mehr, und Rose war mit diesem arroganten Herrn Salmuth verlobt. Er wollte also das Gut aus der Ferne beobachten, abwarten, bis er Rose auf den Wiesen oder im Park oder irgendwo sonst allein begegnen konnte. Dann wollte er der Ahnungslosen plötzlich gegenüberstehen und ihr mit ehrlicher Melancholie bekennen: damals habe man ihn zum Wiederkommen aufgefordert, aber heute bleibe ihm nur der Schleichweg, um die Liebste zu sehen ... Und wie von selbst würden – in Wolfgangs Phantasie war's besiegelt – beider Herzen wieder zueinander finden und zu guter Letzt Herrn Eckehart Salmuth zwingen, auf Rose zu verzichten.

Wieder blühte die Heide, als Wolfgang an jenem Spätsommermorgen den altbekannten Sandweg entlangradelte. Seine Unternehmung schien ihm fast so aufregend wie die Flucht aus dem Yeni-Hotel, denn die Phantasie zeigte ihm ja so kühne Bilder. Mit einemmal wurde er stutzig. Dort hinten, am Ende des langen Waldweges, kam ein Pferdegespann auf ihn zu, vielleicht Salmuth und Rose mit ihrem Kremser? Wolfgang sprang flugs vom Fahrrad. Hinter dem Stamm einer Birke versteckt, beobachtete er in banger Erwartung, wie sich das Rätsel lösen mochte. Zum Glück erwies sich seine Befürchtung als falsch. Das Fuhrwerk stammte nicht vom Gut; dennoch war Vorsicht geboten, der Förster vom Reihersee kutschierte den Wagen.

Wolfgang wollte um keinen Preis erkannt werden, also verbarg er sich und sein Rad im hohen Heidekraut und lugte dabei angespannt nach vorn zur Straße. Langsam mahlten die Wagenräder durch den Heidesand, dumpf stampften die Hufe auf dem weichen Boden, wie im Takt klirrte eine Kette. Der Förster sang halblaut ein Lied vor sich hin: »Auf dem Rheinstrom bin ich gefahren in dem wunder- wunderschönen Monat Mai ...« Er war anscheinend guter Dinge, und als sein Hund, der Wolfgang im Versteck gewittert hatte, vom Wagen her anschlug, blickte der Förster nur wie beiläufig nach rechts, mahnte den Hund zur Ruhe und trieb das Pferd mit einem Zügelschlag zu rascherem Gang.

Wolfgang Horlitz richtete sich vorsichtig auf. Knie und Ellenbogen waren durchnäßt vom Tau des Waldbodens. Er hatte eine Verwünschung auf den Lippen, beherrschte sich jedoch und versuchte, die feuchten Stellen an Hose und Rock mit dem Taschentuch zu verreiben; dann hob er das Fahrrad aus dem Heidekraut und trocknete den Sattel gut ab, denn der färbte bei Nässe rotbraun und Wolfgang trug seine hellgraue Sommerhose. Dann aber steckte er das nasse Tuch in die Tasche, schwang sich aufs Rad und zugleich in das Abenteuer eines unverhofften Wiedersehens.

Wolfgang hatte das Gut aus der Ferne lange Zeit beobachtet, ohne Rose irgendwo zu entdecken. Mit der Wartezeit wuchs sein Mut, und er wagte sich bis nahe an die Toreinfahrt vor der Pappelallee. Auf den angrenzenden Wiesen sah er Landarbeiterinnen bei der Grummeternte. Um nicht gesehen zu werden, entschloß er sich, das Rad an die Außenmauer zu stellen, selbst aber innerhalb des Tores ein Versteck zu suchen. Eine dichte Fliederhecke bot ihm guten Schutz. Hier würde ihn höchstens – was der Himmel verhüte – der Jagdhund des Herrn Salmuth aufspüren, ein Mensch gewiß nicht. Im Begriff, eine Zigarette anzuzünden, hielt Wolfgang jäh inne: dort vorn kam Rose die Allee entlang! Sie trug einen Holzrechen über der Schulter, ein rotes Kopftuch über dem blonden Haar und kam mit raschem Schritt und wehendem Dirndlrock die Pappelallee herauf. Wolfgang schlug das Herz bis zum Hals. Unmöglich durfte er wie ein Strauchdieb aus dem Gebüsch hervorbrechen, er wollte Rose vielmehr auf offenem Weg begegnen. Also schlich er zurück zum steinernen Torpfosten, um von dort aus unauffällig in die Allee zu treten. Rose bemerkte ihn nicht sogleich, sie hatte den Kopf gesenkt, als betrachte sie gedankenverloren ihre eiligen Fußspitzen; dann aber, etwa sieben Meter vor ihm, blickte sie wie unter einem Zwang plötzlich auf und blieb wie erstarrt vor ihm stehen.

Wolfgang ging lächelnd auf sie zu. »Ich bin es, Rose, wirklich und leibhaftig . . .«

»Wolfgang!« rief sie laut, schlug beide Hände vor ihr Gesicht, und der Rechen stürzte vor Wolfgangs Füße.

Ratlos hob er den Rechen auf. »Was ist dir, Rose?«

Da nahm sie die Hände vom Gesicht, suchte mit den Augen nach rechts und links und sagte wie befehlend: »Komm hier weg . . .« Sie faßte nach seinem Handgelenk und zog ihn hinter die Fliedersträucher, die ihm bereits zum Versteck gedient hatten.

»Was ist dir, Rose?« wiederholte er. »Freust du dich nicht? Ich bin aus der Türkei zurück – geflohen . . .«

Sie sah ihn mit fremden Augen an, um ihren Mund zuckte es unablässig; schließlich fragte sie tonlos: »Wie lange warst du unterwegs?«

»Ein Vierteljahr bis Oderstedt«, erwiderte er befremdet.

»Da hast du meinen Brief nicht mehr bekommen«, sagte sie, »deshalb also . . .«

Dann reichte sie ihm die Hand, drehte den Handrücken nach oben, so daß er den goldenen Ring sehen mußte, und sagte: »Ich bin mit Eckehart Salmuth verheiratet, seit einer Woche . . .«

Wolfgang Horlitz zog langsam seine Hand aus der ihren, wollte antworten, brachte aber kein Wort über die Lippen; die Kehle war ihm wie zugeschnürt. Er tappte lediglich zwei Schritt nach hinten, um sich gegen die Parkmauer zu stützen, denn die Knie versagten ihm beinahe den Dienst. Endlich fragte er heiser: »Warum hast du nicht auf mich gewartet, du liebst ihn doch nicht . . .«

»Warum? Ich hab es dir zweimal geschrieben, vor einem Jahr und dann vor zehn Wochen noch einmal. Erinnerst du dich nicht an den ersten Brief?« Sie trat zu ihm hin, lehnte neben Wolfgang an die Parkmauer und wiederholte: »Ich bin dem Gut und Klaus und meinen kleinen Geschwistern verpflichtet, das weißt du. Aber ich hatte von dir eine Antwort erwartet, als ich dir schrieb, daß ich wünschte, es wäre wie damals und wir beide lägen wieder im Versteck zwischen den Feuerlilien... So hätte ich offen mit Eckehart sprechen können; aber deine Antwort blieb aus. Jetzt willst du anscheinend diese Antwort nachträglich überbringen, doch das ist zu spät, Wolfgang Horlitz.«

»Dann fahre ich am besten wieder zurück«, erklärte er in aufwallendem zornigem Stolz.

»Ja, fahre wieder zurück«, sagte Rose leise und blickte noch immer an Wolfgang vorbei.

»Und Elke, was sagt sie zu dieser Heirat?« fragte er heftig.

»Elke schrieb: Nimm den Salmuth, der ist verläßlich wie altes Eichenholz, aber der Horlitz ist wie ein Zweig im Wind.«

»Was«, rief Wolfgang viel zu laut im Versteck, »was schreibt Elke da? Mir versicherte sie das Gegenteil.«

»Gehen wir wieder auf die Allee«, sagte Rose mit Überwindung, »wir müssen uns nicht verstecken. Wenn mein Mann uns zusammen sehen sollte, was hätte das jetzt noch zu bedeuten? Nur beim ersten Schreck hatte ich ein bißchen Furcht.«

»Du hast recht«, entgegnete Wolfgang bitter und folgte ihr, »wen kümmert schon ein Zweig im Wind ...«

Rose wandte ihr Gesicht zu ihm hin. »Du tust Elke unrecht, diesen Vergleich zog sie erst, als keine Antwort von dir kam. Zuvor hatte Elke einen gutgemeinten Plan: Der Krieg sei bald vorüber, schrieb sie, dann könnten wir, du und ich, in München gemeinsam studieren, Medizin vielleicht wie Gerich Seidenberg, dein Zwillingsbruder ...« Und rasch, als hätte sie sich verraten, ergänzte sie: »Wo steht dein Fahrrad? Ich begleite dich noch.«

»Dort, vor dem Tor; aber ich finde schon allein«, gab er trotzig zurück. Das eigene Verschulden erkannte er nicht nach dieser bösen Enttäuschung.

Rose blieb stehen. »Wolfgang, sollten wir nicht Freunde bleiben? Schau, irgendwann kommt auch Klaus wieder heim. Du hast es ja selbst gesagt. Und dann bist du wieder ein lieber Gast auf Altweiden, wie damals, als Papa noch lebte. Klaus ist fast wie er, du wirst es sehen ...«

Während sie weitergingen, die wenigen Schritte bis zum Tor, fragte Wolfgang Horlitz nach dem Manuskript über den Junker Gerich Seidenberg.

»Vater hat das Manuskript noch abgeschlossen, es liegt seit zwei Jahren beim Verlag; aber wegen Papiermangel können sie gegenwärtig nicht drucken.«

»Schreibst du mir nach Oderstedt, wenn das Buch erschienen ist? Angerstraße«, sagte Wolfgang einlenkend.

»Ich schreibe dir, Wolfgang, ganz gewiß.«

Als Wolfgang Horlitz sich auf dem Weg zwischen den gemähten Wiesen noch einmal umblickte, war Rose nicht mehr zu sehen. Wieder erwachten Eifersucht und Trotz in Wolfgangs Gemüt: Rose holte wohl ihren Rechen aus dem Versteck hinter dem Fliederstrauch. Welch ein Symbol. Nachher geht sie mit dem Rechen über die Wiesen und wendet das Grummet wie ihre Liebe. Nun gut, Roswitha von Mallwitz – passé.

Nach dieser hoffnungslosen Begegnung im Urlaub und nach dem Todessturz seines Freundes Iskender wurde Wolfgang Horlitz von einem weiteren schmerzlichen Ereignis betroffen. Es meldete sich auf ganz absonderliche Weise.

Vier Wochen nach Iskenders Tod wurden die Seeaufklärungsflüge eingestellt und alle verfügbaren Maschinen an die zusammenbrechende Ostfront übergeführt; doch die Besatzungen blieben in Saloniki zurück. Wolfgang hatte sich inzwischen als Fahnenjunker beworben und versah im Verlauf der Wartezeit das Amt eines Staffelfuriers; ihm oblagen die Verpflegungsausgabe und der Wäschetausch für Unteroffiziere und Mannschaften. Dieses Amt – wer Offizier werden wolle, müsse auch ein tüchtiger Furier sein, lautete ein irrsinniges Bonmot des Hauptfeldwebels – bereitete Wolfgang zwar wenig Vergnügen, aber er bewohnte von nun an in der Furierbaracke ein Zimmer für sich allein.

Das Absonderliche geschah an einem windstillen Herbstabend, kurz vor Einbruch der Dunkelheit. Wolfgang Horlitz hatte sich sinnierend auf das Feldbett gelegt, als plötzlich – aber er empfand nicht den geringsten Schreck – beide Fensterflügel nach innen aufsprangen, hart gegen die Holzwand schlugen und ohne Rückprall und völlig unbeschädigt weit geöffnet blieben. Wolfgang dachte zunächst an einen Scherz, eilte zum Fenster und sah hinaus. Doch kein Mensch war weit und breit zu erblicken und nicht der leiseste Lufthauch spürbar.

Hatte er geträumt? Wolfgang war verwirrt. Kann man im Traum hören, das laute Krachen aufschlagender Fenster hören? Bei dieser Frage dachte er ungewollt an seinen Vater, und eine heimliche Angst packte ihn. Er hatte von Vorzeichen gehört, die mutmaßlich auf solche oder ähnliche Weise ein Unheil ansagen, und er war ernstlich besorgt.

Drei Tage später meldete ein Telegramm des Vaters Tod. Der Herzanfall hatte zu derselben Stunde begonnen, in der Wolfgang die heftige Angst empfand. So jedenfalls bestätigte ihm später ein Brief der Mutter, denn Sonderurlaub zur Beisetzung seines Vaters wurde Wolfgang nicht gewährt. –

Die Bewerbung des Gefreiten Horlitz als Fahnenjunker blieb bis zur Auflösung der deutschen Luftwaffe ohne Antwort.

Also versah er weiterhin seinen Dienst als Furier. Während der Landung alliierter Truppen in Frankreich wurde er jedoch nach Norddeutschland versetzt. Auf einer Ju 88 A4 flog er mit einem neuen Chef Nachtangriffe gegen feindliche Häfen und Verladeplätze. Im letzten Kriegswinter wurde diese Besatzung dann in Gardelegen stationiert, zur Umschulung auf die Wundermaschine Ju 287, einen Großstrahlbomber, den aber keiner von ihnen je zu Gesicht bekam.

In Gardelegen war man bereits auf Kapitulation eingestellt. Unteroffiziere und Mannschaften verbrachten die Tage nach ihrem eigenen Gutdünken. Und als Wolfgang Horlitz – man hatte ihn an einem einzigen Tage zum Unteroffizier und zum Feldwebel befördert – im Januar 1945 einen Urlaubsantrag stellte, mit der Begründung, er wolle seine Mutter evakuieren, erhielt er sofort vier Tage Sonderurlaub und nebenbei die freundliche Ermahnung des neuen Chefs: »Aber lassen Sie sich nicht von den Russen schnappen.«

7

Die Ankunft in Oderstedt war erschütternd und beängstigend zugleich. Wolfgang vermochte den Eisenbahnwagen kaum zu verlassen, so stürmisch drängte ein Knäuel flüchtender Menschen mit großen Gepäckstücken in den Zug hinein. Aber dieses Drängen, Stoßen und Kämpfen um einen Platz in den überfüllten Waggons geschah ganz lautlos, als hätte jeder Flüchtling vor Angst die Stimme verloren.

Mit einemmal begegnete Wolfgang Horlitz dem Blick seines einstigen Geschichtslehrers, des Studienrats Frank, der ihm damals anbefohlen hatte, das Haus Seidenberg zu meiden und nicht gegen die völkische Ehre zu verstoßen. Studienrat Frank, im Kampf der Ellenbogen ungeübt, stand mit seiner Frau am äußersten Rande des drängenden Menschenknäuels, hoffnungslos auf die ungünstigste Einstiegseite verbannt. Heute trug er nicht die Parteiuniform wie früher stets an besonderen Tagen; heute, an diesem sehr besonderen Tag seiner Flucht aus Oderstedt, trug er einen schwarzen Zivilmantel mit glänzendem Maulwurfspelz am Kragen. Aber Wolfgang Horlitz verspürte keine Genugtuung darüber, daß die fatale Ideologie seines Lehrers und Widerparts hier und jetzt vor aller Augen das endgültig vernichtende Urteil fand; im Gegenteil, ihn packte ein unerklärliches Mitleid gerade mit diesem Menschen, und spontan hob Wolfgang den Arm, winkte und rief vom Trittbrett herunter: »Herr Frank! Bitte hier, nehmen Sie meinen Platz! Hier außen entlang bitte . . .«

Wolfgangs Uniform und der befehlende Unterton in der Stimme beherrschten einen Moment die sich anballenden Menschen, so daß sie wie mechanisch einen engen Spalt zwischen Bahnsteig und Trittbrett freigaben, der Geschichtslehrer und seine Frau von links herbeikommend den Wagen erreichten und sogleich, für den abspringenden Wolfgang Horlitz, auch den Einstieg in den Waggon.

Als sich die Blicke von Lehrer und Schüler ein zweites Mal begegneten, für eine Sekunde, beim Aneinander-Vorbeidrängen, da spürte Wolfgang Horlitz in seinem Herzen etwas von der befreienden Macht, die sich entfaltet, wenn man die Rache vergißt; und ein wenig Licht im Innern erhellte ihm diese trostlose Bahnsteig-Szene.

Wolfgang fragte den Fahrdienstleiter, wann man am günstigsten abreise, morgens oder abends.

»Abends natürlich«, erklärte der Mann, »am Vormittag sind alle Züge überfüllt. Die Leute fürchten jetzt das Reisen bei Nacht – obwohl sie nachts doch wenigstens sicher sind vor den Tieffliegern . . .«

Die Mutter daheim wurde vom Zweifel gequält, ob sie abreisen oder bleiben sollte. Wolfgang indes bestimmte sofort die Abreise für den nämlichen Abend. Niemand wisse, ob morgen noch Züge verkehren, behauptete er, und übermorgen könne der Russe schon an der Oder stehen. Vaters Schwester in Aue erwarte die Mutter ja längst.

Nachmittags – sie hatten gemeinsam Vaters Grab besucht und Wolfgang hatte erwähnt, der Baron von Mallwitz sei wie Vater an einem Herzschlag gestorben – nachmittags erinnerte sich die Mutter, daß sie noch eine Überraschung für Wolfgang besitze: Rose hatte sie in der Angerstraße besucht, hatte ihr ein Brot und Speck und eine Wurst gebracht. Rose sei mit den Geschwistern nach München gereist, über Berlin. Ihr Mann sei zum Volkssturm eingezogen worden und das Gut sei nun verwaist. Aber das alles habe sich schon vor Weihnachten ereignet, vor ungefähr fünf Wochen.

Als Wolfgang Horlitz um neun Uhr abends vom Bahnhof zurückkam, schritt er durch eine tote Stadt. Nirgendwo sah er einen Menschen oder den Schein einer Lampe. Nur das Mondlicht malte Schatten auf Haustüren und Fensterhöhlen und erinnerte ihn an den makabren Traum von Saloniki. Der Schakal schrie noch nicht, aber Wolfgang Horlitz wußte in diesem Augenblick, daß Oderstedt verloren war. Auf dem Marktplatz blieb er lauschend stehen: Hörte man schon die Front? Es klang wie Kanonengrollen von drüben, von der Oder her.

Ob Rose in München untergekommen war, bei Elke?

Wie es wohl aussah in Altweiden?

So ein verlassenes Gut, ohne Menschen, ohne Tiere ...

Ob er morgen früh hinüberfahren sollte nach Altweiden? Noch einmal die Pappelallee hinuntergehen und durch die Räume des Herrenhauses schlendern und Abschied nehmen von dem Bild seines Doppelgängers oben im Saal? Irgendwie

würde er schon in das verschlossene Gutshaus gelangen ...
Er fror, ein eisiger Wind fegte über den toten Marktplatz,
und Wolfgang lief mit weiten Schritten zur Kleinen Gasse.
Dort, linkerhand, lag Reiches Hotel – kalt und finster. Hier
hatten sie vor acht Jahren das Abitur gefeiert: Henze und
Deutschmann und er und die andern alle. Dreizehn waren sie
gewesen und davon waren sieben gefallen, soviel er wußte.
Ob Deutschmann noch lebte?

Die Kleine Gasse lag in völliger Dunkelheit. Wolfgang tastete
sich mit vorgestreckten Armen zum Floriansplatz, dem das
schrägfallende Mondlicht wieder Konturen verlieh. Schwarz
stand das Weberhäuschen hinter dem verfallenen Gartenzaun,
und die Baumstümpfe der einstigen Maulbeerbäume unterstrichen wie dicke Punkte dieses Sinnbild verloschenen Lichts.
Und Wolfgang denkt zurück: Auf dem Betpult im Zimmer
des alten Seidenberg steht der Davidstern. Die Abendsonne
läßt eine Hälfte des kupferfarbenen Symbols hell aufscheinen,
die andere Hälfte liegt bereits im Schatten. Der Alte zieht
einen Stuhl herbei. »Höre, Wolfgang Horlitz, das Sonnenrad
ist schwarz, weil Sammael hält die Hand davor ... Höre,
Wolfgang Horlitz, schwarze Sonne wird stürzen vom Himmel Europas ... Höre, Wolfgang Horlitz, wenn der Mensch
betet zu Gott, wird er unsichtbar den dunklen Mächten, geht
Sammael blind an dem Menschen vorbei.« Und weiter spricht
der Alte: »Sie müssen wissen, der Bund, am Sinai mit dem
Herrn der Welt geschlossen, ist uns nie aufgekündigt worden ...«

Wolfgang tritt nach vorn, dicht zur Haustür, legt ein Ohr an
das kalte Holz und horcht in den Flur. Es regt sich nichts, das
Haus ist unbewohnt.

Als Wolfgang sich aufrichtet und den abgerissenen Klingelzug
bemerkt, weicht die Zeit aufs neue wie magisch ... Rebekka
kommt zur Tür, er spürt ihre Lippen und hört ihre dunkle

122

Stimme: »Einen Geliebten küßt man auf den Mund, einem Boten von drüben küßt man die Hände. Leb wohl, geliebter Bote!«

Und wiederum wie ein Schlafwandler ging Wolfgang Horlitz durch die eiskalte Januarnacht zur Angerstraße zurück. Die Angst lag wie ein unsichtbares Gespenst über der ganzen Stadt.

Früh am nächsten Morgen fuhr der Feldwebel Horlitz nach Altweiden; die Wirklichkeit stand ihm wieder klar vor Augen, als er dieses Wagestück begann. An der Oderbrücke wurde er von einem Wachkommando belehrt, die Brücke könne jede Stunde zur Sprengung freigegeben werden, und der wachhabende Unteroffizier fügte hinzu, mit dem Kopf zum anderen Ufer deutend: »Wann S' bei der Sprengung noch da drüben san, na Servus!«

Wolfgang war etwas beklommen zumute, aber er schlug die Warnung bewußt in den Wind, gab sich tapfer und fragte zurück: »Sie sind aus Österreich?«

»Aus Wean«, lautete die Antwort.

»Ja, was treiben Sie denn hier an der Oder?« fragte Wolfgang mit Galgenhumor, »warum bleiben Sie denn nicht an der Donau, statt hier unsere Brücken zu sprengen?«

»Da müssen S' den hohen Herrn unten im Berliner Betonbunker frag'n, mi net«, gab der Österreicher barsch zur Antwort und verzog keine Miene.

»Na dann Servus«, sagte Wolfgang und bestieg das Fahrrad. Unterwegs begann es stark zu schneien. Der schmale Rändelweg seitlich der Sandstraße war bald zugeweht, und Wolfgang blieb immer wieder mit dem Vorderrad stecken. Dann lauschte er jedesmal mit Argwohn zur Oder hin, ob nicht die Detonation einer Sprengung seinen Rückzug über den rettenden Fluß bereits vereitle. Je weiter er fuhr, desto fragwürdiger und unheimlicher wurde ihm seine Unternehmung.

Schließlich, er war schon zur Umkehr entschlossen, verhalf ihm der Gedanke an eine mögliche Rückfahrt mit dem Kahn der Oberförsterei doch noch zu weiterer Standhaftigkeit.

Drei Stunden hatte er früher zur Fahrt nach Altweiden benötigt, heute brauchte er vier. Das Schneetreiben und der unkenntliche Weg behinderten ihn weitaus mehr, als er anfangs glaubte.

Endlich erreichte er das hohe schmiedeeiserne Gittertor der Parkeinfahrt. Das Tor war mit einer armdicken Kette gesichert und verschlossen. Wolfgang lehnte sein Fahrrad gegen einen der steinernen Pfosten, erstieg den Sattel, von hier aus die Mauer und kletterte an der Innenwand hinab. Für eine Weile vergaß er das Risiko seines Ausfluges, und ihn fesselte das bevorstehende Abenteuer, der Besuch des verlassenen Herrenhauses, das Wiedersehen mit seinem Zwillingsbruder im Ahnensaal.

Offensichtlich befand sich niemand mehr auf dem Gut. Nicht die geringste Spur von Mensch oder Tier war auf der verschneiten Allee oder vor dem Herrenhaus zu erkennen. Wolfgang schickte sich an, das weite Gebäude nach einem günstigen Einstieg abzusuchen. Es galt ihm als selbstverständlich, kein Stück im Haus zu berühren oder gar an sich zu nehmen; mit diesem vorgefaßten Entschluß tröstete Wolfgang sich über aufkeimende Skrupel hinweg. Denn ohne jegliche Vollmacht in ein fremdes Haus einzudringen, das war doch nicht ganz legitim, oder? In ein oder zwei Tagen fuhren zwar die russischen Panzer hier auf, und die ›Ruskis‹ würden sich gewiß nicht zurückhalten lassen von verschlossenen Türen und Fenstern. Trotzdem: sein eigenmächtiger Hausbesuch war so leicht nicht zu rechtfertigen. Aber hatte er nicht das Wagnis einer vierstündigen, nahezu lebensgefährlichen Radtour auf seiner Seite? Sollte er umsonst hierhergekommen sein?

Dort war eine Scheibe zerbrochen! Wolfgang stutzte, das Kellerfenster bestand nur noch aus Scherben. Er bückte sich, griff durch den Rahmen, öffnete von innen die Verriegelung und stieß den Fensterflügel auf. Alle Bedenken waren dahin; er schob die Beine durch das ebenerdige Kellerloch, drehte sich bäuchlings um, ließ sich nach unten gleiten und rutschte an der Mauer hinab. Er landete ziemlich tief auf einer Schütte Stroh. Sobald sich die Augen an das Kellerdunkel gewöhnt hatten, tastete er mit den Füßen hin zur Kellertür an der Innenwand, und zum Glück war die Tür nicht verschlossen. Wolfgang öffnete sie vorsichtig, entdeckte im Kellergang einen Lichtschalter, knipste die Kellerlampe an, stieg nach oben und betrat den rückwärtigen Hausflur. Es roch nach altem Holz und altem Mauerwerk, es war totenstill, und Wolfgang kam sein Einstieg wie eine jungenhafte Mutprobe vor. Deshalb ging er auch auf Zehenspitzen weiter, als könne er mit dem Widerhall seines Schrittes irgendeinen verschlafenen Wächter auf die Szene fordern. Eine geheimnisvolle Spannung erfaßte ihn ganz. Die russischen Panzerspitzen waren vergessen, auch die Sprengladung unter der Oderbrücke und sein gefährdeter Rückweg, und er empfand denselben Reiz wie vor langen Jahren auf jenem Schulausflug nach Zölling: Sie waren Tertianer und heimlich in die halbverfallene Burg des Hans von Rechenberg eingedrungen, Henze und Deutschmann und er. Sie hatten dem Verwalter den Burgschlüssel entwendet und die eigene Kühnheit genossen, in einer vorsorglich versperrten Ruine nach dem verborgenen Burgschatz zu suchen. Der dunkle Weg hinab ins Burgverlies wäre Deutschmann fast zum Verhängnis geworden. Den Fuß in der Schlinge einer gekaperten Wäscheleine, fuhr er zwar geschwind in die Tiefe, aber er erreichte den Boden nicht, die Leine war zu kurz. Die beiden Freunde oben vermochten das Seil nur mit letzter Kraft über die Falltürkante hochzuhieven. –

Wolfgang hatte sich entschlossen, zuerst den Saal aufzusuchen. Noch immer auf Zehenspitzen stieg er die breite Eichenholztreppe hinauf, schritt federnd vorbei an den Waffen und Jagdtrophäen des weißgetünchten Flures im Obergeschoß, dann öffnete er erwartungsvoll den hohen Flügel der Doppeltür. Zuerst glitt sein Blick zum goldgerahmten Eckspiegel, aber diesmal zeigte das ›Zauberglas‹ das Porträt des Gerich Seidenberg nicht. Ein wenig enttäuscht betrat Wolfgang Horlitz den Saal und blieb augenblicks wie angewurzelt stehen: Die Stirnwand war leer, das Bild des Junkers hing nicht mehr an seinem Platz; und wie oft er sich auch umwandte, das Bild konnte er nirgendwo entdecken. Bestürzt ging er um den Barocktisch herum zum Fenster, nicht länger auf Zehenspitzen, sondern mit der ganzen Schwere seiner halbschäftigen Lederstiefel. Er blickte hinunter auf die trostlose, winterliche Zufahrtsstraße, auf die einsame Fußspur im Schnee, und ihm graute vor dem weiten Heimweg.

Plötzlich zuckte er vor Schreck zusammen: da rief doch jemand im Haus! Und schon wiederholte eine weibliche Stimme in heller Angst: »Hallo, ist dort wer? Antworten Sie doch!« Dann hörte Wolfgang hastige Schritte, eine Tür schlug laut ins Schloß – und wieder war es totenstill im Saal. Da packte ihn die Angst; instinktiv zog er seine Pistole, und mit einem scharfen »Halt, wer da?« eilte er nach unten. Jetzt stand eine Tür weit auf, sie führte zur Küche. Im Nu erreichte Wolfgang das Küchenfenster – da sah er eine Frau oder ein Mädchen an den Wirtschaftsgebäuden entlang fliehen. Am Ende des Hofes wandte sie, langsamer laufend, den Kopf zurück, und mit einem Freudenschrei riß Wolfgang Horlitz die Tür zum Hof auf, sprang mit einem

Satz die drei Treppenstufen hinab, steckte die Waffe fort, stürmte der jungen Frau nach und rief laut, immer laut ihren Namen.

Als Rose Wolfgangs Stimme erkannte, blieb sie einen Atemzug lang starr an der Hofausfahrt stehen, dann jedoch schnellte sie herum und rannte auf ihn zu. Er fing sie mit beiden Armen auf. Da wurde ihr Körper von einem heftigen Weinkrampf geschüttelt, der sie nur das eine Wort hervorschluchzen ließ: Wolfgang.

Es dauerte geraume Zeit, bis Rose sich beruhigt hatte, bis sich beide am Küchenherd gegenübersaßen und einander Aufschluß gaben über den jeweiligen Anlaß dieses so unerwarteten Treffens.

Wolfgangs Mutter hatte sich geirrt. Rose wollte lediglich ihre jüngeren Geschwister bei Elke in München in Sicherheit bringen. Sie selbst mußte zurückkehren auf das Gut, um hier der kommenden Katastrophe abzuringen, was an Wenigem abzuringen blieb. Die Ställe wurden geräumt, die Vorräte waren an die Treck-Gemeinschaft verteilt, die morgen früh bei Einbruch der Dämmerung von Schwentendorf aus in Richtung Glogau aufbrechen sollte. Sie, Rose, war mit drei Wagen am Treck beteiligt. Den ersten Wagen führte sie selbst, und auf diesem hatte sie auch das Porträt des Gerich Seidenberg versteckt. Die beiden anderen Gespanne kutschierten der alte Wiesner und seine Tochter, die letzten Getreuen des Gutes Altweiden, die jedoch drüben in Schwentendorf wohnten, eine halbe Stunde Wegs von hier. Rose war noch einmal in das Gutshaus gekommen, um allein und ungestört Abschied zu nehmen von ihrem geliebten Altweiden, das sich seit dem frühen sechzehnten Jahrhundert im Besitz ihrer Familie befand. Ihr heimlicher Trost lag in der Hoffnung, nach dem Krieg werde man hierher zurückkehren.

Auf Wolfgangs Frage hin fuhr Rose fort: Sie rechne wohl mit Plünderungen während ihrer Abwesenheit, doch weshalb sollte jemand die Gebäude zerstören? Hier würde ja niemand kämpfen oder Widerstand leisten ... Aber daß sie die Kellertür nicht abgeschlossen habe, sei mehr als verwunderlich. Doch nun habe sich's ja gut gefügt – obgleich Wolfgang, wäre er nur um den Westflügel herumgegangen, durch die offene Küchentür hätte ins Haus gelangen können, ohne sie so furchtbar zu erschrecken.

Ob sie heute nacht allein hier schlafen wolle?

Unter keinen Umständen. Sie habe nur das Musikzimmer und die Küche geheizt, um sich dort bis zuletzt aufzuhalten. Gegen Abend werde sie jedoch hinüberlaufen nach Schwentendorf und bei den Wiesners bleiben, bis dann beim Morgengrauen der Treck beginne.

Rose hatte sich während ihres Berichtes wieder gefaßt, die Tränen waren versiegt, und ein Anflug von Lächeln sogar spielte um ihren Mund, als sie mit dem Selbstvorwurf aufstand: »Ich schlechte Gastgeberin! Sag, Wolfgang, was möchtest du trinken, Kaffee, Tee, Wein? Es ist noch von allem etwas im Haus ...«

Wolfgang blickte zur Uhr. »Tee bitte«, sagte er, »aber dann muß ich mich sehr beeilen.«

»Du willst fort?« rief Rose bestürzt, und in ihre Augen sprang die helle Angst. »Du kannst doch nicht fort, wo willst du denn hin?«

Wolfgang erklärte ihr in kurzen Sätzen, was vordringlich zu sagen war, und beteuerte: »Ich brauche vier Stunden bis Oderstedt, und wenn sie vorher die Brücke sprengen ...«

»Weißt du was«, sagte Rose entschlossen, kauerte sich vor ihm hin und stützte ihre Arme auf seine Knie, »du bleibst die Nacht bei mir. Ich telefoniere zur Bürgermeisterei nach Schwentendorf, daß ich erst morgen früh hinüberkomme.«

Und mit bittenden Augen fügte sie hinzu: »Dann haben wir noch vierzehn Stunden für uns . . .«

Vierzehn Stunden, war das nicht eine halbe Ewigkeit? Wolfgang Horlitz, in seinem Herzen klopfte die Freude mit, nahm ihren Kopf zwischen beide Hände und sagte liebevoll: »Ich bleibe bei dir, schöne Herrin von Altweiden.«

Zum ersten Male an diesem Tag lächelte Rose frei zurück, stand auf, ergriff flugs seine Hand und nahm ihn in Dienst. Er mußte helfen, ein Gewürzschränkchen von der Küchenwand abzuheben, hinter dem eine Mauernische die versprochenen Köstlichkeiten verbarg: Kaffee, Tee und, in Strohhüllen verpackt, mehrere Flaschen Wein.

»Wie im Dreißigjährigen Krieg«, sagte Rose, »wir haben noch ein paar solcher Verstecke im Haus – fürs Wiederkommen.« Sie nahm eine Dose Tee und zwei Flaschen Wein aus der Nische, dann hängten beide gemeinsam das Gewürzschränkchen wieder an seinen Platz. »Den Tee trinken wir noch in der Küche, nachher schmücken wir das Musikzimmer. Zum Abend essen wir wieder hier draußen, und dann ziehe ich mich um für unser Abschiedsfest.«

Schwermut und Bedrücktheit schienen fast von ihr gewichen zu sein, deshalb wagte Wolfgang, etwas Ermunterndes hinzuzufügen: »Und in ein oder zwei Jahren ist der Krieg bestimmt vorbei, dann feiern wir hier mit Klaus und Elke das Wiedersehen.«

Rose ging nicht darauf ein, sie deckte vielmehr schweigsam den Tisch. Erst jetzt kam es Wolfgang zu Sinn, daß er den Hausherrn übersehen hatte, Eckehart Salmuth, ihren Mann. Und als sie sich beim Tee gegenübersaßen, fragte er, ob Rose Nachricht habe von – Herrn Salmuth. Rose verneinte. Der letzte Brief sei vor zwei Wochen aus Stettin gekommen, aber jetzt werde keine Post mehr zugestellt. Im übrigen, was Eckehart, ihren Mann, betreffe, müsse sie sich noch bei Wolfgang entschuldigen. Kindisch habe sie sich während seines letzten Besuches gezeigt, am Parktor und hinter den Fliederbüschen. Eckehart habe sie ausgelacht, als sie ihm gestand, aus Ängstlichkeit vor dem Herrn Gemahl einen ehemaligen Freund im Gesträuch empfangen zu haben.

»Er hat doch sicher nicht nur gelacht«, fragte Wolfgang, »was hat er denn sonst noch zu meinem Besuch gesagt?«

Rose zögerte, dann gab sie zur Antwort: »Der Herr von Horlitz ist doch heut kein Problem mehr für uns . . .«

Und als Wolfgang die Lippen zusammenpreßte und stumm in die Teetasse blickte, ergänzte sie rasch: »Aber trotzdem hat er mir nicht erlaubt, an dich zu schreiben.«

»Dann wußte er also auch von unserem Versteck zwischen den Feuerlilien?« fragte er enttäuscht.

»Nein«, sagte sie und sah frei zu Wolfgang hinüber, »nein, das weiß er nicht.«

Sie schwiegen beide, tranken einen Schluck Tee und schwiegen. Doch schweigen darf man nicht in so böser Stunde. Nur deshalb brach die unheimliche Stille im Haus wie ein Spukphänomen über sie beide herein. Fast blieb ihnen jeder Schluck Tee im Halse stecken, und sogar Wolfgangs Hand verriet ein Zittern, wenn er die Tasse niederstellte. Man zuckte zusammen ohne jeden Grund.

Hörst du etwas?

Nein, du?

Nein, gar nichts.

Das sind nur die angespannten Nerven.

Und jetzt?

Sie starrten sich erschreckt und fragend an.

Ein Schuß? Etwa die Russen schon?

Rose fährt vom Küchenstuhl auf, rennt wie gehetzt zur Eingangstür vorn, prüft den Riegel und läuft in das Herrenzimmer. Wolfgang springt mit langen Sätzen hinterher, späht wie ein Luchs durch die halb zugefrorenen Fensterscheiben und erkennt doch nur eine einsame Fußspur im Schnee, seine eigene Spur, und dort hinten das fest verschlossene eiserne Gittertor.

»Bald wird es dunkel«, tröstete Wolfgang die junge Frau und sich selbst, »bei Dunkelheit rücken die Russen nicht vor, auch die Panzer nicht.«

»Aber Salmuth könnte plötzlich kommen«, sie sagte das wie früher, als wäre Eckehart Salmuth gar nicht ihr Mann.

»Ja, Salmuth könnte kommen, natürlich«, wiederholte Wolfgang und fügte hinzu: »Ich glaube, es ist besser, wenn ich doch noch fahre . . .«

Da warf sie die Arme um seine Schultern, klammerte sich mit allen Kräften an ihm fest und rief wie verzweifelt: »Ich laß dich nicht fort. Ich vergehe vor Angst. Hier bleibe ich nicht allein. Nach Schwentendorf will ich jetzt auch nicht mehr, allein . . .« Ihr Körper bebte, und wieder schien sie einem Weinkrampf nahe. Aber Wolfgang streichelte behutsam ihr blondes Haar und sagte dicht an ihrem Ohr: »Du willst doch noch die Bürgermeisterei verständigen.«

Sie löste sich von ihm, ergriff seine beiden Hände, blickte ihn an und sagte: »Telefonieren, den Keller verschließen, unser Abschiedsfest vorbereiten – es gibt noch so viel zu besorgen. Komm, Wolfgang, bleib bitte dicht bei mir; ich will keinen Schritt allein mehr tun in diesem Haus. Mir ist, als hinge das Schwert für Damokles jetzt über dem Gut . . .«

Das Musikzimmer des Herrenhauses, im Stil des Biedermeier ausgestattet, lag im ersten Stock. Heute war der längliche Tisch mit der Balusterstütze zum letzten Mal weiß gedeckt, in seiner Mitte stand ein vierteiliger Leuchter aus Kristall, ruhig brannten die Kerzen. Auch die Spiegeletagere, die Regale und Vitrinen trugen verschiedene Leuchter, und der Kerzenschein füllte den Raum bis hoch hinauf an die Stukkatur der Decke. Der Konzertflügel, über Eck zur Innenwand aufgestellt, wurde von zwei Biedermeiersofas flankiert. Ein Stehleuchter aus Mahagoni trug eine dicke Wachskerze, spendete jedoch der elfenbeinernen Tastatur nur gedämpftes Licht. Wolfgang schenkte den dunkelroten Wein in die Gläser. »Auf deine glückliche Wiederkehr nach Altweiden, Rose!«

»Auf deine Rückkehr nach Oderstedt, Wolfgang.«

Die Gläser klangen an, die Augen begegneten sich, und jeder wußte in diesem Moment um das geheime Verlangen des anderen.

Wieder hob Wolfgang das Glas. »Auf Gerich Seidenberg, den Junker und Seefahrer und Arzt.«

Und Rose gab Bescheid: »Auf des Junkers Geliebte, auf Rebekka von Mallwitz!«

Wolfgang brachte das Glas nicht an den Mund. »Was sagst du da, Rose?«

»Du kennst sie nicht?« fragte Rose erstaunt.

»Wen denn?« drängte er.

»Rebekka von Mallwitz, Gerich Seidenbergs Geliebte . . .«

Wolfgang setzte das Glas ab und starrte Rose fassungslos an: Rebekka – eine Rebekka?

»Komm«, ermunterte Rose, »gehen wir hinüber in den Saal. Und bitte, nimm einen Leuchter mit; die Saalfenster sind nicht verdunkelt, ich kann dort kein Licht einschalten.«

Während sie den Flur entlangschritten, erläuterte Rose eifrig, daß der jüdische Name nichts ›Rassisches‹ bedeute; jene Rebekka sei anno 1650 nach ihrer puritanischen Großmutter auf diesen Namen getauft worden. Eine Seitenlinie der Mallwitz führe nämlich nach England, und die Puritaner damals hätten eben solche alttestamentlichen Namen gepflegt.

Sie traten dicht vor das Bildnis im Saal. Wolfgang hob den Leuchter, und das flackernde Licht schien die großen Augen der jungen Adligen zu beleben.

»Weshalb habe ich dieses Porträt nicht gesehen, als wir mit deinem Vater hier standen?«

»Das Bild befand sich eine Zeitlang in Breslau zur Restauration, es bekam solch graue Flecken . . .« Dann wandte sich Rose um und deutete zur gegenüberliegenden Seite des Saales. »Dort hing das Porträt des Gerich Seidenberg.«

» Ja, ich weiß«, sagte Wolfgang, »aber wo hast du das Medaillon und das griechische Kreuz des Junkers?«

»Das Medaillon liegt in meinem Wertsachenkoffer, versteckt im Stroh des Treckwagens. Und das griechische Kreuz habe ich hier . . .«

Sie öffnete den oberen Knopf ihres Kleides und zog an einem Halskettchen das Signum des Gerich Seidenberg hervor. Einen Augenblick stand Wolfgang Horlitz in Versuchung, Rose einen Tausch der vergoldeten Zwillingskreuze vorzuschlagen, wie etwa den Tausch zweier Ringe. Dann aber kam ihm dieser Gedanke wie eine Entweihung vor, und er sagte nur: »Es wird dich schützen, Rose, das Kreuz des Gerich Seidenberg.«

Als er das Bild der jungen Adligen erneut betrachtete, fragte er, ob der Junker mit dieser schönen Dame verlobt gewesen sei.

»Nein«, sagte Rose, und ihre Stimme klang ein wenig tiefer, »verlobt waren sie nicht. Rebekka von Mallwitz war wohl die Geliebte des Junkers, aber lieben durften sie sich trotzdem nicht. Sie waren ja Geschwister vor dem Gesetz . . .«

Ins Musikzimmer zurückgekehrt, hielt es Wolfgang für angemessen, Rose endlich von seiner Begegnung mit Rebekka Seidenberg zu erzählen. Aber Rose kam ihm zuvor, sie hob ihr Glas und sagte bittend: »Lassen wir doch diese alten Geschichten; die letzten Stunden laufen uns sonst sinnlos davon. Trinke mit mir und dann spiel ein Lied für mich, Wolfgang; ein Lied, das keiner von uns vergißt.«

Wolfgang empfand jetzt sehr stark die ganze Wehmut und

Tragik dieses Abschieds, und wie zum Trotz gegen das Schicksal ergriff er sein Glas und trank es in einem Zuge leer; dann besann er sich auf eine Melodie, stellte das Glas an seinen Platz und ging hinüber zum Flügel. Er spielte genau dreiunddreißig Takte, erhob sich wieder, schloß den Flügel, ging zurück und nahm Rose in seine Arme. Und die brennenden Kerzen ringsum wurden vor beider Augen zu tanzenden Feuerlilien.

Einmal schreckten sie auf, irgendein Laut hatte sie beirrt, vielleicht der Ruf eines Nachtvogels draußen im Park?

Der Wein ging zur Neige, die Liebe schöpfte Atem, langsam brannten die Kerzen aus.

»Spiel noch einmal das Lied, oder war es ein Tanz?«

»Ja, der letzte Walzer einer Tanzfolge von Johannes Brahms.«

Als Wolfgang wiederum spielte, trat Rose zu ihm hin, legte ihre Hände auf seine Schultern, beugte sich hinab und berührte mit geschlossenen Lippen seine Schläfe. Und als er den letzten Takt verklingen ließ, piano-diminuendo, sagte sie ebenso leise: »Mein schönster ungetanzter Walzer, er verdämmert in Zartheit und Süße . . .«

Danach löschte sie die Wachskerze des Stehleuchters und dann alle anderen Lichter reihum. Nun schaltete sie eine elektrische Wandlampe ein, und in ihrer Stimme zitterte schon die Furcht vor dem kommenden Tag, als sie erklärte: »Das letzte Fest auf Altweiden ist zu Ende . . .«

Wenig später rückten beide die Sofas zum Kachelofen, schoben sie aneinander, trugen Kissen und Decken herbei und zwangen die Angst der noch verbleibenden Stunden leidenschaftlich ins Vergessen.

Beim Morgengrauen, bei eisigem Wind, begleitete Wolfgang Horlitz die Gutsherrin von Altweiden bis vor die ersten Häuser jenes nahen Dorfes, wo der Treck auf sie wartete. Wolfgang hatte ihren Arm gefaßt, und sie gingen schweigend über den hartgefrorenen, knirschenden Schnee. Erst dicht vor dem Ziel gab es ein kurzes Zwiegespräch.

»Wie der Weg zum Schafott«, sagte Rose.

»Wie der Weg am Schafott vorbei«, entgegnete Wolfgang.

Dann wollte er eigentlich bekennen, daß er heute Geburtstag habe, es war der 26. Januar; er besann sich indes und schwieg. Wie mißtönend wäre ein Glückwunsch auf solch trostlosem Weg.

Jetzt blieb Rose stehen und sagte gefaßt: »Leb wohl, Wolfgang; ich danke dir für deine Begleitung, aber die letzten Schritte bis zum Dorf tue ich lieber allein.«

»Ja, Rose. Auf Wiedersehen, irgendwann am Reihersee.«

»Ein kranker Traum, Wolfgang Horlitz, ein kranker Traum...«

Sie wandte sich zum Gehen und sah nicht mehr zurück.

8

Als Wolfgang Horlitz am Abend desselben Tages wiederum Abschied nahm, von der Wohnung in der Angerstraße und somit von Oderstedt, erblickte er wie von ungefähr auf dem Schreibtisch die Bibel seines Vaters. Da kam ihm der Gedanke, eine beliebige Stelle aufzuschlagen und einen biblischen Spruch als Geburtstagsgeschenk zu erbitten, einen Vers der Hoffnung für sich und Rose. Er nahm die Bibel in beide Hände, atmete tief, dachte eindringlich an das griechische Kreuz auf seiner Brust und traf beim Aufschlagen die ungeneigte Stelle im zweiten Buch Samuelis: »Und David ließ nach dem Weibe fragen, und man sagte: Ist das nicht Bathseba, das Weib des Uria?...«

Betroffen legte Wolfgang die Bibel auf ihren Platz.

In der folgenden Nacht, im dunklen Eisenbahnwagen zwischen Rathenow und Gardelegen, meldete sich der Alptraum: Der Posten Wolfgang Horlitz steht auf dem Feldflughafen von Saloniki. Das Mondlicht malt gespenstische Schatten. Die Kampfmaschinen Ju 88 werden lebendig und ducken sich wie doppelköpfige Hornissen. Die Luftschrauben springen an, drei entfesselte Maschinen hetzen den Posten über das Rollfeld, und auf dem Rumpf der mittleren Flugzeughornisse sitzt jemand im Sattel: ein Reiter mit halsoffenem Hemd, Eckehart Salmuth, der Herr von Altweiden, Roses beleidigter und betrogener Mann. Jetzt schreit der Schakal wie ein wehklagendes Kind, wie eine kreischende Wagenbremse – und Wolfgang fährt hoch aus unruhigem Schlaf und quälendem Traum.

Der Zug hielt. Eine Schaffnerin im schweren Eisenbahnermantel stieg zu, schüttelte sich vor Kälte, sprach von achtundzwanzig Grad unter Null, verlangte Wolfgangs Fahrschein und beschwor das Elend der aus dem Osten herandrängenden Flüchtlinge mit den Worten: »Die armen Trecks, die armen Trecks . . .«

Die Wagenfenster waren bis obenhin zugefroren. Die Eisschicht war so dick, daß ein Gegenhauchen nichts mehr half, wollte man etwa in der Dunkelheit draußen das Namensschild eines Bahnhofes erkennen. Und die Schaffnerin setzte sich dem Feldwebel Horlitz gegenüber.

»Für zehn Minuten«, sagte sie.

»Ein harter Dienst, nichts für Frauen«, gab Wolfgang zur Antwort.

Die Schaffnerin wehrte entschieden ab: »Nichts für Frauen? Sie sind gut. Da weiß ich was ganz anderes: Bei zwanzig Grad Kälte auf einem offenen Pferdewagen, im Arm ein halberfrorenes Kind und am nächsten Morgen vielleicht in den Händen der Russen oder unter den Geschoßgarben der feindlichen Jagdflieger – das ist nichts für Frauen, mein Herr . . .«

Der Feldwebel Horlitz schwieg. Er schätzte in Gedanken Roses Fluchtweg ab. Sie wollte mit ihrem Treck ein Gut in der Nähe von Muskau erreichen. Ob die Schaffnerin diese Gegend kannte?

»Wieviel Kilometer«, fragte Wolfgang, »sind es von Glogau bis Muskau?«

»Von Glogau bis Moskau?« gab sie verblüfft zurück.

»Bis Muskau«, wiederholte er, »Muskau in der Lausitz.«

»Ach Muskau«, sagte die Schaffnerin, »und ich denk schon, was will dieser Mensch bloß in Moskau!«

Beide lachten, aber es blieb ein kurzes Lachen.

Als der Zug hielt, reichte die Schaffnerin dem Feldwebel Horlitz unversehens die Hand. »Ich wünsche Ihnen das Leben«, sagte sie, »mein Verlobter war auch bei der Luftwaffe. Er ist seit zwei Jahren vermißt . . .« Dann öffnete sie die Wagentür und stieg aus. Eisige Kälte drang in den Waggon. –

In der Fliegerkaserne zu Gardelegen erfuhr Wolfgang Horlitz, daß seine Besatzung inzwischen nach Pocking in Bayern kommandiert worden war. Nun, von Pocking aus ist der Weg nicht weit bis München. Wolfgang besaß Elkes Münchner Anschrift und hoffte, auf diese Weise mit Rose neue Verbindung zu erhalten. Doch der Versetzungsbefehl nach Süddeutschland ließ acht Wochen auf sich warten, und deshalb kam der Feldwebel Horlitz nie in Pocking an.

Nach drei Tagen Bahnfahrt – die Züge verkehrten nur noch gelegentlich von Station zu Station – wurde Horlitz auf dem Bahnsteig in Eger von einer Streife der SS-Feldgendarmerie festgenommen. Er war derart verblüfft, daß er ohne Zögern der Aufforderung folgte, Marschpapiere, Soldbuch und Pistole abzuliefern; auch war er so unbefangen zu glauben, dieser mutmaßliche Irrtum werde sich rasch aufklären. Zu spät wurde Horlitz mißtrauisch, erst dann, als er mit den übrigen eingefangenen Soldaten einen Lastwagen besteigen mußte und ihm herrisch bedeutet wurde, wenn er hier meutern wolle, werde man ihn unverzüglich über den Haufen schießen. Zwei SS-Posten saßen mit auf, und fort ging die holprige Fahrt bis nach Podersam bei Saaz.

In einer Turnhalle vollzog sich ein kurzes Verhör über das Wohin der einzelnen Soldaten. Jede Antwort wurde mit einem Auflachen der verhörenden Offiziere quittiert und die Summe aller Antworten in Bausch und Bogen als »feige Drückebergerei« bezeichnet, wogegen man ein probates Mittel besitze, nämlich den Transport zum nächsten Frontverband. In die nachfolgende beklemmende Stille hinein rief Wolfgang Horlitz seine Forderung: »Mein Frontverband liegt auf dem Flugplatz in Pocking. Ich verlange sofort meine Papiere und meine Waffe!«

Der ältere Offizier trat vor Wolfgang hin und befahl: »Knöpfen Sie mal Ihren Mantel auf!«

Wolfgang gehorchte. Der Offizier warf einen kurzen Blick auf Orden und Abzeichen seines Gegenüber, dann erklärte er: »Gut, Sie bekommen Ihre Waffe zurück, aber nicht den Marschbefehl. Sie bleiben bei uns. Wir fangen die Drückeberger und Deserteure von den Bahnhöfen und Straßen weg. Sie werden uns dabei helfen...« Und noch bevor Wolfgang etwas erwidern konnte, rief derselbe Offizier im scharfen Befehlston den SS-Posten zu: »Aufladen die Leute, aber Tempo. Der Flieger bleibt hier!« Dann marschierte er raschen Schritts zur Turnhallentür, und der zweite Offizier folgte ihm.

Wenige Augenblicke später stand Wolfgang Horlitz allein in dem weiten Raum. Er spürte fast schmerzhaft den aufdringlichen Turnhallengeruch; dabei erschienen ihm die Kletterseile, die hochgezogenen, durchhängenden Kletterseile dort am Balken, wie die Gerätschaften eines riesigen Galgens. Ihn fror, und er knöpfte seinen Mantel zu.

Der Offizier kam zurück; in der rechten Hand schlenkerte er Wolfgangs Koppel und Pistole. »Fangen!« rief er; und als Wolfgang danebengriff, fügte er lachend hinzu: »Viel Geistesgegenwart haben die Herren Flieger nicht!«

Wolfgang hob die Pistole vom Boden auf und schnallte das Koppel über den Mantel. Der Offizier hatte sich inzwischen mit dem Rücken gegen die Holmstange eines Barrens gelehnt, hatte beide Hände in die Hosentaschen geschoben und einen Schaftstiefel über den anderen geschlagen.

»Ich bin Obersturmführer Maschewski«, begann er die Instruktion, »und Sie sind jetzt Oberscharführer Horlitz. Ihre Uniform werden Sie demnächst wechseln. Sie unterstehen ab sofort nur noch dem Befehl des ›Reichsführers‹. Sie werden in Rudig stationiert und dort Straßenwache schieben. Sie werden allen Soldaten und Unteroffizieren, die in Rudig aufkreuzen, die Marschpapiere abnehmen und die Leute zu unserer dortigen Wache begleiten. Alles andere besorgen wir. Der Dienstplan ist leicht zu kapieren: sechs Stunden Wache, sechs Stunden Ruhe – bei Tag und bei Nacht!«

Dann deutete Maschewski mit einer Kopfbewegung zur Tür und sagte leichthin: »Sie können verschwinden. Melden Sie sich vorn im Wachlokal.«

Wolfgang Horlitz überlegte unterdessen, wie er sich dieser dreisten Zumutung, ein Militärpolizist zu werden, widersetzen könne, wie überhaupt der Rechtsanmaßung dieses Maschewski zu begegnen sei, der auf eigene Faust die Marschpapiere fremder Soldaten beschlagnahmen ließ. Denn Furcht vor der SS-Polizei, wie sie unter der Zivilbevölkerung ziemlich verbreitet war, kannten die Flieger nicht im mindesten; sahen sie in den Totenkopfträgern mit den schwarzen Spiegeln doch lediglich eine zweitrangige Einheit, deren gelegentliche ›Frontbewährung‹ sie für gering achteten, gemessen am Risiko ihrer Einsätze gegen den weit überlegenen amerikanisch-englischen Gegner. Deshalb folgte Horlitz der Aufforderung des Obersturmführers, sich im Wachlokal zu melden, keineswegs. Er gedachte dagegen dem großmäuligen Menschen dort am Barren einen tüchtigen Schrecken zu versetzen, zog in aller Ruhe seine Pistole, lud sie durch und schoß schräg aufwärts gegen die Stirnwand der Turnhalle. Ein ohrenbetäubender Knall, hart wie ein Kanonenschuß, ließ selbst den Schützen zusammenfahren. Maschewski sprang vom Barren fort und kam mit bleichem Gesicht auf Wolfgang zu. Ein Wachtposten stürmte zur Tür herein, Angst in seinen siebzehnjährigen Augen. Horlitz lud die Pistole zum zweitenmal durch, und der Obersturmführer blieb wie angewurzelt stehen. Dann aber schrie Maschewski den Flieger an, ob er verrückt geworden sei oder ob er vor das Standgericht wolle wegen Bedrohung eines Vorgesetzten. Dabei zog Maschewski seinerseits die Pistole, und Wolfgang spürte, daß der Schreck, den er dem Offizier dort versetzen wollte, ihm selbst ins Herz gefahren war. Er gab sich jedoch gelassen, steckte die Pistole an ihren Platz und sagte mit Geistesgegenwart: »Die Pistole funktioniert noch; ich dachte schon, man hätte mir die Schlagbolzenfeder herausgenommen . . .«

Maschewski war offensichtlich verlegen, er polterte: »Mensch, das konnten Sie doch gleich sagen, statt hier verrückt zu spielen.« Und während er ein hinterhältiges Lächeln zeigte, ergänzte er: »Sie haben doch als Flieger den Wehrmachtsführerschein? Dann sind Sie ab sofort mein Fahrer. Solche Leute wie Sie habe ich am liebsten in meiner Nähe . . .«

Wolfgang erwiderte, er besitze den Rollschein für Kampfflugzeuge, doch keinen für Autos. Aber der Offizier erklärte, das sei unerheblich, Horlitz solle ihm folgen; auf dem Marktplatz könne er seine Fahrkünste beweisen.

Als sie um eine Ecke auf den Marktplatz gelangten, blieb Wolfgang Horlitz stehen, starr vor Entsetzen: An dem untersten Ast einer alten Linde hing ein Mann. Langsam drehte das dünne Seil, das den Hals des Toten umschnürte, den Leichnam einmal halb nach links, halb nach rechts. Aus scheuem Abstand betrachteten ein paar Kinder den makabren Bewegungsvorgang.

»Kann der noch sprechen?« fragte ein kleines Mädchen einen größeren Buben.

Der Obersturmführer aber wandte sich nach Horlitz um und sagte verächtlich: »Was ist Ihnen, sind Sie abergläubisch? Mann, sind Sie eine Flasche!«

Als sie zur Probefahrt in das Auto stiegen, rief Maschewski herausfordernd: »Der Bursche dort hat bei Fliegeralarm Lebensmittel geklaut, deswegen hängt er. Drehen Sie gleich eine Ehrenrunde!« Wolfgang stellte sich, als verstünde er nichts, und fuhr an dem Toten vorbei. –

Wolfgang Horlitz, jetzt Kraftfahrer des Befehlshabers einer SS-Truppe, erkannte nur zu bald, daß er hier unter die Freibeuter geraten war. Der kleine Trupp verpflegte sich selbst. Die Lebensmittel stahl man mit vorgehaltener Pistole bei den Tschechen. Die eigentliche Sorge der Freibeuter aber galt dem Menschenfang und bestand darin, Soldaten aufzuspüren und sie nach Gutdünken entweder dem nächsten Frontverband oder einem Standgericht zuzuweisen.

Schon seit dem Vorfall auf dem Podersamer Marktplatz dachte Wolfgang an Fahnenflucht; zunächst jedoch galt es, den Obersturmführerer in Sicherheit zu wiegen und sich als Fahrer mit Verläßlichkeit zu tarnen. Drei Wochen später war die Flucht beschlossene Sache. Den Anlaß endlich bot eine erschütternde Szene auf der Landstraße und ein besonderes Ereignis in der darauffolgenden Nacht.

Abends, auf dem Rückweg von einer Erkundungsfahrt, begegnete ihnen eine Marschkolonne in Sträflingskleidung. Lebenden Skeletten gleich, wankten etwa hundert Männer die Straße entlang. Aus ihren greisenhaften, fahlen Gesichtern starrten erloschene Augen ins Leere. Maschewski forderte Wolfgang auf, den Wagen anzuhalten, um die Vorbeiziehenden besser mustern zu können. In seinem Blick lag Kälte, als er zu Wolfgang Horlitz sagte: »Vermutlich Juden!«

Das Wort traf Wolfgang wie ein jäher Messerstich. Vor seinen Augen begannen die Gestalten in einem Wirbel des Entsetzens zu kreisen.

»Weiter!« befahl Maschewski.

Wolfgang riß sich zusammen und folgte dem Befehl; dann wagte er die Frage, ob in solchen Lagern auch Frauen leiden müßten.

»Leiden?« fuhr Maschewski ihn höhnisch an. »Sie haben eine Ausdrucksweise, daß es einen Hund jammert! Klar sind auch die Weiber im Lager. Wo sonst sollen die stecken?«

Wolfgangs Gesicht wurde weiß, seine Augen wurden schmal wie ein Messerrücken – und einen Atemzug lang hing das Leben des Obersturmführers an seidenem Faden, einen Atemzug lang hatte Wolfgang Horlitz mitten unter der Marschkolonne des Grauens in visionärer Vorstellung Rebekka Seidenberg erkannt, Rebekka und ihre verängstigte Mutter und den alten David. Und als hätte diese Vision eine Bedeutung, fiel ihm in der Nacht ein Buch in die Hände, dessen Vorwort als ergreifendes Gegenstück von einer einzigartigen Marschkolonne zu berichten wußte, in deren Reihen mancher stand, der nicht weniger erduldet hatte, nun aber aller Verfolgung fern und entrückt war.

Horlitz hatte in dieser Nacht Telefonwache. In der Ecke des spärlich erleuchteten Raumes lag ein Haufen hingeschütteter Bücher. Ein Pappschild trug die Aufschrift: ›Schundliteratur zum Verbrennen!‹

Wachstunden sind endlos lang. Um die Zeit zu vertreiben, zog Horlitz aus dem ›Schundbücherhaufen‹ ein Einzelstück hervor und war sofort fasziniert von dem Gedanken, der Engel des alten Seidenberg habe ihm dieses Buch in die Hand gespielt. Denn da stand in großen schwarzen Lettern der Titel: ›Die Kabbala, Einführung in die jüdische Mystik und Geheimwissenschaft‹.

Wolfgang schlug den Buchdeckel auf und las als Verfasser den Namen Erich Bischoff. Er ging zum Telefontisch zurück, blätterte die erste Seite um und las mit wachsender Spannung den einführenden Text:

»Aus den Tiefen vergangener Tage steigt es vor unserem geistigen Auge herauf, das Bild eines alten Kabbalisten aus dem östlichen Ghetto: In mitternächtlicher Stille steht die Gestalt in der niedrigen Studierstube, vom rotgelben Lichte der Menorah, des heiligen Leuchters, umrieselt. Jetzt weiten sich die vorher halbgeschlossenen dunklen Augen, in denen ein übernatürliches Feuer glüht, und nun spricht er ihn aus, den großen, dreimalheiligen *Namen*. Rot zucken die Flammen der Menorah auf, das enge Gemach scheint sich ins Unendliche zu weiten, Raum und Zeit verschwinden. Da zieht es heran, immer näher und näher, an dem *Namens*-Mächtigen vorbei: die endlose Reihe der Rabbinen, wie sie der Heilige, Hochgebenedeite, dem ersten Menschen im Paradiese zeigte. Voran das gigantische Bild des hohen Meisters Mose – über dem der Friede sei! –, vom Glanze des Sinai umwittert, dann treulich in seinen Fußstapfen schreitend Josua, dem die Ältesten folgen, danach die Männer der großen Versammlung, jetzt die geistesgewappnete Streitmacht der Talmudisten, darauf der Gaonen hohe Schar und weiter, immer weiter in nimmer endendem Zuge die zahllosen Leiter und Lehrer des Volkes, die da waren, und die da jetzt sind, und die künftigen bis an das Ende der Tage. Blühende Jünglinge, starke Männer, ernste

Greise, mit Ehren geziert, mit Elend beladen, und manches Haupt geschmückt mit blutiger Märtyrerkrone ... Das Bild verschwimmt ... Die Stimme schweigt, die Lichter der Menorah verlöschen, und friedlich ruht der greise ›Herr des Namens‹, Baal Schem, im braunen Lehnstuhl, während der erste Hauch der Morgenluft zum Fenster hereinweht ...«

Wolfgang Horlitz atmete tief, hob seinen Blick vom Buch und hatte sich entschieden. Er stand auf, zog seinen Mantel an, griff zur Mütze, ging zum Wagen, rief dem Doppelposten zu: »Befehl vom Obersturmführer«, fuhr zu seinem Quartier, lud sein Gepäck ein und steuerte in Richtung Karlsbad davon. Dort ergab er sich den Amerikanern.

Zu seiner Verblüffung hörte er jetzt, daß die deutsche Ruhrarmee bereits kapituliert hatte – während Maschewski zwischen Saaz und Podersam noch immer deutsche Soldaten fing.

Mitte Mai lernte Wolfgang Horlitz den Kriegsgefangenen Brückner kennen, den Doktor der Philosophie und Studenten der Theologie Andreas Brückner. Horlitz war von den Amerikanern nach Straßberg transportiert worden, in ein Auffanglager bei Plauen, das sich beiderseits der Elster erstreckte und aus Tausenden kleiner Giebelzelte bestand, die jeweils mit acht gefangenen Soldaten allzu dicht belegt waren. Es regnete stark, als Wolfgang vom Ami-Lastwagen stieg und nun sich selbst überlassen blieb. Er schulterte den Fliegersack mit seinem letzten Hab und Gut und stapfte durch das nasse Gras von Zelt zu Zelt, um irgendwo einen Unterschlupf zu finden. Umsonst, überall wurde er barsch abgewiesen. Mensch, wir liegen ja selbst wie die Heringe, hieß es – oder: Kerl, mach die Zeltklappe zu, es zieht ...

Endlich, nach vielen vergeblichen Bemühungen, hörte Wolfgang eine freundliche Stimme, die ihn aufforderte, ins Zelt zu kommen, ein Platz sei noch frei. Zwar warnte ein anderer

Zeltgenosse: »Mann, bleib bloß mit deinen nassen Klamotten weg«, aber Wolfgang ließ sich nicht einschüchtern, kroch durch den Zelteingang und schleifte seinen Fliegersack hinter sich her.

»Hier ist der freie Platz«, sagte die freundliche Stimme im Halbdunkel des Zeltes. Wolfgang erkannte einen Soldaten mit schwarzbraunem, dichtem Haarschopf, schmalem Gesicht und strahlenden Augen. Er lag, wie die übrigen Gefangenen, ausgestreckt am Boden, wies auf einen freien Platz an seiner Seite und tat etwas ganz Ungewöhnliches – er stellte sich vor, nannte seinen Namen.

»Ich heiße Brückner, Andreas Brückner«, sagte er.

Eine spontane Zuneigung zu diesem Menschen füllte Wolfgangs Herz, als sei er plötzlich einem lieben Verwandten begegnet oder als habe ihm das Schicksal in der Person dieses Soldaten den unvergeßlichen Iskender wiedergeschenkt. Er reichte dem neuen Freund die Hand und spürte die Erwiderung im Blick und Händedruck des anderen.

Die Gespräche mit Andreas Brückner, späterhin, erinnerten Wolfgang so lebendig an die Begegnung mit dem Abt Simeon Kallistos, daß er sich zuweilen gar nicht als Kriegsgefangener fühlte, er meinte dann, sich in einer landschaftlich anmutigen Klausur zu befinden, zwischen einem Eisenbahndamm und der Elster im grünen, jetzt immer sonnigen Vogtland. Hätte die Sorge um das Wohlergehen seiner Mutter ihn nicht manchmal bedrückt, hätte er in Gedanken nicht so oft Roses Fluchtziel gesucht, er wäre mit seinem Los einstweilen zufrieden gewesen.

Wolfgang Horlitz und der neue Freund sitzen auf dem Eisenbahndamm und blicken über das Lager mit den fünftausend Zelten; sie hocken am Ufer der Elster und verfolgen den raschen Lauf des klaren Wassers; sie liegen im Schatten der hohen Eiche und sehen hinauf in die jungen Blätter; sie schweigen gemeinsam, oder einer lauscht dem, was der andere sagt. Wolfgang hat viel erlebt, und die Bewegtheit seines Lebens fesselt Andreas Brückner ungemein. Brückner hat viel studiert, und seine tiefsinnigen Darlegungen packen Wolfgang Horlitz nicht weniger stark.

»Glaubst du an die Auferstehung des Lazarus wortwörtlich?« Brückner stellte diese Frage in seiner unmittelbaren Art.

»Man kann das Bibelwunder nicht mit menschlicher Logik messen, eine solche Theologie ist meine Sache nicht, ich bin der Mystik zugetan«, antwortete Wolfgang.

»Und doch dürfen wir die Logik nicht aus dem Spiel lassen«, sagte Brückner, »nur höher stimmen müssen wir unsere Logik, sie einbeziehen in die Dimensionen der Transzendenz.«

Und nach einer Weile des Nachsinnens fuhr er fort: »Die Geheimnisse der Transzendenz werden zwar nicht durch Logik erkannt, sondern durch Intuition; aber die Logik muß uns als Leiter dienen, auf der die intuitive Erkenntnis in die Weltgegebenheit hinabsteigt. Andernfalls verkaufen wir die intuitive Erkenntnis als Schwarmgeisterei. Dein Freund, der Abt Simeon Kallistos, wußte das auch!«

»Aber ich hatte zwei Lehrer«, sagte Wolfgang, »der alte David war zwar nur ein schlichter Mann, trotzdem gilt er mir nicht weniger als der Abt. Du natürlich würdest dem Theologen Kallistos den Vorrang einräumen.«

»Nein, das will ich nicht. Wer die Gottesdemut des alten David besitzt, der wird, so glaube ich, von einem Engel an der Hand gehalten. Aber wer diese Demut nicht besitzt, den bewahrt vielleicht nur die Logik davor, ein Schwarmgeist zu werden – sofern er die intuitive Erkenntnis postuliert.«

Wolfgang Horlitz wollte diesem Gedanken gerade beistimmen, als Brückner hinzufügte, vor allem fessle ihn Wolfgangs dritter Lehrer, der Zwillingsbruder. Wenn nämlich der Baron mit solcher Hochachtung von Gerich Seidenberg gesprochen habe, dann lasse die Chronik hervorragende Aufschlüsse erwarten, und viel gäbe er darum, diese Chronik kennenzulernen. Er hoffe und wünsche sehr, Wolfgang treffe Rose gesund wieder und das alte Manuskript habe die Gefahren des Trecks unversehrt überstanden.

»Ich bin sicher«, sagte er zu Wolfgang, »du wirst in deinem Zwillingsbruder dein eigentliches Vorbild finden . . .«

Aber jetzt sprang Brückner auf die Füße und rief: »Zurück in die Gefangenschaft mit unserem Geist, dort hinten steht schon der Verpflegungswagen. Wenn wir uns nicht beeilen, gehen wir heute leer aus.«

Und der Hunger trieb die Freunde mit weiten Schritten über den Lagerplatz.

Als sie vor dem Zelteingang ihr spärliches Abendbrot verzehrten, die einzige Mahlzeit des Tages, sagte Wolfgang Horlitz: »Genug zu essen müßte man haben und dazu Zeit und Muße, dann könnte man auf unserer mystischen Leiter auch von unten nach oben steigen, wenigstens ein gutes Stück.«

»Ich weiß nicht«, entgegnete Brückner, »es sei denn, man wird von einem unsichtbaren Halteseil gezogen. Die Rosenkreuzer verwiesen einst auf den ›Magnetstein göttlicher Liebe‹. Aus eigener Kraft vermag man zu wenig, nicht einmal ›glauben‹ kann der Mensch aus eigener Kraft. Und wenn der Glaube am Anfang steht und danach, so Gott will, das Offenbaren folgt, kann man von sich aus nur vertrauen, bitten und hoffen. Aber dazu bedarf es keines reichlich gedeckten Tisches, oder?«

Sie sprachen nicht weiter, denn ein Zeltkumpan setzte sich ihnen gegenüber. »Wieder nichts zu qualmen«, schimpfte er, »aber Zigaretten stehen uns zu. Die Amis, die Hunde, soll der Teufel holen!«

Im Kriegsgefangenenlager beiderseits der Elster verkündete ein Lautsprecher die neueste politische Entscheidung: Die vier

Siegermächte hatten die Regierung in Deutschland übernommen. Das Deutsche Reich hatte aufgehört zu bestehen. Das Gebiet um Plauen war der sowjetischen Besatzungszone zugeteilt worden und mußte von den Amerikanern geräumt werden.

Im Pendelverkehr brachten die amerikanischen Lastwagen einen Teil der Gefangenen zum nächsten Güterbahnhof; dort verlud man sie in Waggons und schickte sie des Nachts auf eine ungewisse Reise. Am anderen Morgen versuchten die Soldaten, die Position ihres Güterzuges festzustellen: die Fahrt ging westwärts, am Main entlang, immer in kurzen Teilstrecken.

Nach Wolfgangs Überzeugung bildeten sie den wunderlichsten Gefangenentransport der Kriegsgeschichte. Sie fuhren ohne Bewachung mitten durch Deutschland, und niemand dachte daran, die Gunst der Stunde zur Flucht zu nützen. Der Charakter des deutschen Soldaten zeigte sich hier in beispielloser Bündigkeit: Blind gehorchen und blind vertrauen waren die besonderen Merkmale, und das blinde Vertrauen auf Menschen und menschliche Institutionen war sein größter Irrtum.

Die Amerikaner hatten befohlen, den Zug nicht zu verlassen, jeglicher Ungehorsam werde bestraft. Die Amerikaner hatten versprochen, an einer ungenannten Zielstation die Entlassungsscheine auszuhändigen, die Papiere lägen schon bereit. Die Soldaten also gehorchten und vertrauten, und in Diez an der Lahn wurden sie französischen Besatzungstruppen übergeben und von diesen in die Kriegsgefangenschaft nach Südfrankreich transportiert, auf die Dauer zweier Jahre.

Andreas Brückner zählte auch zu diesem Südfrankreich-Transport, Wolfgang Horlitz dagegen war nicht mehr dabei.

9

Wenn Wolfgang Horlitz später an die folgenden Monate zu-
rückdachte, dann schien es ihm, als habe irgendwann, an
einem nicht bestimmbaren Zeitpunkt, ein brünetter Falter auf
seiner warmen Hand gesessen, den ein unerwarteter Windstoß
aufschreckte und mit sich riß. Denn die schicksalhafte Über-
stürzung der Ereignisse, denen er keine eigene Entscheidung
entgegenzusetzen vermochte, hinterließ in Wolfgang den Eindruck, all das gehöre nicht der Wirklichkeit an oder sei zumindest schon sehr lange her. Und manchmal wiederum kam
er sich vor wie ein Zuschauer dieses kurzen Zwischenspiels.

Als der Gefangenentransport in Aschaffenburg eingelaufen
war und man wie allerorts einen stundenlangen Aufenthalt
zu gewärtigen hatte, sprang Wolfgang Horlitz aus dem Waggon, um in der Stadt für Brückner und sich etwas Brot zu
erbetteln. Doch seine Unternehmung schien hoffnungslos,
denn so weit er auch lief, er sah nirgendwo einen Bäckerladen
zwischen den Trümmern und ausgebombten Fassaden der
Häuser.

Plötzlich rief ihm jemand zu: »Wohin, Herr Soldat, suchen
Sie wen?«

In der Haustür eines von Bomben fast verschonten Eckhauses
standen zwei junge Frauen und lachten. Überrascht blickte
Wolfgang zu ihnen hin: wann hatte er zuletzt eine Frau oder
ein Mädchen lachen hören? Die Mutter vor vier Monaten?
Nein. Rose? Nein.

»Na, was ist?« rief dieselbe Stimme.

Wolfgang ging auf die jungen Frauen zu.

Sie hatten beide dunkelblaue Trainingshosen an, und die
Blonde trug darüber ein abgenutztes Männerjackett, die Brünette eine schwarzgefärbte Kletterweste – Damenmode fünfundvierzig.

»Ich suche einen Bäcker«, sagte Wolfgang und lachte zurück, »hoffentlich sind die Damen Bäckersfrauen oder Bäckerstöchter?«

»Suchen Sie Arbeit?« fragte die Brünette.

»Brot natürlich«, sagte Wolfgang, »wir liegen dort vorn auf dem Bahnhof mit einem Gefangenentransport...«

»Brot haben wir nicht«, sagte die Brünette, »aber Kartoffeln.«

»Und ein bißchen Speck und Tabak«, ergänzte die Blonde.

»Und einen echten Korn...«

»Und einen Zivilanzug für einen Soldaten, der gern untertauchen will...«

»Registrierschein kann sie besorgen«, versprach die Brünette und deutete dabei auf ihre blonde Freundin, »Vitamin B bei den Amis.«

»Aber am besten, Sie bringen noch einen Kameraden mit«, forderte die Blonde im grauen Männerjackett.

Wolfgang war damals zumute, als sei er zwei verkleideten Engeln begegnet, denn ohne jeden Zweifel: die beiden jungen Frauen meinten es ernst. Wolfgang hatte eine Sekunde überlegt, dann hatte er zugesagt und versprochen, in zwanzig Minuten wieder dort zu sein, mit dem Kameraden und mit seinem Gepäck.

Er lief dann zum Güterbahnhof und war überzeugt, Brückner würde mitkommen, denn ein Registrierschein hatte bestimmt dieselbe Bedeutung wie ein Entlassungspapier. Der Freund und er konnten dann unbehelligt und völlig frei nach Lübeck fahren oder marschieren, zu Brückners Eltern. Wolfgang sah sich bereits als Landlehrer in Holstein, mit Dienstwohnung und Schulgarten, gefeit gegen Hunger, Kälte, Regen. Er würde seine Mutter nach dort kommen lassen, und sie beide würden ein neues Heim besitzen, welch unvorstellbares Glück! Wolfgang lief noch schneller. Jedoch der Güterbahnhof war leer.

»Vor zehn Minuten ist der Zug raus«, hatte ein alter Schaffner gesagt und gleichzeitig um etwas Tabak gebeten. Wolfgang aber stand wie versteinert zwischen den Schienen. Sein Gepäck war verloren, sein letzter Besitz: der Mantel, das zweite Paar Schuhe, einige Wäschestücke und Rebekkas Brief. »Haben Sie nicht eine Pfeife Tabak für einen alten Mann?« hatte der Schaffner eindringlicher gefragt und den Soldaten am Ärmel gezupft. Da hatte Wolfgang stumm den Kopf geschüttelt und war mit schleppenden Schritten zurückgegangen in die Trümmer der Stadt.

Weshalb nur war Brückner nicht ausgestiegen, hatte er nicht wenigstens sein, Wolfgangs, Gepäck auf den Bahnsteig geworfen? Aber Brückner vermutete ihn vielleicht in einem der letzten Wagen; denn viele verließen die Waggons, wenn der Zug hielt, um beim überraschenden Anfahren hinterherzujagen und, wenn nicht anders möglich, einen noch erreichbaren Güterwagen zu erklimmen.

Nach einer Weile besann sich Wolfgang, daß Eile geboten war. Ein Blick auf die Uhr hatte ihn geweckt aus seiner apathischen Ratlosigkeit. Aber er fand das Eckhaus nicht wieder. So hastete er durch die trümmerreichen Straßen, entlang an fensterlosen, zerbrochenen Häuserfassaden, fragte gelegentlich einen Schuttarbeiter nach jenem ›Eckhaus‹, erhielt jedoch keine Auskunft, weil er den Straßennamen nicht kannte.

Da setzte er sich hilflos auf ein Mauerstück, starrte vor sich hin in den Bombenschutt und fand nirgendwo einen Halt. Er hatte bis auf ein paar schäbige Uniformstücke alles verloren, sogar sein letztes Obdach, einen Güterwaggon, den er mit fünfzig Gefangenen teilte. Hier, zwischen den Häuserruinen der einstigen Stadt Aschaffenburg, fand er vielleicht ein Kellerloch, sonst nichts: kein Lager, kein Brot, keinen Menschen ...

Wolfgang raffte sich auf und irrte wieder durch die Trümmerstraßen. Es begann schon zu dämmern, als er doch endlich vor einem Eckhaus stand. Aber niemand wartete auf ihn, und überhaupt war er im Zweifel, ob er das richtige Gebäude gefunden hatte. Trotzdem betrat er rasch den Flur, suchte im Halbdunkel nach einer Wohnungstür und drehte an der Klingel.

Eine alte Frau öffnete, und als Wolfgang sich ungeschickt nach »zwei jungen Damen« erkundigte und diese beschreiben wollte, unterbrach ihn die Frau mit gekünsteltem Klageton: »Ach, Sie sind ein Kamerad von Herrn Krüger? Ja, der war ein seelenguter Mensch. Daß ausgerechnet er hat fallen müssen. Immer trifft es die Besten. Zehn Tage verheiratet und tot. Ja, ja, der Krieg... Die junge Witwe wohnt oben im zweiten Stock, doch wir haben kein Licht im Haus. Stromausfall, wissen Sie. Aber man ist ja schon zufrieden, daß es wieder Wasser gibt und daß es auf den Sommer zugeht...«

Wolfgang hatte nicht mehr hingehört. Am Handlauf tastend, war er bereits die Treppe hinaufgestiegen. Oben angekommen, leuchtete er mit einem Streichholz die Flurtüren ab. An der dritten Tür entdeckte er ein Schildchen mit dem Namen ›Herbert Krüger‹. Wiederum drehte er die Klingel, atmete tief und wartete voller Spannung. Ob wirklich die brünette junge Frau hier wohnte, und was sollte er ihr sagen?

Dann hörte er einen behenden Schritt, die Tür wurde spaltbreit geöffnet, und im Schein einer flackernden Kerze erkannte er enttäuscht die Blonde.

»Mann, haben Sie Verspätung«, rief sie aus, bat ihn ohne Umschweif herein und fragte nach dem Kameraden. Sie ging voran in die Küche, steckte die Kerze auf eine leere Weinflasche, stellte diesen Behelfsleuchter auf den Küchentisch und bot Wolfgang die Holzkiste als Sitzplatz an.

Wolfgang berichtete sein Mißgeschick, kleinlaut, als wolle er

sich entschuldigen; und während die Blonde ihm eine amerikanische Zigarette reichte, nannte er seinen Namen: »Ich
heiße Horlitz, Wolfgang Horlitz.«

»Ich bin Lotti«, erwiderte die Blonde, setzte sich auf die
Tischkante, warf den Kopf zurück und blies den Zigaretten-
rauch langanhaltend zur Decke hinauf.

»Ich habe im Hausflur gehört, Ihr Mann sei gefallen«, sagte
Wolfgang.

»Sie verwechseln mich mit Edith«, verbesserte die Blonde, »ich
bin hier nur Untermieter. Die Wohnung gehört meiner Freundin. Edith ist nämlich Frau Krüger . . .«

Und rauchend und gestikulierend hatte sie in ihrer derben
Redeweise die Vorgeschichte erläutert.

Wolfgang erinnerte sich der etwas widersprüchlichen Schilderung: Lottis amerikanischer Freund wollte an diesem Abend
einen Kameraden mitbringen in Ediths Wohnung. Aber Edith
hielt nicht viel von »amerikanischen Kavalieren« und wäre
sehr froh gewesen, diesen »aufdringlichen Burschen« mit zwei
deutschen Heimkehrern begegnen zu können. Dann aber, als
sie vergeblich auf Wolfgang gewartet hatte, sei Edith zu ihrer
Tante gegangen, um den unerbetenen Besatzungsgästen aus-
zuweichen. Nun sei durch Wolfgangs Unpünktlichkeit alles
»ziemlich verpatzt«, hätte man doch die Amis so schön »ab-
wimmeln« können mit dem Hinweis, die eigenen Männer
seien wieder im Haus.

Lotti hatte sich inzwischen am Herd zu schaffen gemacht und
gesagt: »Ich will Ihnen eine Tasse Tee kochen, amerikanischen.« Dann kauerte sie vor dem Feuerloch, schürte die
Glut, richtete sich auf und wischte den rußigen Handrücken
an ihrer Trainingshose ab. »Das mit dem Registrierschein ist
übrigens ganz einfach«, versicherte sie, »Sie lassen sich von
daheim eine polizeiliche Abmeldung schicken, und dann
drehen wir die Sache schon . . .«

»Von daheim?« wiederholte Wolfgang und erklärte ihr seine Lage; er setzte auch hinzu, daß er hier im Westen keine Verwandten besitze.

Lotti preßte die Lippen zusammen, steckte die Fingerspitzen unter den Gummizug ihrer Trainingshose und blickte nachdenklich auf das zerfetzte Linoleum des Küchenbodens.

»Mann, wer konnte das ahnen«, sagte sie endlich, »Mann, da haben wir uns was eingebrockt. Mann, das haut die Edith um...« Aber plötzlich hob sie den Kopf und rief hell erfreut: »Ich hab eine Idee, eine prima Idee. Sie sind einfach der Cousin von Edith! Da staunen Sie, was? Moment, so geht es: Weil Sie nicht nach Schlesien zurückkönnen, müssen Sie jetzt bei Ihrer Cousine wohnen; und auf diese Tour bekommen wir Ihren Registrierschein.« Lottis Augen blitzten, ihr Mund lachte, sie klatschte laut in die Hände, drehte sich auf dem Absatz rundherum und rief noch einmal: »Da staunen Sie, was?« Lotti war von ihrer Idee restlos entzückt.

Bald darauf aßen sie Schalkartoffeln mit Salz und tranken echten Tee dazu. Für Wolfgang war es eine köstliche Mahlzeit, und er fühlte sich bereits so heimisch und so weit entfernt vom Gefangenentransport, als lägen Monate dazwischen.

Nach dem Abendbrot wurde er in Ediths Zimmer einquartiert, denn Lotti erwartete die beiden Amerikaner. Wolfgang sollte sich zu Bett legen und tüchtig ausschlafen. Den Amis wollte Lotti schon vorsorglich beibringen, Ediths Cousin sei wieder daheim. – Edith? Die komme heut nicht nach Hause, die sei ja bei ihrer Tante, eine gute Stunde von hier entfernt, um in der Heuernte zu helfen. Edith werde vielleicht übermorgen zurückkommen, mit Kartoffeln und ein paar Eiern. Sie, Lotti, arbeite bei den Amis in der Küche, verdiene ihr tägliches Brot zwar leichter, aber riskiere auch mehr – als Frau.

Dann fügte Lotti noch hinzu: »Ganz im Vertrauen, Herr Cousin, Edith hat sofort ein Auge auf Sie geworfen, am Nachmittag an der Haustür. ›Ob er wiederkommt?‹ hat sie gefragt und hat Ihnen nachgeschaut. Aber auf Ehre, Herr Cousin, kein Wort davon zu Edith, niemals.«

Wolfgang lag dann in Ediths braunlackiertem Holzbett mit den gedrechselten Kugeln und fand keinen Schlaf. Die Augen brannten ihm vor Müdigkeit, doch die Gedanken gaben nicht Ruhe. Wie in einem überdrehten Film rasten die Bilder der vergangenen Tage und Wochen hinter seiner Stirn vorüber, dazwischen drängte sich die Sorge um seine Mutter, um seine Zukunft, um Brückner, um Rose – und wie aus weiter Ferne vernahm er zuweilen das Lärmen der amerikanischen Gäste und Lottis helles Lachen.

Er mochte zwei oder drei Stunden so gelegen haben und endlich ein wenig an die Grenze des Schlafes gerückt sein, als ein lautes Gewirr von Stimmen ihn aufschreckte. Edith war überraschend zurückgekommen, darüber bestand kein Zweifel. Er hörte die radebrechenden Ermunterungen der Amerikaner, die Edith in ihre Gesellschaft ziehen wollten; er hörte Lottis abwehrende Stimme und ihr gleichzeitig wortreiches Bemühen, der Freundin die Anwesenheit ihres ›Cousins‹ zu verdeutlichen, ohne daß Ediths erstaunte Gegenfrage die Amerikaner stutzig werden ließ. Dann wurde es plötzlich still. Anscheinend waren die Amerikaner aus dem Flur in Lottis Zimmer abgedrängt worden, und behutsam öffnete jemand die Tür.

»Bleib einstweilen hier, er schläft ja«, hörte er Lotti flüstern und darauf ihre Beschwichtigung: »Die zwei verschwinden ja bald ...«

Dann schloß sich die Tür ebenso leise, und Wolfgang fühlte ganz deutlich die Gegenwart der jungen Frau. Unschlüssig, was er tun sollte, stellte er sich schlafend, erkannte aber durch

155

den Spalt seiner Augenlider, daß Edith, in der Hand einen Leuchter, noch immer an der Tür stehenblieb. Wolfgang versuchte, etwas ruhiger zu atmen, um tiefen Schlaf vorzutäuschen; doch je mehr er sich mühte, um so rascher ließ sich der Atem an. Er hörte einen leichten Schritt, ein Knarren des Fußbodens, spürte über seinem Gesicht den Schein der Kerze, schloß fest die Augen und verhielt unwillkürlich den Atem.

»Schlafen Sie wirklich?« fragte Edith mit weicher Stimme. Wolfgang rührte sich nicht, bereute aber sein Versteckspiel; und als Edith den Leuchter auf den Fußboden gestellt und sich in den Schaukelstuhl gesetzt hatte, dem Bett gegenüber, erwiderte er leise: »Ich kann nicht schlafen, entschuldigen Sie meine Schauspielerei...« Und er wandte ihr sein Gesicht zu. »Ich kann auch nicht aufstehen«, sagte er dann, »verstehen Sie bitte – diese Soldatenunterhosen machen einen lächerlich; aber wenn Sie das Licht auspusten, ziehe ich mich an.«

»Sie bleiben liegen heut nacht«, gab Edith zur Antwort, »wenn die Amis gehen, schlafe ich bei meiner Freundin.«

Heute nacht, wiederholte Wolfgang in Gedanken, also nur eine Nacht... und er sagte: »Ihre Freundin wollte mich schon zu Ihrem Cousin stempeln.«

»Ich habe keinen Cousin«, erwiderte sie, »und mein Mann ist in Rußland gefallen, vor zwei Jahren...« Dann blickte sie ohne jedes weitere Wort immer nur in die zuckende Kerzenflamme auf dem Fußboden. –

Lotti hatte frohlockt. Ein Mann im Haus sei eben ein Mann im Haus! Ihr eigenmächtiges Handeln hatte sich zu aller Zufriedenheit ausgewirkt: Wolfgang besaß als Ediths ›Verwandter‹ einen amerikanischen Registrierschein, arbeitete die Woche über auf dem Bauernhof der Tante und kam am Samstag mit einem Rucksack voller Lebensmittel nach Hause. Auf diese Weise sorgte er für den gedeckten Tisch seiner ›Familie‹, denn Lottis amerikanischer Job hatte ein schnelles Ende gefunden. Ihr Brotgeber war in die USA versetzt worden, wie es hieß.

Der Landarbeiter Wolfgang Horlitz genoß in jenem Bauerndorf zudem beträchtliches Ansehen, da man erwartete, er werde dort als Lehrer amtieren, sobald der Schulunterricht wieder begann. Man besaß im Dorf ein geräumiges Klassenzimmer, darüber eine Dienstwohnung; aber man hatte seit Jahren keinen »richtigen Lehrer«, also keinen, der auch am Ort zu wohnen pflegte.

An den Werktagen schlief Wolfgang Horlitz im Bauernhaus unter dickem Federbett, am Wochenende schlief er unter einer Wolldecke auf dem Fußboden in Ediths Küche. Da er aber außer Kartoffeln auch Milch, Eier und Butter heimbrachte, konnte weder Lotti noch Edith zugeben, daß er längerhin auf den kläglichen Linoleumresten der Küche schlief.

Nun war der ›Hausherr‹ sehr eigenwillig, mochte weder Edith aus dem braunlackierten Bett verdrängen noch Lotti von ihrem Schlafsofa. Das Bett, das Sofa, Tisch, Stühle, Kleiderschrank, eine Truhe und der Schaukelstuhl bildeten das gesamte Mobiliar der kleinen Zweizimmerwohnung; hinzu kamen Herd, Holzkiste und Küchentisch. Ediths Kriegsaussteuer war nicht ergiebiger gewesen; gemessen aber an den Ausgebombten und Flüchtlingen, besaß sie eine Art Luxuswohnung.

Da Wolfgang partout den Fußboden der Küche als Schlafstelle beibehalten wollte, erbot sich Lotti, die Wohnung zu verlassen, und versicherte, sie würde schon irgendwo unterkommen. Und diese Drohung und Ediths weiches Herz entschieden zu guter Letzt den kleinen Familienzwist zu aller Gunsten: Wolfgang und Edith teilten von nun an das breite kugelverzierte Bett.

Doch ein Paar, das gemeinsam im Ehebett schlief, sollte auch heiraten; das war Ediths heimlicher Wunsch und das forderte auch Wolfgangs Gewissen. Nur mußte er erst den richtigen Boden unter den Füßen haben, nicht Feld und Wiese der bäuerlichen Tante, sondern die ölgetränkten Dielen einer Dorfschule.

Längst hatte Wolfgang beim Schulamt seine Bewerbung eingereicht, aber ohne Erfolg. Konnte er etwa zehn eidesstattliche Erklärungen vorlegen, daß er nicht der NS-Partei angehört hatte? Wie sollte er die Adressen so vieler Zeugen herbeizaubern? Das sei seine Sache, hatte man ihm gesagt; den Flüchtlingen müsse man speziell mißtrauen, viele verkappte Nazis lebten unter solchem Deckmantel. Und wer aus dem Osten, hatte man gefragt, sei nicht von vornherein besonders verdächtig? »Sie wissen doch«, hatte der Schulrat spöttelnd bemerkt, »nach Ostland geht unser Ritt«, und außerdem müsse man hierzulande auch Schulstellen freihalten für die einheimischen Lehrer, deren Meldung noch zu erwarten sei.

Die deutschen Behörden hätten den Flüchtlingslehrer Wolfgang Horlitz noch lange nicht eingestellt, wären die Amerikaner nicht gewesen. Wolfgang zog sich auf Lottis Rat hin Herbert Krügers Zivilanzug an und wandte sich unmittelbar an den amerikanischen Schuloffizier; und innerhalb weniger Minuten stand er in Amt und Würden.

»Sie waren Parteimitglied?« fragte der Amerikaner.

»Nein, niemals!« gab Wolfgang zur Antwort.

»Sie wissen aber, daß wir die Kartei besitzen und jede falsche Angabe entdecken werden?«

»Das weiß ich genau.«

»Okay«, sagte Captain Parker noch und wies das Schulamt telefonisch an, den Mister Horlitz sofort als Lehrer einzustellen, und zwar mit dem Vorzug, daß dieser sich eine Schulstelle aussuchen dürfe. Damned: Parteigenossen stünden im Dienst und Mister Horlitz sei ein Landarbeiter, umgekehrt müsse es sein.

Wolfgang hatte das Dorf gewählt, in dem Ediths Tante wohnte, und kurz vor Weihnachten feierte man Hochzeit im Lehrerhaus. Eine kleine Hochzeit, sagten die Bauern: sieben Personen und ein Amerikaner. Lotti hatte nämlich einen neuen Job und einen neuen Freund.

Wolfgang Horlitz trug auf Ediths Wunsch die Anzüge, Hemden und Schuhe Herbert Krügers. Mit dieser bürgerlichen Kleidung gewann sein Ansehen im Dorf und bei der Behörde an Glanz. Hatte der selbstgefällige Schulrat den Lehrer in der abgetragenen Uniform vor dem Schreibtisch wie einen Rekruten stehen lassen, wenn er auf dem Amt als Bewerber vorsprach, so beeilte er sich nunmehr, Wolfgang vor jedem Zwiegespräch einen Stuhl anzubieten. Auch ließ er sich herab zu vertraulicher Belehrung: »Wissen Sie, Herr Horlitz, die Schlacht bei Sedan – so sagte man zur Zeit des Imperialismus – wurde vom deutschen Schulmeister gewonnen. Aber die Demokratie – so sage ich – steht und fällt mit uns, der antimilitaristischen Generation des Nachkriegslehrers. Glauben Sie mir, Herr Horlitz!«

Edith zeigte sich als glückliche junge Ehefrau. Den kleinen Haushalt besorgte sie vorbildlich, und ihre bescheidene Wesensart und die Kunst, den redseligen Nachbarinnen zuhören zu können, beflügelte die Freigiebigkeit dieser Bauersfrauen. So war Ediths Tisch stets reichlich gedeckt – die Tante half ja auch nach Kräften –, während in den Städten der Hunger die meisten Küchen beherrschte.

Wolfgang genoß die langentbehrte Geborgenheit, die Edith ihm bot; und wenn er daran dachte, wie viele seiner Kameraden noch immer in russischer und französischer Gefangenschaft lebten, dann fragte er sich, womit er dieses freundliche Los verdient habe. Von Brückners Eltern hatte er Nachricht erhalten, daß der Freund sich in einem Gefangenenlager bei Marseille befand. Und dort in Südfrankreich säße er, Wolfgang, ebenfalls, hätte ein günstiges Geschick ihm nicht statt dessen diese brünette, rundliche, anschmiegsame Frau beschert.

Auch die Schulkinder hatten Edith gern und kamen mit ihren kleinen Nöten zu ihr. Sie verband den gequetschten Finger, trocknete Tränen und half mit einem Bleistift aus, wenn der eigene zu Hause liegengeblieben war. Sie kannte alle Buben und Mädchen mit ihren Vornamen und erntete jeden Morgen, wenn sie aus dem Fenster sah und die Kinder sich unten vor dem Schulhaus sammelten, einen Chor heller Stimmen: »Guten Morgen, Frau Lehrer...« Ein Gruß, der besonders dem Schulrat Eindruck machte, als er überraschend zur Revision erschien.

Diese Revision! Wie ungewöhnlich sie auch verlief, sie hatte sich in Wolfgangs Erinnerung so eingeprägt, als wäre er nur Zuschauer gewesen.

Der Herr Schulrat stand mit dem Rücken zum Fenster und stiftete mit seinen anhaltenden Zwischenfragen Verwirrung bei den Kindern und Verärgerung beim Lehrer; und alle zusammen waren gerade dabei, die Erdkundestunde in den Leerlauf zu steuern, als plötzlich ein Jeep an der Schultür bremste. Lotti und Jimmy, ihr amerikanischer Freund, sprangen heraus und stürmten in die Klasse, um Wolfgang zu begrüßen. Lotti, in völliger Unkenntnis des nahezu geheiligten Vorgangs ›Revision‹, achtete überhaupt nicht auf den Herrn Schulrat. Sie glaubte vielleicht, der Großvater eines Schulkindes sei zufällig hereingekommen, und rief deshalb unbekümmert in den Klassenraum, sie und Jimmy befänden sich auf einer Stippvisite bei Edith und wollten dem Herrn Lehrer rasch guten Tag wünschen.

Jimmy, der lange Sergeant, begann inzwischen mit einer seltsamen Schaustellung. Er ahmte einen gestreng gutmütigen Schulmeister nach, schritt gravitätisch und den Oberkörper jeweils vor- und zurückwiegend die Bankreihen ab, sah den Buben und Mädchen über die Schultern auf die Erdkundehefte und Schiefertafeln und lobte allenthalben »okay, okay«. Währenddem zog er Kaugummipäckchen aus seinen sackartigen Hosentaschen und verteilte Kaubonbons als Preis unter die beglückten Prüflinge. Schließlich trat er lachend auf Wolfgang zu, verkündete mit ausgreifender Armbewegung: »Schule okay, alles okay!« und bot Wolfgang eine honigduftende Zigarette an. Dann wandte sich Jimmy zum Fenster, zog nochmals zwei Zigaretten aus der Packung hervor und sagte heiter: »Junger Mann, Wolfgang, eine – alter Mann zwei Zigarett please . . .«

Der Schulrat zögerte eine Sekunde, dann aber siegte das Verlangen, und er griff verlegen lächelnd zu.

»Macht bald Schluß!« rief Lotti beim Abschied in die Klasse, und Sergeant Jimmy stand neben ihr im Türrahmen und legte grüßend die Hand an die Mütze. Die Kinder, von diesem langen Sergeant weit stärker beeindruckt als vom Herrn Schulrat, sprangen respektvoll auf und anworteten laut: »Auf Wie-der-se-hen, Herr . . .«, dann stockte der Chor, und nur eine dünne Mädchenstimme vollendete: » . . . Herr A-me-ri-ka-ner«, die Silben immer undeutlicher zwischen den Zähnen verhauchend. Der Schulrat jedoch fand nunmehr »alles in bester Ordnung«, brachte seine Hosenspangen an und zog die Taschenuhr; er stellte fest, daß er noch Zeit hatte für einen Besuch beim Nachbarkollegen. So reichte er Wolfgang die Hand und sagte beschönigend: »Weltmännische Manieren haben diese Amerikaner, direkt weltmännische Manieren.«

Im Februar war Wolfgangs Mutter für drei Wochen zu Besuch gekommen. Die Freude über das Wiedersehen aber vermochte ihren heimlichen Unmut nicht zu vertreiben, den sie der jungen Schwiegertochter gegenüber empfand. Die Mutter stellte dem Sohn eindringlich vor, wie er ohne diese überstürzte Heirat so sorglos bei ihr, im Hause der Großeltern, hätte leben können, denn auch dort sei die Schule wieder eröffnet worden, und man suche solche Lehrer wie Wolfgang für die leitenden Posten im Unterrichtswesen, Lehrer also, die weder Offiziere noch Parteigänger der Nazis waren. Und dort hätte er auch bestimmt etwas »Besseres« heiraten können, keine Fabrikarbeiterin, sondern ein »gebildetes Mädchen«, eines aus »gutem Haus«. Er werde sich doch an die kleine Traudel erinnern, mit der er in den Ferien als Bub immer spielte – Wolfgang erinnerte sich, sie heulte meistens –, an die Arzttochter aus der Nachbarschaft. Sie sei eine so hübsche junge Dame geworden, und sie habe schon zweimal nach Wolfgang gefragt.

Wolfgang fochten all diese Vorhaltungen seiner Mutter nicht im mindesten an. Wer wie er den mörderischen und sinnlosen Krieg erfahren und überlebt hatte, der achtete nicht auf Gesellschaftsstufen und Bildungsmauern, sie waren ihm lächerlich. Der Blick in die Zukunft, verhieß er Edith und ihm nicht einen gesicherten, mehr und mehr aus dem Schutt sich windenden Lebensweg?

Aber der Anschein trog.

Eines Abends im März – der Schnee lag noch auf Feldern und Wiesen – hatte ein amerikanischer Jeep vor dem Schulhaus gehalten. Edith, die in diesem Augenblick die Fensterläden schloß, sah Lotti aus dem Fahrzeug steigen. Der Jeep fuhr wieder davon.

»Lotti ist da«, rief Edith, und Wolfgang ging ihr rasch bis zur Treppe entgegen.

»Ohne Amerikaner, Lotti?« sagte er. »Das ist ein seltsamer Besuch; da stimmt etwas nicht. Komm, zieh den Mantel aus, drinnen ist es gut warm. Es gibt auch bald Abendbrot.«

Edith eilte herbei, umarmte die Freundin, schob sie vergnügt in das Wohnzimmer, schaltete den alten Volksempfänger ein und sagte stolz: »Da schau, wir haben ein Radio, Wolfgang hat den Schulapparat repariert.«

»Hol lieber einen Schnaps für Lotti«, rief Wolfgang; und zu Lotti gewandt fuhr er fort: »Weißt du, einer meiner bäuerlichen Gönner brennt heimlich Korn.«

Lotti aber saß wie geistesabwesend auf dem Sofa, das ihr früher als Bettstatt gedient hatte, und starrte mit zusammengezogenen Augenbrauen vor sich hin.

»Was ist dir?« fragte Wolfgang, und Edith, die mit der Kornflasche zurückkam, wiederholte Wolfgangs Frage: »Was ist dir, Lotti, bist du krank? Hier, nimm einen Schnaps, der wird dich aufmuntern!«

»Laß jetzt«, sagte Lotti mit rauher Stimme, »setzt euch beide, bitte setzt euch . . .«

Und als Edith und Wolfgang ihr gegenüber Platz genommen hatten, sehr verwundert über ihr Verhalten, begann Lotti ganz unvermittelt: »Edith, dein Mann ist wieder da. Herbert lebt. Heut früh ist er heimgekommen. Aus russischer Gefangenschaft, heut früh . . .«

Wolfgang stockte der Atem. War Lotti verrückt geworden? Edith aber, um nicht aufzuschreien, preßte den gewinkelten Zeigefinger so fest zwischen die Zähne, daß bald ein feiner Tropfen Blut an ihrem kleinen runden Kinn herabglitt.

Wolfgang faßte sich zuerst. »Bist du verrückt geworden?« wiederholte er laut seinen Gedanken, dann schränkte er fragend ein: »Das ist doch wahnsinniger Irrtum, Lotti!«

»Kein Irrtum, Wolfgang, kein Irrtum. Herbert Krüger sitzt leibhaftig in meiner Küche, sitzt seit heut früh auf der Holzkiste, aber er spricht kein einziges Wort. Zuerst hat er noch gesagt: ›Das gibt ein Unglück‹, ganz leise hat er das gesagt, wie in sich hinein; und dann hat er nur noch geschwiegen, auf alle meine Erklärungen, auf alle meine Fragen nur noch geschwiegen . . .«

Da schaltete Wolfgang das Radio aus, und in dem niedrigen Wohnzimmer lastete so bedrückende Stille, als hätte jemand eine plötzliche Todesnachricht gebracht und nicht deren Gegenbescheid.

In der folgenden Nacht lagen Edith und Lotti zusammen im Ehebett mit den gedrechselten Kugeln. Wolfgang, auf dem Sofa nebenan, hörte die beiden Freundinnen lange miteinander reden, und ab und zu vernahm er das gequälte Aufschluchzen seiner Frau.

Welche Erleichterung, daß Lotti dageblieben war. Er, Wolfgang, fühlte sich durch diesen Schicksalsschlag so betäubt, daß er keinen Rat wußte und kein Wort fand, das Edith hätte beruhigen können. Und hart fiel es ihm ins Bewußtsein, welcher Mangel ihm anhaftete, seit eh und je: eine zerrissene Seele vermochte er nicht zu trösten, in solchen Fällen versagten seine klugen Gedanken, versiegte ihm jedes heilende Wort. Da war er nun bis zu den geheimen Pforten der Religionen vorgedrungen, hatte Erkenntnisse gesammelt, von denen manch einer sein Leben lang nichts ahnte, Lotti zum Beispiel; aber Trost zu geben, das verstand er nicht. Und Lotti, im Zimmer nebenan, die scheinbar so leichtfertige und oberflächliche Lotti, tröstete und beruhigte seine Frau wie eine gütige Mutter. In den Himmel fliegen wollen und auf Erden versagen, nein, Wolfgang Horlitz – er sprach es zu sich selbst –, du bist ein gebrechlicher Mensch!

Am nächsten Morgen hatte Wolfgang den Schulsaal wieder in seiner alten abgenutzten Uniform betreten. Herbert Krügers Zivilanzug rührte er nicht mehr an. Zu gleicher Stunde fuhren Edith und Lotti mit dem bestellten Jeep in die Stadt.

Der Amerikaner sollte Edith am Abend zurückbringen. Man hatte beschlossen, daß Edith ihrem einstigen Mann Rede und Antwort stehe und ihn davon überzeuge, nicht sie, sondern ein tragischer Irrtum habe ihre erste Ehe zerbrochen. Aber

Wolfgangs Frau kam nicht mehr zurück, an jenem Abend nicht und auch später nicht; und nach einiger Zeit wurde Ediths und Wolfgangs Ehe aufgehoben. Damit war jede Verbindung abgeschnitten, denn Lotti hatte inzwischen nach Amerika geheiratet, ihren langen Jimmy, den ›Schulinspektor‹ mit den Kaubonbons.

Einen bleibenden Schmerz über den Verlust Ediths spürte Wolfgang nicht. Nur manchmal, in einsameren Stunden, begann eine Narbe an seinem Herzen zu brennen. Er hatte Edith geliebt, wie sich Menschen nur in glücklosen Tagen und in gemeinsamer Bedrängnis lieben, im Schatten der Angst. Er fühlte sich in Ediths Schuld, konnte ihr aber niemals seinen Dank erweisen für jene Zeit der Gemeinsamkeit, die er bei dieser liebevollen Frau so geborgen erlebt hatte wie auf einer friedlichen Insel im Chaos der kriegszerstörten Welt. Brückner erfuhr davon; doch zu keinem Menschen sonst sprach Wolfgang je ein Wort über diese kurze Ehe – bis Rebekka kam.

10

Gleich nach der Trennung von Edith war Wolfgang um Versetzung eingekommen, und jener amerikanische Gunstwind hatte sein Gesuch kurzfristig in die Hauptstadt getrieben und die schnelle Anstellung an einer Vorstadtschule erwirkt; denn die deutschen Behörden meinten immer noch, der Flüchtlingslehrer Horlitz erfreue sich einer unerfindlichen Gönnerschaft bei den Amerikanern.

Seine Mutter hatte sich in einem langen Brief sehr erleichtert gezeigt über die Lösung der Ehe, den Sohn aber vergebens gebeten, ihr in die Ostzone zu folgen. Wolfgang verspürte nicht die geringste Lust, die Prozedur einer Anstellung als ›Flüchtlingslehrer‹ dort drüben noch einmal zu erfahren.

Den beruflichen Wechsel in die Stadt jedoch mußte Wolfgang mit harter Entbehrung erkaufen. Er wohnte in einem ungeheizten Zimmer zur Untermiete, und da er keine Verbindung besaß zum Lebensmittelhandel, auch nicht ein einziges Tauschobjekt für den schwarzen Markt, hatte er nie genug zu essen. Körperliche Schwäche überfiel ihn nicht selten während des Unterrichts. Seine Klasse umfaßte sechsundfünfzig Kinder, unterernährt die meisten von ihnen und deshalb nicht fähig, dem Unterricht für längere Zeit aufmerksam zu folgen. Wolfgang fühlte sich diesen Kindern eng verbunden, dieser Gemeinschaft von Hungernden, deren Väter meist gefangen, vermißt oder gefallen waren. Die Arbeit hier wurde auch dadurch erschwert, daß den Schülern fast alle Arbeitsmittel fehlten. Es gab kein Schreibpapier und keine Hefte. Nur wenige waren noch im Besitz einer alten Schiefertafel, die meisten schrieben und rechneten kläglich auf Packbogenstreifen und Zeitungsrändern.

In dieser Phase nervlicher Belastung und des Hungers war Horlitz nahe daran, zu seiner Mutter nach Aue zu fliehen; denn erst im Herbst dieses Jahres erreichte die Zuteilung an Lebensmitteln das eben noch menschenwürdige Maß. Zum eigenen Nachteil war Wolfgang zu stolz, bei den Bauern seines einstigen Schuldorfes vorzusprechen, um sich unter dem Vorwand eines Besuches eine tüchtige Mahlzeit zu verschaffen. Während der ersten Wochen in der Stadt trug er auch noch immer seine alte schäbige Uniform zum Unterricht. Er verfügte zwar über den Bezugschein für einen Anzug, aber kein Textilgeschäft konnte oder wollte den Schein einlösen. Dann erlebte er eines Abends ein ›Wunder‹: Der Kollege Friedrichs kam zu ihm und brachte ihm einen fast neuen Anzug.

»Der Anzug ist von meinem gefallenen Bruder«, sagte Fried-richs, »er wird Ihnen passen. Das Kollegium kennt diesen Anzug nicht. Tragen Sie ihn von morgen an, bitte . . .«
Und Wolfgang Horlitz überstand die schlimmste Zeit seiner Lehrerjahre.

Im Mai 1948 wurde Wolfgang von einer historischen Radio-meldung tief ergriffen. Kaum waren die Worte des Rund-funksprechers verhallt, durchfuhr ihn der Gedanke, es handle sich womöglich nicht nur um ein hochbedeutsames geschicht-liches Ereignis, sondern um die sichtbare Erfüllung alttesta-mentlicher Prophetie.

»Hier Staat Israel!« lautete die Übersetzung. »Es spricht Ben Gurion, erster Ministerpräsident von Israel. Zweitausend Jahre haben wir auf diese Stunde gewartet, und nun ist es geschehen. Wenn die Zeit erfüllt ist, kann nichts Gott wider-stehen.«

Der Staat Israel war gegründet. Nach Jahren furchtbarster Bedrängnis, in denen man das jüdische Volk auszurotten ver-suchte, wurde das historische Gegenbild sichtbar durch die Gründung eines eigenen jüdischen Staates.

Wie hatte Hesekiel prophezeit?

»So spricht der Herr: Siehe, ich werde die Söhne Israels her-ausholen aus allen Völkern, unter die sie gegangen sind, und sie von allen Seiten her sammeln und sie heim in ihr Land führen.«

Wolfgang Horlitz suchte in der Bibel alle Weissagungen über die Heimkehr Israels, las und sann und wünschte, der alte David Seidenberg lebte noch und könnte ihm letzte Zweifel nehmen.

Dann fanden seine Gedanken zu Rebekka und zu *ihrer* Vor-aussage. Deutlich hörte er ihre Stimme aus jenem Brief, den er mit seinem Gepäck im Güterwagen hatte zurücklassen müssen: »Weißt Du, Wolfgang, manchmal im Traum vermag

ich die Zukunft zu schauen. Behalt dieses Geständnis für Dich! Seit gestern nacht weiß ich, daß wir uns wiedersehen. Sehr viel später jedoch wird es sein, denn Dein Haar, Wolfi, war an den Schläfen schon grau, wie mir das Traumbild zeigte ...«
Wann, so überlegte Wolfgang, wann wird das Haar an den Schläfen grau? Mit fünfzig Jahren, mit sechzig oder bereits mit vierzig?
Aber heute war er erst dreißig Jahre alt, da galt es, noch lange zu warten.
Er richtete einen Brief an Rebekkas Mutter in die Schweiz, schilderte ausführlich, wie es ihm ergangen war, und hoffte insgeheim, die Antwort schriebe Rebekka selbst. Doch er wurde enttäuscht. Frau Seidenberg teilte ihm mit, ihre Tochter habe einen Musiklehrer geheiratet, der in Deutschland in einem Lager festgehalten worden war, dem aber kurz vor Ausbruch des Krieges die Flucht in die Schweiz gelang. Rebekka und ihr Mann seien später nach Palästina ausgewandert, in das heutige Israel, und es gehe ihnen leidlich gut. Rebekkas Mann aber würde seiner Frau eine schriftliche Verbindung mit Deutschland niemals gestatten, deshalb möge Wolfgang Verständnis zeigen, wenn sie ihm Rebekkas Anschrift vorenthalte. Dann versicherte die Mutter noch einmal ihre stete Dankbarkeit ihm, Wolfgang, und seinem Vater gegenüber und schloß mit dem Hinweis, Rebekka habe bereits im Jahr 1942 geheiratet, »höflich zu melden«, falls dieser Bescheid Wolfgangs Interesse finde.
Zuerst wollte er den Brief beantworten, um mitzuteilen, daß sein Vater noch in Oderstedt gestorben sei und daß er, Wolfgang, von der Eheschließung Rebekkas wisse. Dann aber verwarf er den Gedanken, zumal er vermutete, Rebekkas Mutter ahne nichts von der Korrespondenz, die er von Ankara aus mit Rebekka geführt hatte.

– – –

Die Währungsreform erhob Wolfgang Horlitz zu einem vollwertigen Mitglied der Gesellschaft, denn nun wurde auch die Arbeit eines Lehrers mit echten Valuten honoriert, und dieses harte Geld verschaffte Zugang zu den entbehrten Freuden des Lebens. Doch erst im Verlauf der nächsten Jahre konnte Wolfgang sein ärmliches Zimmer aufgeben; durch einen glücklichen Zufall hatte er endlich eine Kleinwohnung gefunden, die sich nach eigenem Geschmack einrichten ließ. Er wurde zudem von einem Kulturrausch erfaßt, und hierfür bot ihm die Landeshauptstadt nach und nach alles, was er nur wünschte: Konzert, Oper, Theater, Vorträge, Dichterlesungen, Kino – alles, bis hinab zur geschürzten Muse im Keller der Bertini-Bar.

Hier begegnete er eines Nachts seiner Studentenliebe Elke von Mallwitz.

Zuerst hatte er sie gar nicht erkannt in dem rötlichen Dämmerlicht der Kellerbar, wenngleich jene Frau dort am Tisch gegenüber ein unbestimmtes Erinnern in ihm weckte und sie ihrerseits immer wieder mit raschem, hellem Blick Wolfgangs Aufmerksamkeit quittierte. Die Dame saß mit zwei Herren zusammen, von denen sie lebhaft unterhalten wurde. Einen der Männer hatte er unlängst kennengelernt, den Chefredakteur der örtlichen Tageszeitung. Wolfgang Horlitz schrieb allwöchentlich eine Filmkritik, und die Redaktion war diesmal der Meinung gewesen, Wolfgangs Berichterstattung dürfe mehr auf Werbung bedacht sein . . .

Jetzt, in der Bertini-Bar, zwängte sich der Chefredakteur soeben aus seiner Sitzecke hervor und bat mit artiger Verbeugung die reizvolle Frau zum Tanz. Wolfgang wurde von neuem aufmerksam, maß das Tänzerpaar mit unauffälligem Blick, den grobschlächtigen Mann, die zierliche Partnerin im schwarzen Cocktailkleid – und erkannte plötzlich an ihr den Tanzschritt der Pippa. Und als sie ihm bei einer tänzerischen

Figur ihr Profil zuwandte, war er sicher: Hier, fünf Schritt von ihm entfernt, tanzte die Vielgesuchte, tanzte Elke von Mallwitz ahnungslos an ihm vorbei.

Die Musik setzte aus; mit langanhaltender leerer Quinte kündete das Saxophon das Ende des Blues, und die wenigen Tanzpaare auf dem erleuchteten Glasparkett klatschten dezent da capo. In diesem Augenblick trat Wolfgang Horlitz vor den Chefredakteur hin, entschuldigte sich höflich und bat um die Überlassung des nächsten Tanzes. Noch ehe jener zu antworten vermochte, hatte Elke von Mallwitz den mutwilligen Bittsteller erkannt. »Wolfgang, du?« rief sie laut in die ersten Takte des wiederbeginnenden Blues hinein, dann schüttelte sie verwirrt den Kopf, schlang ihre Arme um seinen Hals und küßte ihn vor Wiedersehensfreude auf den Mund. Nun faßte sie seine Hände, lachte ihn an und rief noch einmal: »Du, Wolfgang? Du bist es wirklich?« Und wie von selbst fanden sich beide in den Rhythmus des langsamen Tanzes.

»Café Kyritz«, sagte sie, »weißt du noch?«

Wolfgang nickte ihr lächelnd zu, und von ferne verspürte er wieder die Studentenliebe zu Pippa.

»Wie geht es dir, was treibst du?« wollte er wissen, aber Elke nahm die Hand von seinem Arm, legte einen Finger auf Wolfgangs Mund und sagte dann: »Nicht fragen heute, nur erinnern, die Fragen verschenken wir einem anderen Tag ...«

Bald war der Tanz zu Ende. Ein zweites Dacapo gab es nicht. Wolfgang begleitete Elke an ihren Tisch und wurde den beiden Herren vorgestellt. »Nicht böse sein, Maxel«, sagte Elke zum Chefredakteur, der sich den Anschein gab, als kenne er Wolfgang nicht. Der zweite Herr war vom Theater.

Die Herren baten Wolfgang, bei ihnen Platz zu nehmen, aber Wolfgang fühlte die kühle Höflichkeit und zeigte wenig Lust zu dieser Einladung. Elke rettete seine Stimmung, indem sie vorschlug, Wolfgang wieder zu entlassen, er sei ein verschworener Einzelgänger. Dann fragte sie ihn, ob er für den nächsten Abend einen Tisch bestellen wolle, für zwei Personen, um zehn Uhr, hier in der Bertini-Bar?

Etwas später tanzte der Herr vom Theater mit Elke von Mallwitz, kurz danach verließen diese drei Gäste die Bar.

Elke war geschwind noch an Wolfgangs Tisch gekommen, hatte ihm die Hand gereicht und erklärt, sie sei heute eingeladen, wie er sehe, und dürfe die Herren nicht vor den Kopf stoßen, aber der morgige Abend gehöre Wolfgang und ihr ganz allein. Wolfgang Horlitz bestellte noch ein Glas vom überteuerten Portwein und erwog schon jetzt, was alles er Elke fragen wollte.

Als er am folgenden Abend die Bar betrat, saß Elke bereits am reservierten Tisch.

»Ich konnte es gar nicht abwarten«, sagte sie und reichte ihm beide Hände zur Begrüßung.

Wolfgang küßte jede Hand, bevor er an ihrer Seite Platz nahm.

»Was trinken wir zum Wiedersehen, Sekt?«

»Rotwein bitte«, sagte Elke, »wir Mallwitz trinken Rotwein zum Abschied und zum Wiedersehen.«

»Rotwein?« wiederholte Wolfgang, und der Abschied von Altweiden steht ihm jäh vor Augen und bannt all seine Gedanken: er sitzt am Flügel und spielt den letzten Walzer, und Rose beugt sich herab und berührt mit geschlossenen Lippen seine Schläfe . . .

»Was ist«, fragte Elke erstaunt, »magst du keinen Rotwein?«

»Doch, natürlich«, rief er und entschuldigte sein Zögern mit dem Vorwand, er habe gerade die Fragen gezählt, die er alle an Elke richten wolle – und dabei sei er in die Erinnerung versunken.

Nun aber, in der Tat, nahmen Frage und Antwort kein Ende.

Rose sei Assistenzärztin in einer Klinik, wolle jedoch demnächst eine eigene Praxis eröffnen. Die Studienzeit sei natürlich sehr hart gewesen für Rose. Sie, Elke, habe ja für die beiden ›Kleinen‹ sorgen müssen. Rudolf sei Techniker und Isa sei Lehrerin geworden. Ja, bittere Jahre habe es für Rose gegeben, aber sie habe sie durchgestanden und sei zu bewundern! Jetzt, nach dem Lastenausgleichsgesetz, wäre für Rose alles leichter geworden, doch damals hatten beide ja nichts als Salmuths Rente ...

»Salmuth lebt?« warf Wolfgang voreilig ein.

Elke sah Wolfgang forschend an. »Weshalb sollte er nicht leben?« Und sie ergänzte, daß er schwer verwundet worden sei und einer Lähmung wegen fest an einen Rollstuhl gebunden.

»Und Klaus?« fragte Wolfgang betroffen.

Ja, Klaus – nie wieder habe man ein Lebenszeichen von ihm erhalten.

Sie schwiegen. Dann stellte Wolfgang wie nebenbei die Frage: »Und wann ist dein Schwager zurückgekommen, war er bei den Russen?«

»Salmuth war nicht in Gefangenschaft, der hatte ein gutes Gespür. Er kam genau an dem Tag, als der Treck in Schwentendorf auf die Reise ging.«

Wolfgang wurde unsicher. Glitt nicht ein Lächeln über Elkes Gesicht? Wußte sie etwa von seinem letzten Besuch auf Altweiden?

»Aber du sagst doch, Salmuth sei schwer verwundet«, unterbrach er abrupt seine Gedanken.

»Du, das lassen wir jetzt«, erwiderte Elke, »das paßt nicht hierher. Doch ich rede und rede und weiß noch gar nichts von dir.«

»Komm, erst tanzen wir einmal«, bat er, stand auf und verscheuchte endgültig seine Grübelei.

Als Wolfgang die Schauspielerin Elke von Mallwitz nach Hause begleitete, dämmerte bereits der Tag. Sie gingen Arm in Arm, und auffallend laut hallten ihre Schritte durch die menschenleeren, grauen, noch ungereinigten Straßen. Sie wechselten kein Wort, sie hatten genug gefragt, geantwortet, erzählt. Elke hatte Wolfgangs Post nie erhalten. Sie war noch vor Kriegsende mit den jüngeren Geschwistern in ein oberbayerisches Dorf evakuiert worden. Später hatte sie als Dolmetscherin und Fremdenführerin bei den Amerikanern gearbeitet und erst nach der Währungsreform sich wieder der Bühne verschrieben, einem Tourneetheater zunächst und dann der Schaubühne einer norddeutschen Stadt, denn damals studierte Rose an der dortigen Universität. Maxel, der Chefredakteur, ein alter Freund aus der Münchener Zeit, hatte sie schließlich hierher »gelockt«, und nun besaß sie einen Vertrag mit dem hiesigen Staatstheater. In wenigen Tagen hatte sie Premiere als ›Dame Kobold‹ in jener »ergötzlichen Komödie« von Calderon de la Barca.

»Du hättest uns eigentlich über den Suchdienst des Roten Kreuzes finden können«, sagte Elke aus ihren Gedanken heraus.

»Ich warte seit Jahren auf Antwort, jetzt bist du dem Suchdienst zuvorgekommen«, sagte Wolfgang, und sie erwiderte den kleinen Druck seiner Hand.

11

Unmittelbar vor den Sommerferien hatte sich Wolfgang einen Volkswagen gekauft. Als er mit dem grünlackierten Fahrzeug vor dem Schulhof hielt, wurde er von Kindern und Kollegen umringt.

»Mensch, der Lehrer Horlitz hat ein Auto«, meldeten die Schulbuben voller Respekt; aber die Kollegen stellten nur fest, ein Junggeselle könne sich's halt leisten.

Doch das war freundliche Spöttelei, denn Wolfgang verstand sich gut mit seinen Kollegen. Ihre Gewogenheit besaß er schon deshalb, weil er sich nie sperrte, die Klasse mit der stärksten Schülerzahl zu führen, und weil er auch jederzeit bereit war, einen Vertretungsunterricht zu übernehmen. Aber ein geselliges Beisammensein, wie er es später unter den Landlehrern kennenlernte, gab es in der Großstadt kaum.

Wolfgang Horlitz leitete zu dieser Zeit wechselweise eine fünfte und sechste Knabenklasse. Die Jungen hatten lange auf einen regelmäßigen Turn- und Sportunterricht gewartet; jetzt, mit Herrn Horlitz als Klassenlehrer, kamen sie endlich zu ihrem Recht, und damit war das positive Verhältnis zwischen Lehrer und Schülern schon besiegelt. Allerdings verstimmte er eine kleinere Gruppe der Elternschaft. Der beginnende wirtschaftliche Aufstieg hatte der höheren Schule neue Anziehungskraft verliehen. Nach dem Grund befragt, versicherten die betreffenden Väter während eines Elternabends, »es zahle sich wieder aus«, wenn man mehr lerne; und diese Auszahlung – so erfuhr Horlitz – bestand erstens in einer »angesehenen Stellung«, zweitens darin, »daß man sein Geld leichter verdiene« als die Väter selbst. Diese Elterngruppe erwartete, daß der Lehrer Horlitz jene Kinder besonders fördere, die den zweiten Anlauf zum Gymnasium versuchten, damit sie nunmehr die Aufnahmeprüfung dort bestünden. Wolfgang antwortete darauf, er verwende seine ›Verfügungsstunde‹ – eine Wochenstunde, die der Lehrer nach eigenem Ermessen planen konnte – lediglich dazu, bestimmten Kindern über ihre schwache Schulleistung hinwegzuhelfen, allen anderen werde er im Pflichtunterricht durchaus gerecht.

Somit verscherzte sich Wolfgang Horlitz einerseits Sympathien, andererseits aber gewann er einige Herzen ganz. Und das höchste Lob eines amtlichen Unterrichtsprüfers wäre ihm wie nichtig erschienen, gemessen an folgendem Satz einer – für die Beurteilung des Lehrers ›unmaßgeblichen‹ – sorgenerleichterten Mutter: »Herr Horlitz, mein Bernd geht jetzt immer so gern in die Schule; ich brauche ihn nicht mehr zu drängen, und seine Schulaufgaben macht er schon ganz allein . . .«

Hier fand Wolfgang seinen eigenen, seinen persönlichen Prüfstein als Pädagoge: Wenn deine Schüler bei ihren Schulaufgaben noch fremde Hilfe brauchen, dann, Wolfgang Horlitz, war dein Unterricht nicht gut.

Am ersten Ferientag fuhren Wolfgang und Elke mit dem neuen Wagen gemeinsam in den Urlaub: Elkes Ziel war die Insel Sylt, Wolfgangs Ziel eine Kleinstadt an der Schlei. Dorthin hatte ihn sein Freund Andreas Brückner eingeladen.

Unterwegs, so war es von Elke vorbereitet, wollten sie Rose besuchen, und wenn die Reise planmäßig verlief, mußten sie am späten Nachmittag bei ihr eintreffen. Je näher sie dem Zielort kamen, desto größer wurde Wolfgangs innere Erregung, die er jedoch vor Elke um jeden Preis zu verbergen suchte. In seiner Phantasie sah er in Lottis Küche einen unbekannten Heimkehrer auf der Holzkiste sitzen, dessen Frau inzwischen einem anderen gehörte; und mit einem Male war er selbst dieser Heimkehrer auf der Holzkiste, der immerzu grübelte, ob sie vielleicht zu ihm zurückfände . . .

»Weißt du«, unterbrach Elke seine Gedanken, »eigentlich sollte ich dir noch erklären, weshalb Salmuth so bös verwundet wurde; aber diese Erklärung muß ich ihm wohl selbst überlassen oder der Rose, ich bin mir da nicht sicher.«

»Laß nur«, entgegnete Wolfgang, »ich will das nicht unbedingt wissen, wer rührt schon gern an ein so schweres Schicksal«, und er schämte sich seines heimlichen Wunsches, Rose doch noch für sich zu gewinnen. Ja, ihm kamen auf einmal

Bedenken, ob es überhaupt richtig sei, Salmuth und Rose zu besuchen; Elke sollte lieber allein bei ihnen absteigen.

Elke aber verwarf solche Vorstellung mit aller Entschiedenheit und behauptete, Rose freue sich »riesig« auf Wolfgang. Da ließ er sich umstimmen.

Am späten Nachmittag fuhren Wolfgang und Elke durch die Gartenstraße. Zur Rechten standen die Villen mit den geraden Hausnummern, hier mußten sie Roses neu eingerichtete Praxis und Wohnung finden.

»Dort ist es, Nummer achtunddreißig«, rief Elke.

Wolfgang hielt vor einem zweistöckigen, mit Turm und Erker bewehrten Haus aus gelbem Klinkerstein. Durch den kleinen Vorgarten führte ein gepflasterter Weg zur seitlich gelegenen Eingangstür; zwei Schilder an der Hausfront wiesen aus, daß Rose das Erdgeschoß und ein Rechtsanwalt die nächste Etage bewohnte.

Ein junges Mädchen in weißem Kittel öffnete die Tür, bat um ein bißchen Geduld, da noch eine Patientin im Sprechzimmer sei. Sie führte die Gäste durch einen langen Korridor. Dann klopfte sie an eine weißlackierte Innentür und rief: »Die Herrschaften sind eingetroffen, Herr Salmuth!«

»Nur herein«, hörten sie Salmuths Stimme, und Elke öffnete die Tür.

Vor ihnen, in einem Rollstuhl am Fenster, saß der stark gealterte Salmuth und streckte Elke die Hand entgegen. »Fein, Schwägerin, daß du wieder einmal bei uns bist!« Auf seinem Gesicht stand Freude geschrieben über die willkommene Abwechslung, die jeder Besuch ihm bedeutete. Dann wandte er sich Wolfgang zu und rief: »Willkommen auch Sie, Herr von Horlitz!« Aber er sagte es als Scherz, ohne Doppelklang in der Stimme; und als Wolfgang ihm die Hand reichte, empfand er dem geschlagenen Mann gegenüber einen Anflug von Sympathie.

Salmuth stieg sofort in sein Lieblingsthema, stieg als Erzähler zu Pferd und jagte über die Fluren von Altweiden. »Damals hätten Sie uns öfter besuchen müssen, Herr Horlitz! Ich hatte noch einen zahmen Braunen im Stall; wir wären mal gemeinsam das Gut abgeritten, rund um die Gemarkung, da hätten Sie gestaunt, mein Lieber...« Und Wolfgang hörte der Stimme an, daß Salmuth von seinem letzten Besuch in Altweiden nicht das geringste ahnte. So fühlte er sich beruhigt und betreten zugleich.

Unversehens stand Rose in der Tür. Wolfgang durchfuhr eine heiße Woge: sie schien ihm schöner und begehrenswerter denn je. Doch nur kurz flammte ein Glücksgefühl in ihm auf, verlöschte dann aber in einem finsteren Abgrund. Rose hatte Wolfgang nur mit flüchtigem Blick gestreift, hatte danach mit vielen herzlichen Worten die Schwester umarmt und sich nun endlich ihrem anderen Gast zugewendet.

»Der Wolfgang Horlitz«, sagte sie und reichte ihm mit geziertem Lächeln die Hand, aber wie einem, von dem zwar manchmal noch die Rede ist, dem man jedoch nur flüchtig begegnet war, irgendwann; damals an der Glogeiche vielleicht, während einer Kremserfahrt oder so...

Wolfgang, maßlos enttäuscht über diesen kühlen Empfang, war nahe dabei, Rose mit ›Sie‹ und mit ›Frau Doktor‹ anzureden, doch Elke zulieb bezwang er sich. Elke indes glaubte, nur die Zeit habe die beiden entfremdet, und gebot ermunternd: »Los, gebt euch einen Kuß zum Wiedersehen!«

Aber Rose hatte schon Platz genommen, hatte Wolfgang mit einem »Bitte sehr« einen Stuhl angeboten und belehrte jetzt die Schwester mit schlecht gespielter Lustigkeit, Küsse seien Bakterienspender.

»Aha!« rief Salmuth pathetisch. »Nun weiß ich doch, weshalb ich in puncto Liebe so kurz gehalten werde.« Und diesem freimütigen Bekenntnis fügte er hinzu, ihm sei schon der

Verdacht gekommen, Rose hintergehe ihn mit einem anderen Mann. Dazu lachte er laut und sagte: »Ja, ja, Herr Horlitz, die Frauen . . .«

Plötzlich wurde Salmuth todernst und fragte Wolfgang mit gepreßter, fast zitternder Stimme: »Wissen Sie eigentlich, weshalb ich hier in diesem Rollstuhl hocke? Kennen Sie den Grund?« Dabei griff er so fest um die hölzerne Armlehne des Sessels, daß sich seine Finger verfärbten. Rose sprang auf, stellte sich hinter ihren Mann, legte eine Hand auf seine Schulter und sagte beruhigend: »Nicht jetzt, Eckehart, nicht jetzt, bitte.«

Da löste sich sein fester Griff an der Rollstuhllehne, ein Lächeln verjüngte sein Gesicht, und er sagte wie entschuldigend: »Jetzt nicht, Herr Horlitz, ein andermal, zu gelegener Zeit; ich rege mich manchmal so auf, Rose hat recht.«

Das junge Mädchen im weißen Kittel, Arzthelferin und Haustochter, meldete der Frau Doktor, der Kaffeetisch auf der Veranda sei gedeckt.

»Horrido!« rief Salmuth; und wieder bei Stimmung rollte er mit seinem Stuhl voraus.

Die Unterhaltung, bis in den späten Abend hinein, führten Elke und Salmuth. Rose gab nur einsilbige Antwort, und Wolfgang verschloß sich fast ganz. Vielleicht trug seine Nachdenklichkeit dazu bei, daß Salmuth beim Gutenachtgruß eine nahezu vergessene Feststellung traf, die wie ein Zauberwort den Gutshaussaal von Altweiden heraufbeschwor.

»Er wird dem Junker Seidenberg immer ähnlicher, der Herr von Horlitz«, hatte Salmuth erklärt und war danach aus dem Verandazimmer in den Korridor gerollt. Rose, die ihm folgen wollte, blieb unversehens stehen, sah Wolfgang prüfend an und verlor im gleichen Augenblick ihre erzwungene Beherrschung. Sehr mutlos sagte sie: »Die Chronik ging auf der Flucht verloren. Das Manuskript meines Vaters ist verbrannt; der Verlag wurde ausgebombt. Es ging uns alles verloren, es ist uns alles verbrannt, es war ein kranker Traum, Wolfgang Horlitz . . .«

Dann überwand sie sich wieder und ging mit hartem Schritt hinaus in den Korridor.

»Hier stimmt es nicht«, bemerkte Elke vieldeutig, »der Salmuth ist zu laut, und die Rose ist zu still. Entschuldige die ungastliche Tendenz im Haus, Wolfgang – aber morgen reisen wir ja.«

Elke ordnete das Bettzeug für Wolfgang, er sollte auf der Couch des Verandazimmers schlafen, dann wünschte auch sie gute Nacht.

Wolfgang Horlitz war noch keine fünf Minuten allein – er hatte sich eine Zigarette angezündet und wollte seine Gedanken sammeln –, als die Tür einen Spalt breit geöffnet wurde und Rose mit gedämpfter Stimme fragte: »Kann ich dich noch sprechen, Wolfgang?«

Und weil er noch am Tisch saß und rauchte, trat sie in das Zimmer, schloß behutsam die Tür und setzte sich Wolfgang gegenüber.

Er drückte die Zigarette aus, schob den Aschenbecher zur Seite und sah sie fragend an. »Bitte, Rose, ich höre dir zu . . .«

Die Stehlampe unter dem grünen Seidenschirm füllte den Raum mit halbhellem Licht, die Tüllgardine vor dem offenen Gartenfenster bauschte sich leicht, ein Lufthauch drang ins Zimmer und verströmte einen betörenden Duft – draußen vor dem Haus blühten die Sommerlinden.

Rose blickte eine Weile stumm vor sich hin, es schien, als lächelte sie. Dann aber sah sie auf und fragte unvermittelt: »Trägst du noch das Kreuz der griechischen Mönche bei dir?«

»Ja, natürlich«, erwiderte er überrascht.

»Dann schwöre mir«, sagte sie leidenschaftlich, »dann schwöre mir bei diesem Kreuz, daß du nie wiederkommst, nie . . .«

»Ich schwöre nicht auf dieses Kreuz«, versicherte Wolfgang befremdet, »weshalb sollte ich auch schwören? Aber wenn du willst, gebe ich dir mein festes Versprechen. Doch zuerst, um alles in der Welt, verrate mir bitte den Grund!«

»Dazu bin ich hier«, sagte sie, »deshalb bin ich ja hier . . .« Sie sah an ihm vorbei, hinüber zu der fächelnden Gardine, und begann mit einem bitteren Vorwurf: »Du fährst mit meiner Schwester nach Sylt, gut. Aber du kommst mit ihr in mein Haus, das ist für mich ein Affront! Wie lange lebt ihr eigentlich schon zusammen? Der Elke nehme ich euren Doppelbesuch nicht übel, sie weiß ja nichts von dem, was war; aber von dir, Wolfgang, hätte ich mehr Noblesse erwartet.«

Wolfgang Horlitz hatte sie verstanden und versuchte eine Rechtfertigung. Erstens lebe er nicht mit Elke zusammen und fahre auch nicht mit nach Sylt; und zweitens habe Elke behauptet, sie, Rose, würde sich freuen über den Besuch . . .

»Freuen?« unterbrach sie ihn heftig und sah ihn fast zornig an. »Freuen? Wahrhaftig, so darf man das auch nennen, freuen!« Und sie lachte gezwungen auf.

Wolfgang empfand einen verstörenden Schmerz, er kannte Rose nicht wieder; ihre Heftigkeit verwirrte ihn zudem, so daß er sich eingestand, ihr Vorwurf geschehe zu Recht. Nur mit Mühe zwang er sich zum Sprechen und sagte heiser: »Dann will ich dein Haus wieder verlassen, jetzt noch, in dieser Stunde.«

Da griff sie jäh über den Tisch und hielt Wolfgang am Handgelenk fest. »Ich ließ mich hinreißen«, sagte sie und ergänzte leise, als spräche sie zu sich selbst: »Der Schwur auf das griechische Kreuz, den Wolfgang Horlitz nachher leisten wird, dieser Schwur gilt bestimmt nicht einer törichten Eifersucht...«

Sie gab Wolfgangs Handgelenk frei, lehnte sich zurück, blickte über Wolfgang hinweg wie in weite Ferne und fuhr fort im Ton des scheinbaren Selbstgespräches:

»Als ich an Wolfgangs Seite durch den eiskalten Wintermorgen nach Schwentendorf ging, nach dieser letzten Nacht im Schloß, von der niemand jemals erfuhr, als ich zu Wolfgang sagte: ›Wie der Weg zum Schafott‹ und er mich verbesserte: ›Wie der Weg am Schafott vorbei‹ – da faßte ich neuen Mut. Zwar gab ich Altweiden verloren, aber dafür erhoffte ich mir ein persönliches Glück. Meine Ehe mit Salmuth war in der letzten Nacht geschieden worden, und wenn ich ihm je wieder begegnete, dann sollte das nächste ordentliche Gericht diese innerlich vollzogene Scheidung für Rechtens erklären. Das war mein fester Entschluß.

In einem Dorf am Bober wurde der Treck von den Russen überrollt, aber tags zuvor – ich weiß nicht, durch welchen Zufall – war Salmuth zum Treck gestoßen, gerade rechtzeitig genug, um sein und mein Schicksal zu besiegeln.

Zwei Russen hatten mich gepackt, mich in ein Haus gezerrt, mir Mantel und Kleidung aufgerissen, mich auf ein Bett geschleudert – da stürzte Salmuth mit einem Wutschrei herein. Salmuth besaß damals übermenschliche Kraft. Mit der bloßen Faust hieb er die Russen nieder, daß sie wie leblos auf den Boden schlugen. In derselben Sekunde fielen dann die Schüsse…

Ein russischer Offizier hatte von der Tür her die Pistole auf Salmuth gerichtet.

Salmuth lag starr vor dem Bett, und als ich mich über ihn beugte, verließen mich die Sinne.

In diesem Dorf befand sich noch ein deutsches Feldlazarett. Der deutsche Arzt durfte unter russischer Kontrolle noch eine Zeitlang dort arbeiten. Salmuths Verwundung wurde geheilt, aber er blieb gelähmt.

Erst ein Jahr später trafen wir völlig mittellos in Lübeck ein, dort hatte Salmuth einen egoistischen Vetter. Doch fürs erste kamen wir unter.

Salmuth trägt sein Schicksal mit bewundernswerter Disziplin.

Wenn er von seiner Verwundung erzählt, kann er zuweilen aufbrausen und ungestüm werden, wie heute nachmittag, als ich ihn besänftigen mußte; aber meist bleibt er gelassen und sagt mit allem Stolz: früher sei er zu Pferd gesessen, heute hocke er nur noch im Rollstuhl, aber er habe die Ehre seiner Frau gerettet und dafür gern diesen Preis bezahlt. Und stünde er noch einmal vor solcher Wahl, wiederum würde er jeden Preis bezahlen an Leib und Leben ...

Wüßte Salmuth von der Nacht in Altweiden, ich sage dir, Wolfgang Horlitz, es wäre sein Tod.«

Jetzt stand Rose auf, schritt langsam im Zimmer hin und her und zog den Schlußstrich:

»Ich habe dem Feldarzt mißtraut und auch der Diagnose anderer Ärzte, ich wollte Eckeharts Genesung erzwingen. Deshalb, nur deshalb studierte ich Medizin. Was andere nicht vermochten, nämlich Eckehart zu heilen, das sollte mir gelingen. Aber bereits nach dem Physikum wußte ich, daß ihm nicht zu helfen war ...

Mein Inneres brauche ich dir nicht zu offenbaren, du wirst meine Empfindungen bis ins letzte erahnen; und du wirst jetzt meine Bitte verstehen und schwören, daß du nie wiederkommst.«

An der Tür blieb sie stehen, den Türgriff schon in der Hand, als sie noch hinzufügte: »Die Liebe, Wolfgang Horlitz, läßt sich nicht erzwingen, aber die Treue. Und furchtbar ist es, zu denken, daß Eckehart dir freimütig-heiter erklären könnte, dir und mir: ›Ich habe die Ehre meiner Frau gerettet, Herr von Horlitz, und dafür gern diesen Preis bezahlt ...‹«

Wolfgang hatte den Kopf in die Hände gestützt und jedes der letzten Worte in sein Herz gepreßt. Als er wieder aufblickte, war er allein.

Da leistete er seinen Schwur auf das griechische Kreuz. Und die Stehlampe mit dem grünen Seidenschirm füllte den Raum mit halbhellem Licht, die Tüllgardine vor dem offenen Gartenfenster bauschte sich leicht, ein Lufthauch drang in das Zimmer und verströmte einen betörenden Duft – draußen vor dem Haus blühten die Sommerlinden.

Am nächsten Morgen hatte Rose ihrem Gast gegenüber wieder die Maske der Distanz angelegt. Ihr Mann jedoch war von leichter Wehmut ergriffen. Als Wolfgang und Elke zur Abfahrt rüsteten, sagte er: »Wissen Sie, Herr Horlitz, einmal noch mit Rose über die Felder reiten ... Jetzt reift bald die Gerste zwischen Altweiden und Schwentendorf. Wissen Sie, so ein Gerstenfeld vor der Ernte, das schimmert in der Sonne wie Roswithas Haar ...«

12

Als Andreas Brückner aus Kriegsgefangenschaft heimgekehrt war, hatte Wolfgang Horlitz die Verbindung mit ihm sofort aufgenommen, aber erst jetzt, nach Jahren, trafen sie sich wieder.

Das Wetter zwischen Ost- und Nordsee war sonnig um diese Zeit, und fast jeden Tag fuhren sie mit dem Motorboot hinaus an das offene Meer. In den Dünen rechts vom Leuchtturm, wo man nur selten einem Menschen, ein paar Feriengästen begegnete, faulenzten sie oder führten Gespräche im Scherz und im Ernst.

»Warum bist du nicht ausgestiegen damals in Aschaffenburg? Bestimmt hättest du dir zwei Jahre Gefangenschaft erspart und, wer weiß, vielleicht noch die kesse Lotti als Braut gewonnen.«

»Eine Braut gewonnen?« wiederholte Brückner belustigt. »Mein Altmeister Vergilius warnt alle Knaben, die Blumen und Erdbeeren pflücken: Latet anguis in herba – die Schlange lauert im Gras ...«

Und die Freunde lachten.

Der Wind wehte heute kühler vom Meer herüber. Sie gruben sich zum Schutz eine Sandburg. Dann erkundigte sich Brückner nach Rebekka und Rose. Er war betroffen, von Wolfgang zu hören, daß die Chronik des Gerich Seidenberg verschollen sei, verloren das Original, verbrannt das Manuskript des Baron von Mallwitz.

»Und Rose hat das Manuskript nie gelesen, kann nichts berichten aus dem Leben deines Zwillingsbruders?«

»Nein«, antwortete Wolfgang, »sie rechnete ja mit dem Buch ihres Vaters.«

»Hat sie auch nie das Original gelesen? Ein Original zu studieren ist doch weitaus fesselnder.«

»So spricht der Wissenschaftler. Eine junge Gutsherrin im Wirrwarr des Kriegsgeschehens hat Wichtigeres zu tun – aus ihrer Sicht.«

»Und Rebekka an ihrer Stelle, hätte Rebekka das Original gelesen, wenn ihr Großvater der Entdecker gewesen wäre?«

Wolfgang hatte sich eine vergleichende Frage solcher Art noch nie gestellt. Er überlegte, zögerte ein wenig mit der Antwort, dann sagte er entschieden: »Rebekka hätte die Chronik studiert.« Und er fügte erläuternd hinzu, Rose habe ihren Vater sehr geliebt und seine geistige Arbeit vor allem als ein Stück von ihm geachtet; Rebekka aber habe die chassidische Botschaft geliebt und ihren Großvater als den Deuter dieser Botschaft verehrt.

»Nun kenne ich beide Frauen in ihrem tiefsten Wesen«, sagte Brückner, »doch welchem Wesenszug könnte man den Vorrang geben?«

»Es gibt keinen Vorrang«, sagte Horlitz.

»Nein, es gibt keinen«, bestätigte Brückner.

Andreas Brückner arbeitete als Dozent an einer norddeutschen Universität. Aus vielen seiner Schilderungen durfte Wolfgang schließen, daß der Freund dort bald eine führende Stellung einnehmen werde. Er dagegen, Wolfgang Horlitz, würde sich sein Lebtag bescheiden müssen. Zwar befriedigte ihn die Arbeit als Lehrer durchaus, sofern er die pädagogische Seite betrachtete, doch schlich sich merkbar ein beruflicher Ehrgeiz in sein Gemüt, ein Wunsch nach größerer Geltung, ein Streben, das er keineswegs mit seinen geistigen Zielen in Einklang bringen konnnte, ein Verlangen aber, das mehr und mehr Besitz von ihm ergriff.

Dem Freund eröffnete Wolfgang diesen Gedanken erst am Abschiedstag, und er war ein wenig befremdet, als Andreas Brückner ihn fast ungläubig fragte: »Jetzt noch weiterstudieren, Jura, um in die höhere Schulverwaltung aufzusteigen? Bist du sicher, daß dies der richtige Weg für dich ist?«

»Ein beruflicher Weg ist es jedenfalls«, erklärte Horlitz. Aber Brückner gab ihm zur Antwort: »Dein Zwillingsbruder, wenn ich mich recht entsinne, hat das Gegenteil gewählt, hat einen Titel verschmäht, um ein Wanderarzt zu werden.« –

Auf der Fahrt nach Rendsburg, wo Elke, von Sylt kommend, wieder zusteigen wollte, hatte Wolfgang vieles abzuwägen. Dabei fiel ihm der Ausspruch eines alten Mystikers ein, den er irgendwo gelesen: Der Ehrgeiz ist der größte Feind der inneren Sammlung ...

Dennoch gelang es Elke – sie ahnte aber nichts von seinem heimlichen Wunsch –, Wolfgang Horlitz vorzustellen, daß der Lehrerberuf nicht der einzige ihm angemessene Beruf sei. Wenn er die Menschen wirksam ansprechen wolle, dann müsse er in der Redaktion einer Tageszeitung arbeiten, nicht in einer Schule für Sechs- bis Vierzehnjährige. Das Auffassungsvermögen solcher ›Elementarschüler‹ sei doch immer nur den allgemeinen Grundübungen gewachsen. Zudem enthalte ihr Vorschlag ja kein Risiko, jederzeit könne Wolfgang in den Schuldienst zurückkehren. Aber wenn er einmal Bücher schreiben wolle – wo werde er dann die nötige schriftstellerische Erfahrung sammeln, wo vor allem handfeste Verbindung zu einem guten Verlag bekommen? Übrigens habe sie schon mit Maxel gesprochen, er werde Wolfgang gern eine Probezeit einräumen. Nur dürfe Wolfgang nicht zu lange überlegen, denn solche Chance biete sich nicht alle Tage.

Wolfgang Horlitz entschloß sich rasch. Er sah eine vorzügliche Förderung darin, das Lehren eine Weile mit dem Lernen zu vertauschen, und begann im Herbst seine Tätigkeit als Journalist. Die Schulbehörde hatte ihn »zum Zweck der kultur- und sozialkundlichen Weiterbildung« ohne Gehaltszahlung für sechs Monate beurlaubt; später kündigte er den Dienst.

Elke zeigte sich anfangs so besorgt um Wolfgang, als trüge sie die Verantwortung für seine neue Berufswahl ganz allein. Gründlich wie nie zuvor las sie die Zeitung, und kein Wort von Wolfgangs Berichten durfte ihr entgehen. Sie ermutigte ihn, lobte seinen treffsicheren, lebendigen Stil und bot ihm damit einen Ansporn.

Nachdem Wolfgang seine Probezeit als Volontär erfüllt hatte, lud Elke ihn und Maxel eines Abends zu sich ein und versuchte, den Kontakt zwischen Wolfgang und dem Chefredakteur der Zeitung zu beleben. Sie unterhielten sich angeregt über modernes Theater und über die Premieren der örtlichen Bühne. Mit einemmal konnte Maxel sich auch erinnern, daß Wolfgang einst als Filmkritiker zu wenig »werbebezogen« geschrieben hatte. Inzwischen jedoch, so beteuerte Maxel, sei Wolfgang ja über seinen Schatten gesprungen. Ob er wisse, was man in der Redaktion zu seinen Theaterkommentaren sage? Nein?

186

»Immer wenn der Horlitz schreibt, ist die Mallwitz großartig. Es bleibt nur zu raten, woran das liegt, an seiner Gegenwart im Parkett oder an seiner kulanten Feder ...«

»An seiner Gegenwart natürlich!« rief Elke lachend, hob ihr Weinglas und nickte Wolfgang zu.

Da stellte Maxel der Gastgeberin eine wohl längst erwogene Gewissensfrage. »Hören Sie, Elke«, sagte er, »Sie sollten einmal Farbe bekennen. Ein selbstloser Witwer wie ich, der bereits seit Jahren auf Ihre Gunst hofft und demnächst seinen Sechzigsten feiert, darf der nicht eine vertrauliche Frage an Sie richten?«

»Jede Frage dürfen Sie stellen«, erwiderte Elke spitzbübisch, »jede Frage, nur keinen Heiratsantrag.«

»Also dann«, sagte Maxel und nahm einen Schluck Whisky zum Anlauf, »Elke, wie stehen Sie eigentlich zu Wolfgang? Ich meine, wie haben Sie beide sich denn kennengelernt und so weiter? Ich frage absichtlich in Wolfgangs Gegenwart, weil Sie sonst ja doch nicht viel verraten.«

»O Maxel«, Elke dehnte die Worte, »das ist eine alte Geschichte, und alte Liebe rostet nun einmal nicht.« Sie wandte sich an Wolfgang. »Darf ich erzählen?« fragte sie.

Wolfgang hatte keine Einwände, zumal er vor seinem obersten Chef, wie er versicherte, grundsätzlich nie etwas verbergen würde. Maxel drohte mit seiner brennenden Zigarre, und Elke begann:

»Zuerst hatte ich mich in Wolfgangs Zwillingsbruder verliebt. Da war ich zwölf Jahre alt. Ich brachte ihm heimlich von den Feuerlilien, die in einem verwilderten Garten bei uns wuchsen. Er war ein herrlicher Mensch! Er trug hellbraune Stulpstiefel und eine dunkelgrüne Reiterjacke mit silbernen Knöpfen, dazu einen Hut mit geschwungener Krempe und grüner Feder. Er stand in breitem Goldrahmen an der Stirnwand unseres Saales in Altweiden.

Dann pfuschte mir meine jüngere Schwester ins Handwerk. Vielleicht hatte sie mein Tun beobachtet, jedenfalls legte auch sie eines Tages eine Feuerlilie vor das Bild und behauptete obendrein, der Junker Seidenberg habe genickt und gelacht. Ich aber wurde darüber sehr eifersüchtig und böse. Doch bald fand ich Ersatz. Während einer Schülervorstellung sah ich heißen Herzens einen echten, einen leibhaftigen Junker Seidenberg in ›Wallensteins Lager‹. Von diesem Zeitpunkt an war ich entschlossen, eine Schauspielerin zu werden.

Ja, und zehn Jahre später saß ich im Schnellzug nach Frankfurt an der Oder und fuhr meinem ersten Auftritt entgegen; aber nicht mit heißem, sondern mit klopfendem Herzen. In Oderstedt, als der Zug hielt, sah ich plötzlich einen jungen Mann auf dem Bahnsteig, der hätte des Junkers Zwillingsbruder sein können. Die Ähnlichkeit war frappierend, nur lebte er halt dreihundert Jahre später. Dieser junge Mann suchte die Wagenfenster ab, und ich, für ein gutes Omen empfänglich, orakelte blitzschnell so: Wenn jener Zwillingsbruder in dein Abteil einsteigt, dann, Elke von Mallwitz, wird deine Bühnenlaufbahn glänzend werden – steigt er aber nicht zu, dann fällst du schon in Frankfurt beim Probesprechen durch... Nun, der junge Mann stieg zu, ein Student namens Wolfgang Horlitz. Zwar wurde meine Bühnenlaufbahn nicht gerade glänzend, dennoch hat er mir Glück gebracht, der Zwillingsbruder dort.

Natürlich, Maxel«, Elke dehnte die Worte wieder ein wenig, »natürlich waren wir ein bissel ineinander verliebt, damals in Frankfurt, aber schließlich hat mir meine jüngere Schwester wieder ins Handwerk gepfuscht; und ich habe mich zudem lieber an die etwas älteren Herren gehalten, wie heute noch, Maxel...«

Sie lächelte ihn freundlich an.

Wolfgang aber verlor sich ins Erinnern. Das Bild des Junkers fesselte ihn wieder, und er dachte an die Bootsfahrt mit Rose und an die Grabinschrift des Gerich Seidenberg, die Rose auf dem Reihersee zitierte: »... als er das fünfzigste Jahr erreichte, wagte er es, über das schwarze Meer des Todes zu segeln ...« In vierzehn Jahren hatte auch er, Wolfgang Horlitz, das fünfzigste Lebensjahr erreicht. Ob hier ein geheimnisvoller Zusammenhang zwischen ihm und dem historischen Zwillingsbruder bestand? Hatte der Baron Mallwitz seinerzeit nicht Ähnliches angedeutet?

»Wolfgang träumt«, sagte Elke und ergriff ihr Glas. »Zum Wohl, Wolfgang, zum Wohl, Maxel; bleiben wir gute Freunde, wir drei!«

»Und die jüngere Schwester, die Ihnen immer ins Handwerk pfuschte, ist das die Ärztin?« fragte Maxel nach einer Weile.

»Ja«, sagte Elke, »Rose ist es gewesen, die hübscheste von uns und die stolzeste und die tapferste. Aber das Schicksal hat sich verschworen gegen Rose und Wolfgang, oder es hat sie bewahrt voreinander, wer will da deuten und deuteln? Kommt, Leute, trinkt aus«, rief sie dann, »jetzt ist Feierabend. Morgen früh habe ich Probe.«

13

Es gibt Begegnungen, die in besonderer Weise hilfreich sind. Vielleicht wird zuerst nur ein freundliches Wort gesprochen oder es geschieht nichts weiter, als daß ein Mensch in seinem beruflichen Alltag die Trägheit des eigenen Herzens überwindet, um einem Neuling beizustehen.

Wolfgang Horlitz – wenn er seinen Lebensweg bedachte – hatte das Glück gehabt, des öfteren solchen Beistand zu finden. In der Redaktion war es Helmut Zöllner, der sich seiner annahm. Horlitz glaubte indessen, eine altüberlieferte Vorstellung seiner Familie bestätige sich hier. Schon sein Großvater mütterlicherseits hatte sich auf Vorfahren berufen, wenn er von jenem geistigen Gesetz des Ausgleichs sprach, dessen Wirkkraft von einer höheren Ebene her dafür sorgte, daß Gutes mit Gutem vergolten wurde, sofern keine Berechnung im Spiel war. Und Wolfgang, er entsann sich heute, hatte sich als Lehrer stets jedes ›Neuen‹ seiner Schüler angenommen, der unsicher und ängstlich in die Klasse kam, von mehr als fünfzig Mitschülern abschätzig gemustert, gewiß aber mit Spott empfangen, wenn er einen ortsfremden Dialekt sprach.

Helmut Zöllner, Wolfgangs Beistand, war etwa dreißig Jahre alt. Alles an ihm schien auf Raschheit abgestimmt. Seine mittelgroße, rundliche Gestalt bewegte sich wie ein Kreisel. Die lebhaften Augen hinter der dicken Hornbrille verrieten Temperament und Energie, und das straff zurückgekämmte Blondhaar wirkte wie eine Betonung seiner Rührigkeit.

Als Wolfgang Horlitz am ersten Arbeitstag die Redaktion betreten hatte, war Zöllner sogleich aufgesprungen, hatte ihn mit einem kameradschaftlichen »Hallo, Herr Kollege« begrüßt, ihm die Hand entgegengestreckt und Wolfgang hier und dort noch einmal vorgestellt, hatte seinen Arm ergriffen und ihn durch alle Räume des Zeitungsbetriebs geführt. Dann hatte Zöllner den neuen Mitarbeiter eingeladen, mit ihm zur Eröffnung der Kunstausstellung zu fahren, ihn überhaupt tagsüber zu begleiten und bei ihm zu hospitieren. Und Helmut Zöllner gab Wolfgang viele nützliche Ratschläge.

»Vor allem müssen Sie sich ein persönliches Repertorium anlegen, eine Stoffsammlung, aus der Sie jederzeit schöpfen können. Sie müssen schnell schreiben, das Manuskript wird von der Uhr getrieben; Sie können nicht lange die Texte feilen und polieren wie bisher Ihre Filmrezensionen. Jetzt heißt es, vor die Schreibmaschine gesetzt, den Leitgedanken sicher im Kopf und flott geschrieben, original. Wenn Sie ins Stocken geraten, nicht grübeln; hier hilft das Repertorium. Einen Vergleich hinein, und fort geht's im Text. Eine Sentenz dazu, ein gediegenes Zitat und immer eine Prise Humor, dann kommen Sie an!«

Wolfgangs Publikationen umfaßten die Sachgebiete Kultur und Sport. Mit Helmut Zöllner war er bald befreundet, beide arbeiteten Hand in Hand, und der Bogen ihrer Berichterstattung spannte sich vom Sinfoniekonzert bis zu den Fußballspielen der heimischen Spitzenmannschaft. Doch Zöllner hatte recht behalten, immer wurde die Arbeit von der Uhr bestimmt.

Während dieser Zeit innerer Unrast richtete sich Wolfgangs religiöses Verlangen nach außen. Er spürte dem Phänomen und der Erfahrbarkeit übersinnlicher Erscheinungen nach und befaßte sich eingehend mit der wissenschaftlichen Parapsychologie. Als Journalist gewann er im Lauf der nächsten Jahre persönlichen Kontakt mit Esoterikern und Medien, hatte Zutritt zu privaten Zirkeln und entschloß sich letztlich, die Sparte Kultur mit einem neuen Thema zu bereichern. Er fand jedoch nur geringen Anklang bei der Redaktion, weil er in puncto Parapsychologie zu vorurteilslos berichtete. Alles sogenannte Okkulte, dessen war die Redaktion sicher, besaß nur insofern Publikationswert, als man die Ergebnisse okkulter Forschung für Taschenspielertricks oder Narrenphantasien ausgab, die eine fortschrittliche Zeitung mit gewürzter Ironie und zu des Lesers Erheiterung darbieten sollte. Jedoch der Ernst, mit dem einige jener ›Geheimwissenschaftler‹ ihr scheinbar lächerliches Handwerk betrieben, und die eindeutigen Treffer, die sie gelegentlich erzielten, zwangen Wolfgang Horlitz zur Objektivität auch diesen Leuten gegenüber. Indessen, verbale Rangeleien mit der Redaktion wurden zur

Regel, sobald er nur ein Manuskript zu seinem neuen Thema vorlegte. Deshalb war er entschlossen, die Redaktion zu besserer Einsicht zu bewegen und als Gewährsmann seinen Freund Andreas Brückner ins Treffen zu führen.

Brückner hatte inzwischen eine Professur an der Universität erhalten, dennoch verlor er nichts an Zeit für seinen ›Amicissimus‹, wie er Wolfgang nannte, und lud ihn für eine Woche zu sich ein. Seine Frau, so versicherte er, werde sich gleichfalls sehr freuen. Aber Wolfgangs Terminkalender erlaubte nur einen Besuch von zwei Tagen.

Brückner hatte vor kurzem geheiratet, wohnte mit seiner jungen Frau am Rande der Großstadt und beteuerte Wolfgang, die althergebrachte Redensart »Jung gefreit . . .« sei expert zu korrigieren und müsse künftighin heißen: »Spät gefreit hat nie gereut.«

Wolfgang erinnerte sich einer anderen Redensart des Freundes, als jener sich scheute »vor der lauernden Schlange im Gras«. Er wollte fragen, ob die Warnung des Vergil, keine Blumen und Erdbeeren zu pflücken, für alte Knaben nicht gelte – dann aber besann er sich und verzichtete auf den Scherz, aus Taktgefühl und der Gastgeberin zuliebe.

Wolfgangs Anliegen, Brückner als Gewährsmann zu gewinnen, schlug fehl. Während ihres Gespräches steckte Brückner eindeutig die Grenzen ab. Wohl gestand er zu, daß es übersinnliche Erfahrungen gebe und die parapsychologische Forschung an etlichen Universitäten um eine wissenschaftliche Klärung bemüht sei, doch eine Affinität zwischen dem paranormalen Phänomen und dem religiösen Glauben bestehe nicht. Im theologischen Bereich sei Christus der Garant der Auferstehung, nicht das Hellseh-Erlebnis eines Mediums. Es gebe auch keine Wesensverwandtschaft zwischen Mystik und Parapsychologie, denn die Mystik wachse – wie der Glaube – allein unter dem Ereignis der göttlichen Gnade.

»Dein Flug geht höher, Wolfgang Horlitz«, erklärte Brückner bestimmt und mahnte an Wolfgangs Begegnung mit dem alten David Seidenberg und dem Abt Kallistos. »Du solltest diesen beiden Lehrmeistern folgen und mit dem Studium der mystischen Tradition beginnen. Den hohen Gedanken des Jakob Böhme, des Tauler, des Ruysbroeck solltest du dich wieder stärker widmen und schließlich über dieses Thema ein einführendes Buch schreiben. Das wäre ein Auftrag für dich, mein Freund. Erfüllen könntest du diese Aufgabe gut, weil du die beiden erforderlichen Voraussetzungen mitbringst: die persönliche Ergriffenheit und die klare Feder.«

So wurde nach jenem Gespräch mit Brückner nicht die Redaktion, sondern Wolfgang selbst zu besserer Einsicht aufgerufen, und er war dem Freund sehr dankbar dafür.

Aber die aufregende Bewegtheit, das hastende Getriebe seines neuen Berufes ließen Wolfgang wenig Muße für ein gründliches Studium jener Kronzeugen christlicher Mystik, und er vertröstete sich auf gelegenere Zeit. Als aber Elke dem Ruf an eine Münchner Bühne folgte und es Maxel auch nach München zurückzog, begann er zu erwägen, ob er sich nicht wieder im Schuldienst bewerben sollte. Fast fünf Jahre war er nun schon bei der Zeitung tätig. In dieser zwiespältigen Phase erreichte ihn ein Brief seines Jugendfreundes Deutschmann, der ihm ein Treffen vorschlug »auf halbem Wege«, in einer kleinen Stadt am Main.

Ernst Deutschmann und Wolfgang Horlitz hatten über den Suchdienst schon vor geraumer Zeit ihre Anschriften erfahren, aber zu einem Wiedersehen kam es erst in diesem Herbst, zweiundzwanzig Jahre nach der Inszenierung des ›Götz‹ auf Hafen-Meyers Freilichtbühne.

Deutschmann gehörte zu jenen Männern, die am Krieg, an der Gefangenschaft und an der Vertreibung aus der Heimat beruflich gescheitert waren – Kriegsversehrte, die nie entschädigt wurden. Sein Vater und sein Großvater waren Juristen gewesen mit eigenem Anwaltsbüro, und er selbst sollte diese Familientradition fortsetzen. Doch heute arbeitete er statt dessen als Korrespondent eines Steuerberaters. Neunzehnjährig war Deutschmann zum Militär gegangen, um so rasch wie möglich der leidigen Wehrpflicht zu genügen, aber erst nach vierzehn Jahren kam er aus russischer Gefangenschaft zurück. Acht Jahre hatte er in Rußland unter schwersten Bedingungen gearbeitet, »Reparationsleistungen erbracht«, wie er sagte, und bitter auflachend fügte er hinzu: »Überall sind sie schon wieder am Werk, die Erz- und Eisenschmiede aus Kains Geschlecht.« Als Deutschmann im Alter von dreiunddreißig Jahren aus der Gefangenschaft heimkehrte, waren die Eltern tot. Ein Kamerad aus dem russischen Lager hatte ihn fürs erste bei sich in Westdeutschland aufgenommen und ihm auch jene Stellung im Steuerbüro vermittelt. Kurz darauf heiratete er Gerda, eine Sekretärin des Büros.

Deutschmann hatte seine einstige Lebensschwungkraft verloren, das erkannte Wolfgang Horlitz sogleich. Eine Wiedersehensfreude war Deutschmann nicht anzumerken, und auf Erinnerungen, die Wolfgang vorbrachte, antwortete er mit sarkastischem Spott.

»Er meint es nicht so«, beschönigte Frau Gerda, »aber Sie kennen ihn ja, Herr Horlitz . . .«

Wolfgang erklärte jedoch, daß er ihn ganz anders kenne: wach, aufgeschlossen, den Kopf voller Pläne, hingerissen von seinen eigenen Ideen, gesellig und lustig.

Da senkte Frau Gerda den Blick und rührte bekümmert in ihrer Kaffeetasse.

Die Veranda des Restaurants bot den dreien Aussicht auf das träg fließende, graugelbe Wasser des Mains. Drüben, auf der anderen Uferseite, arbeiteten zwei Planierraupen, deren Lärmen herüberdrang.

»An der Oder war es heller«, sagte Wolfgang und wandte sich Frau Gerda zu.

»Oh, erzählen Sie mir von der Oder, bitte . . .«

Aber Deutschmann versicherte an Wolfgangs Stelle: »An der Oder gingen die Lampen aus, von Cosel bis Crossen – mehr bleibt nicht zu erzählen.«

»Ich habe immer die Hoffnung«, sagte Wolfgang, »Oderstedt einmal wiederzusehen: den Hafen und davor die große Oderschleife, die Buhnen am anderen Ufer, den weißen Treibsand vor den Weidenbüschen und dahinter den Eichenwald, den dunkelgrünen, kilometertiefen Odereichenwald . . .«

»Kranke Träume, Horlitz«, unterbrach ihn Deutschmann, »kranke Träume!« Und diese Redewendung – wie aus Roses Mund – ließ Wolfgang verstummen.

»Aber erzählen Sie doch weiter«, hörte er Frau Gerdas Stimme, »spielen Sie noch Klavier? Ich habe von Ihrer frühen Künstlerschaft als Gymnasiast erfahren.«

»Künstlertum«, korrigierte Deutschmann, und es kam kein gedeihliches Gespräch mehr auf.

So zog sich jeder auf sein Zimmer zurück, um etwas auszuruhen von der anstrengenden Herfahrt; zum Abend wollte man dann wieder beisammen sein.

»Also spielen Sie noch Klavier?« fragte Frau Gerda des Abends zum zweitenmal.

»Nein«, bekannte Wolfgang, seit Jahren spiele er nicht mehr; und er kaufe sich auch kein Instrument, weil er im voraus wisse, daß er die Zeit zum täglichen Üben nicht finden werde.

Deutschmann zeigte sich jetzt etwas zugänglicher. »Das verstehe ich nicht«, sagte er, »wie kann man eine solche Begabung so vernachlässigen. Was treibst du denn in deiner freien Zeit?«

»Ich studiere die Werke der großen Mystiker, Jakob Böhme zum Beispiel, den Görlitzer Meister.«

»Und das befriedigt dich?« fragte Deutschmann zweifelnd.

»Nicht immer«, sagte Wolfgang, »dieses Studium erfordert eine Hingabe, wie ich sie leider nicht mehr aufbringe.«

»Du bist der Mystik überdrüssig geworden?«

»Umgekehrt, Deutschmann, umgekehrt: die Mystik ist meiner überdrüssig geworden. Ich bin zu stark an den Alltag gebunden; Leistungswunsch und Zeitnot sind die Handschellen, die mich an diesen Alltag ketten, kraß gesagt . . .«

»Das verstehe ich nicht«, entgegnete Deutschmann wiederum und wandte sich an seine Frau, »verstehst du das?«

»Herr Horlitz wird es besser wissen«, antwortete sie und blickte mit einem Anflug von Ehrfurcht zu Wolfgang hin, als kenne er eine sehr geheimnisvolle, verborgene Welt.

Wolfgang wechselte das Thema, stellte die Gegenfrage nach Deutschmanns Liebhabereien und war überrascht, daß dieser sich ganz und gar der Musik verschrieben hatte, wenn auch »leider nur passiv«, wie er bedauernd erklärte.

»Das ist mein Element«, sagte Deutschmann, »die Musik trägt mich hinauf in eine wundenbetäubende Welt, in die Sphäre meines seelischen Friedens.«

»Wundenbetäubend oder wundenheilend?« fragte Wolfgang, und Deutschmann erwiderte, seine Worte seien mit Bedacht gewählt.

Da begriff Wolfgang, welcher Unterschied bei allem Gleichklang zwischen der Musik und der Mystik bestand. Seine Gedanken schweiften ab. Wer nur hatte neulich behauptet, daß Bachs h-Moll-Messe gleichsam ein mystisches Hosianna verkünde? Und plötzlich erinnerte er sich Jakob Böhmes, der auf dem Sterbebett fragte, ob die Umstehenden auch die schöne Musik hörten. Aber eine Musik, wie Jakob Böhme sie vernahm, besaß gewiß noch ganz anderen Klang, denn das »Tönen und Schallen in der himmlischen Freudenreich« beschrieb Böhme wohl einprägsam genug: »So du in dieser Welt viel tausenderlei Instrumenta und Saitenspiel zusammen brächtest und zögest sie alle aufs künstlichste ineinander und hättest die allerkünstlichsten Meister dazu, die sie trieben – so wäre es doch nur wie ein Hundegebell gegen den göttlichen Schall und Musica . . .«

»Du«, rief Deutschmann und lächelte sogar, »meine Frau fragt dich etwas.«

Wolfgang bat um Entschuldigung, er sei unversehens ins Nachsinnen geraten. Also, wie bitte: Ob er das Konzertprogramm lesen wolle? Natürlich, sehr gern! So, so, Familie Deutschmann sei gestern abend noch in einem Kammerkonzert gewesen?

Frau Gerda öffnete ihr Handtäschchen, zog ein zusammengefaltetes Blatt Papier hervor und legte es geglättet vor Wolfgang auf den Tisch.

»Hervorragend gespielt«, bestätigte Deutschmann.

Wolfgang warf einen prüfenden Blick auf das Programm, und jäh fuhr ihm ein heller Schreck ins Herz. Gütiger Himmel, da stand ihr Name: Rebekka Michaeli-Seidenberg . . .

Wolfgang zog das Programm vom Tisch. Es zitterte ein wenig in seiner Hand, als er unablässig auf die Namen der drei Künstler starrte:

Menachem Michaeli, Klavier
Rebekka Michaeli-Seidenberg, Violine
Hanna Michaeli, Violoncello

»Kennst du das Trio?« fragte Deutschmann und deutete auf das Programm.

Wolfgang zögerte eine Sekunde, dann hatte er sich entschlossen, Deutschmann nicht an Rebekka Seidenberg aus Oderstedt zu erinnern, er fürchtete ein sarkastisches Wort. »Gestern abend hat das Michaeli-Trio bei euch gastiert?« fragte er zurück und verbarg seine Erregung. »Rebekka und Hanna Michaeli sind vielleicht Mutter und Tochter?«

»Bestimmt«, sagte Deutschmann, »die Cellistin ist sehr jung, siebzehn oder achtzehn höchstens ...«

Dann sprachen sie nur noch vom Konzert. Wolfgang hatte ständig neue Fragen, und Deutschmann lebte zusehends auf. Wolfgang bestellte vom besten Wein, drei Flaschen waren es schließlich; und so fügte sich am Ende alles zu einem doch noch fast fröhlichen Wiedersehen.

Die Tourneestationen des Michaeli-Trios hatte Wolfgang Horlitz über eine Konzertagentur erfahren. Vierzehn Tage nach dem Zusammentreffen mit Deutschmann saß er in der zweiten Reihe des ›Kleinen Konzertsaals‹ einer Kurstadt und erwartete mit atembeklemmender Spannung den Auftritt Rebekkas. Wolfgang war viel zu früh gekommen, wie damals in Frankfurt an der Oder, als Elke die Pippa tanzte. Aber heute erwies sich die seelische Gespanntheit als ungleich stärker. Alle möglichen Fragen hatte er wohl hundertmal erwogen und bei sich beantwortet: Wie würde Rebekka aussehen? Sollte er sich zu erkennen geben? Aber auf welche Weise zu erkennen geben, durch einen Blumengruß mit Karte? Durch lautes Applaudieren, aufstehend vom Sitz? Oder sollte er nicht lieber ihr Hotel anrufen, sie ans Telefon bitten lassen – nach dem Konzert oder morgen früh? Wie konnte er vermeiden, daß ihr Mann etwas von seiner, Wolfgangs, Gegenwart erfuhr? Hätte er doch seinem ersten Impuls nachgegeben und sich dabei ungeniert dem Anschein einer gewissen primanerhaften Theatralik ausgesetzt, dann hätte er einen Rosenstrauß in Rebekkas Hotel geschickt und auf einer Karte dazu geschrieben: »Spiel mir das Hohelied Salomonis, heute abend.« Unverfänglich, aber unfehlbar wäre diese wunderlich klingende Bitte zu einem alleinigen Zeichen für Rebekka geworden. Wiederum: hätte er Rebekka eine derart verwirrende Überraschung zumuten dürfen, kurz vor einem Konzert? Wie sensibel sind Künstler in solchem Fall? Würde die Konzentration nicht verlorengehen, innere Unruhe die Darbietung mindern? Vielleicht war er aber auch allzu vorsichtig, zu ängstlich sogar! Wenn er in der Pause einfach in Rebekkas Garderobe ging... Doch bei diesem Gedanken verließ ihn der Mut. Wieviel mehr Courage hatte er als Student besessen! Angenommen, er würde in der Pause tatsächlich in Rebekkas Garderobe gehen, vielleicht fügte sich alles ganz harmlos? Aber es konnte auch eine Enttäuschung werden, und in Wolfgangs Phantasie entstand ein bedrängendes Bild: Er betrat die Garderobe, sah in die fremd blickenden Augen Rebekkas, nannte seinen Namen und hörte als Antwort: »Ach, Sie sind Herr Horlitz aus Oderstedt? Richtig, ich entsinne mich. Wenn ich vorstellen darf: mein Mann, meine Tochter... Also, das freut mich, Herr Horlitz, daß Sie unser Konzert besuchen. Aber da fällt mir ein – warten Sie mal – haben wir nicht früher in Oderstedt zusammen musiziert, oder war das ein anderer Herr? Es tut mir leid, Sie müssen mir helfen, ich weiß es wirklich nicht mehr...«

Das Klingelzeichen hatte Wolfgang überhört, denn plötzlich klang der Beifall auf, und Rebekka und ihre Partner betraten das Podium.

Ihm war, als ob er träumte: da stand sie nur wenige Schritte vor ihm, verneigte sich lächelnd und nahm ihren Platz ein, um die Geige zu stimmen.

Wolfgang Horlitz mochte den Eindruck eines Entrückten erwecken. Er nahm den Einsatz der Instrumente kaum wahr, Beethovens ›Großes Trio‹ in B-Dur erreichte sein Bewußtsein in keiner Phase, er spürte seinen Körper nicht mehr und verlor sich in der Empfindung, er stünde dicht hinter Rebekka und bewunderte den eleganten Tanz der feinnervigen Finger. Erst während der Pause erinnerte sich Wolfgang seiner ursprünglichen Fragen; doch er vermochte nicht zu entscheiden, ob Rebekka gealtert oder noch immer jung aussah, ob ihre Tochter Ähnlichkeit mit ihr besaß, ob ihr Mann sympathisch wirkte...

Nein, Wolfgang würde sich nicht zu erkennen geben! Und zur Bestätigung seines Entschlusses betrachtete er im Garderobenspiegel der Vorhalle noch einmal sein Haar: Rebekkas Traum stand noch nicht zur Erfüllung, grau war sein Haar heute noch nicht.

Aber ein Zeichen hätte er Rebekka gern übermittelt, irgendein Zeichen, daß er in ihrem Konzert gewesen; es würde sich ein Weg finden, bestimmt.

Nach der Pause fesselte ihn Rebekkas Gegenwart noch immer viel zu stark, als daß er sich Mozarts Trio hätte unbeirrt widmen können. Die Tochter, das verriet ihm ein Seitenblick, hatte keine Ähnlichkeit mit Rebekka. Und Rebekkas Mann? Er wirkte sympathisch und hatte auch das graue Haar, auf das Wolfgang gewiß noch zehn weitere Jahre warten mußte. Den Abschluß des Konzertes bildete Schuberts nachgelassenes Werk, das Notturno in Es.

Als die Künstler ihre Plätze wieder eingenommen hatten, spürte Wolfgang plötzlich Rebekkas Blick. Sie hatte sich dem Publikum flüchtig zugewandt und ihre dunklen Augen unversehens auf Wolfgang gerichtet; da hielt ein seltsamer Zauber die Augenpaare aneinander fest, viel zu lange für einen flüchtigen Blick in das Publikum. Fast unwillig über sich selbst wandte Rebekka den Kopf zurück, um kurz vor dem Klaviereinsatz ihres Mannes noch einmal Wolfgangs Augen zu streifen wie unter magnetischer Kraft. Hatten ihre Seelen sich erkannt, ohne daß Rebekka sich dessen bewußt war? Wolfgang glaubte es ohne Vorbehalt.

Das Notturno – adagio, alla breve – in der Schönheit seiner verhalten singenden Melodie, mit dem jähen Jubelschwung hinauf in eine hell erstrahlende Sphäre, von Violine und Kla-

vier in genialem Doppelspiel erreicht, wurde zum musika-
lischen Wiederklang der heimlichen Begegnung beider Augenpaare, dem Erkennen und Sichberühren zweier engverwand-
ter Seelen.

Als Wolfgang Horlitz nach dem Konzert sein Hotel auf-
suchte, hatte er eine treffliche Idee. Er würde für die örtliche
Zeitung einen Konzertbericht schreiben und diesen mit seinem
vollen Namen unterzeichnen. Dann, wenn sie die Kritiken
las, würde Rebekka vielleicht ahnen, wer ihr Konzert besucht
hatte, wer der Mann in der dritten Parkettreihe war, dem
ihre Augen zweimal begegneten ...

Aber die fremde Zeitung lehnte Wolfgangs Angebot ab.

14

Die Schule ist aus in Weiersroth. Achtundvierzig Buben und
Mädchen stürmen die Treppe hinunter ins Freie, mit Hallo
und Jubelruf, denn zum ersten Male in diesem Jahr fallen
dicke Schneeflocken.

Wolfgang Horlitz schließt die Schublade des Lehrerpultes,
öffnet ein Fenster, stellt ein paar Stühle hinter den Schul-
tischen zurecht, atmet erleichtert auf, denkt, welch himmlische
Ruhe solch ein Klassenzimmer doch beherbergen kann – dann
zieht er den Mantel an, greift zum Hut und verläßt seine
ländliche Schule.

Die Dienstwohnung, ein weißverputzter Neubau mit hellbraunen Fensterläden, liegt gleich gegenüber, wenige Schritte
hinter dem Schulhof. Aber Horlitz sieht nur rasch in den
Briefkasten, drückt den Hut tiefer in die Stirn und nimmt
den Weg ins Dorf. Im Gasthaus Zur Blauen Traube erwartet
man den Herrn Lehrer täglich zum Mittagstisch.

Kaum hat er seinen Stammplatz eingenommen, trägt die bäuerliche Wirtin die Suppe auf, und während Wolfgang Horlitz den halbgefüllten Löffel vorsichtig zum Munde führt, beginnt sie, ihm gegenüberstehend, wie jedesmal das Tischgespräch: »Jetzt kriege wir Schnee, Herr Lehrer, das ist gut für die Saat; alleweil kann der Frost komme.«

»Heiß ist Ihre Suppe, Frau Ohl . . .«

»Gut, daß es gestern noch nit geschneit hat; gell, Herr Lehrer?«

Wolfgang legt den Löffel neben den Teller und bestellt sich ein Glas Bier. Die Wirtin wendet sich behäbig zur Theke, zapft ein Glas voll, streift mit einem Holzlöffel den Schaum ab, zapft ein bißchen nach, stellt das Bier neben Wolfgangs Suppenteller, sagt »Wohl bekomm's!« und setzt das Tischgespräch fort:

»Die Gäst vom Herrn Lehrer waren ja arg spät, gestern nacht. Wenn's so geschneit hätt wie alleweil, wär ja kein Mensch mit dem Auto vom Schulhof fortkomme, gell, Herr Lehrer?«

»Ei ja«, erwidert Horlitz und nimmt einen tiefen Schluck vom Bier.

Die Wirtin muß in der Küche nach dem Essen sehen, sie beeilt sich augenfällig. Wolfgang denkt an seine Gäste. Ja, es war spät gestern nacht, aber diese Abende mit den Nachbarkollegen – sie trafen einander jede Woche reihum – hatten immer etwas Belebendes für ihn. Besonders die Offenheit der Kollegen machte ihm Eindruck, bei Gesprächen über die Einklassige Schule, bei Diskussionen zur beruflichen Haltung, bei Protesten gegen die Ungleichheit der Bildungschancen von Stadt- und Landkind. Aber es wurde nicht nur vom Fach gesprochen, Musik und Literatur waren beliebte Themen, und auch an Witz und Heiterkeit fehlte es nicht.

Wolfgang hatte in den vorangegangenen Jahren, nach seinem Berufswechsel zur Zeitung, wenig Gelegenheit gehabt, solche

Geselligkeiten zu pflegen; fast ständig hing die Terminnot an seinen Fersen, und nur selten erlaubte die Zeit ein paar Muße-stunden bei einem Glas Wein mit seinem Freund Helmut Zöllner ...

Die Wirtin kommt mit rotem Gesicht aus der Küche zurück. Auf einem dreigeteilten ovalen Teller – dickes Porzellan – trägt sie die abgemessene Hauptmahlzeit herbei: Fleisch, Kartoffeln, Grünkohl.

»Der Herr Lehrer hat bestimmt Geburtstag gefeiert – was die Kinder so sage«, setzt sie ihr Schwätzchen fort.

»Nun ja, Frau Ohl, warum nicht?«

»Um vier Uhr morgens sind die letzte Gäst erst heimgefahre, gell? Die Dame habe so laut gelacht, mein Mann hat's bis herüber gehört. Wisse Sie, Herr Lehrer, der Heinrich ist meistens schon um vier Uhr auf.«

Wolfgang probiert von neuem die Suppe. »Ah, jetzt ist die Suppe recht. Sehr gut, Frau Ohl, schmeckt vorzüglich«, sagt er ablenkend.

Aber die Wirtin läßt nicht locker. »Der Herr Lehrer hat sicher sein Fünfzigsten gefeiert, drum die viele Gäst?« fragt sie herausfordernd.

»Den Sechzigsten, Frau Ohl«, bemerkt Horlitz trocken.

»Ach na, Herr Lehrer, jetzt wolle Sie mich wieder necke! Kei fünfzig Jahr ist der Herr Lehrer alt, hab ich gestern erst zu mei'm Heinrich gesagt; so vierzig vielleicht oder höchstens fünfundvierzig?«

Wolfgang droht scherzhaft mit dem Suppenlöffel und sagt verschmitzt: »Sie raten nicht übel, Frau Ohl, Sie raten nicht übel.«

Die Wirtin stemmt die Fäuste in die Hüfte, neigt den Kopf etwas zur Seite, dämpft die Stimme und versichert mit neu-gieriger Erwartung: »So mit vierzig muß ein Mann aber heirate, sagt mein Heinrich immer, sonst wird's zu spät ...«

Die Schelle oberhalb der Gaststubentür schlägt an, zwei fremde Handwerker betreten die Wirtsstube und fordern Schnaps und Bier. Die Wirtin hebt die Schultern zu Wolfgang hin, lächelt bedauernd, sagt: »Nix für ungut, Herr Lehrer«, und somit ist das Tischgespräch für heute beendet.

Als Wolfgang Horlitz die Blaue Traube verließ, begegnete ihm der alte Steiner mit der Post.

»Hab ich etwas dabei, Herr Steiner? Sie ersparen sich den Weg bis hinauf zur Schule . . .«

Der alte Mann kramte umständlich in seiner schwarzen Ledertasche und zog einen Brief, dann eine Karte und eine Zeitung für ihn hervor.

»Danke, Herr Steiner«, rief Wolfgang und stürmte seiner Wohnung zu. Der Brief von Zöllner war da, endlich!

Die Dienstwohnung des Weiersrother Lehrers umfaßte fünf Zimmer, Küche, Bad, Garage, drei Kellerräume, Speicher und Wäscheboden. Zunächst waren die Weiersrother bitter enttäuscht, als vor Jahresfrist ein alleinstehender Lehrer ihre neuerstellte Dienstwohnung bezog und nicht eine große Lehrerfamilie. Doch die Zeit des Landlehrers war schon vorbei. Auch die Meister der Pädagogik drängten zur Stadt, und zu guter Letzt war man in Weiersroth froh, überhaupt einen Lehrer im Ort zu haben, und hoffte, wie die Ehefrau des Gemeinderatsmitgliedes Heinrich Ohl oft genug angedeutet hatte, der neue Lehrer werde die gewünschte Familie noch gründen; nur – das war die einhellige Meinung – er sollte nicht mehr zu lange damit warten, zumal die Tochter des Bürgermeisters, eine kinderlose Kriegerwitwe, auch bereits das vierzigste Jahr erreichte. Wolfgang aber schien diese dörflichen Voranschläge gar nicht zu bemerken; nur die unverhohlene Neugier seiner Tischwirtin bereitete ihm heimliches Vergnügen, ohne daß er ihren Hintergedanken jemals bei sich erwog.

Jetzt schloß Wolfgang Horlitz die Haustür auf, in der Diele legte er Hut und Mantel ab, dann ging er rasch in das Studierzimmer, um gespannt den Brief seines Freundes zu öffnen. Zöllner schrieb wie immer sehr ausführlich, aber wie immer brachte er das Wesentliche im ersten Satz.

Wolfgang ließ den Brief auf die Knie sinken, lehnte sich weit im Sessel zurück und genoß, in den wirbelnden Schnee hinausschauend, die vorausgeahnte Freude: Helmut Zöllner, der einstige Redaktionskollege, der unvergleichliche, hatte das Manuskript des Gerich Seidenberg entdeckt.

Seltsam genug war das Vorspiel.

Horlitz hatte mit seiner Klasse eine Weinkellerei besichtigt. Im langgestreckten Kellergewölbe, wo Tausende von Weinflaschen in den Holzregalen lagerten und der Kellermeister erläuternd diese und jene berühmte Weinsorte mit Namen nannte, hörte Wolfgang Horlitz plötzlich einen verblüffenden Gleichklang heraus mit dem Namen ›Seidenberg‹. Im selben Augenblick kam ihm der Gedanke, das verloren geglaubte Manuskript könne im Archivkeller eines Verlagsgebäudes ebenso unauffällig lagern wie hierorts eine bestimmte Weinflasche. So schrieb er an den Freund und bat ihn, seine Verbindungen zu nützen und persönlich nach dem Rechten zu sehen; und Helmut Zöllner hatte Erfolg.

»Endlich, nach zwanzig Jahren«, sagte Wolfgang vor sich hin, »endlich nach zwanzig Jahren . . .«

Das Telefon schrillte, doch Wolfgang hob den Hörer nicht ab. Vermutlich wollte ihn der Bürgermeister sprechen, der rief immer zu ungelegener Stunde an. Aber heute mochte er sich gedulden. Wolfgang wartete, bis die Klingelei abbrach, dann las er Zöllners Brief zu Ende. Da gab es jedoch eine unerwartete Formalität. Der neue Verlag, der die Rechte vom ehemaligen Verlag des Baron von Mallwitz übernommen hatte und in dessen Archiv verschiedene ›herrenlose‹ Manuskripte verschlossen lagen, durfte die Chronik des Gerich Seidenberg nicht an jedermann aushändigen. Roses Einwilligung mußte zuvor erbracht werden, wie Zöllner schrieb, denn im Manuskript befand sich eine notariell beglaubigte Urkunde, die alle Rechte an der Chronik im Todesfalle des Verfassers auf dessen Tochter Roswitha von Mallwitz übertrug.

Wolfgangs Freude über die gute Nachricht wurde getrübt. Also mußte er doch wieder mit Rose in Verbindung treten, mußte ihr zumindest schreiben; dabei war es beschworene Sache, einander nie mehr zu begegnen, in keiner Form. Wolfgang legte den Brief neben sich auf den Tisch, warf einen Blick auf die Ansichtskarte, die er mit gleicher Post bekommen hatte, und las Deutschmanns verspäteten Geburtstagsgruß. Eigentlich war aber auch dieses Band wieder zerschnitten, und nur zu den Geburtstagen würden sie künftig noch ein Lebenszeichen tauschen.

Wie lange – Wolfgang rechnete nach – hatte er Rose nicht gesehen? Sieben Jahre wurden es im Sommer. Die unglückselige Szene tat sich sogleich vor ihm auf, doch er verdrängte rasch all die wartenden Bilder und griff zur Tageszeitung.

Er konnte sich aber nicht sammeln, und sein Blick glitt nur flüchtig über die altbekannten Sparten ›Kultur‹ und ›Sport‹. Wie gut, daß er in den Schuldienst zurückgekehrt war. Ohne Maxel hatte er zuletzt an der Zeitung nicht mehr viel bewirkt. Die Konkurrenz war immer stärker geworden, und der neue Redaktionschef war ihm als ›Berufsfremdem‹ nicht sehr gewogen. Hatte er, Wolfgang, auch viel gelernt, die Berichterstattung von der Pike auf, so fühlte er sich doch glücklicher jetzt in Weiersroth, in seinem Beruf als Lehrer. Natürlich forderte auch diese Schule seine ganze Kraft; beinahe fünfzig Kinder aller Jahrgänge in einem Klassenraum gemeinsam zu unterrichten, das war harte Männerarbeit. Sein Großvater am Reihersee hatte das gewiß auch erfahren. Nur die gelassene Heiterkeit, die der Großvater jederzeit ausstrahlte, mochte in seiner Umgebung den falschen Eindruck erweckt haben, der Lehrerberuf sei für ihn eine Art Kinderspiel. Zudem hatte Wolfgang, als er einst entschlossen war, in die Fußstapfen des Großvaters zu treten, weniger die Schularbeit als die Romantik des Reihersees vor seinen Knabenaugen gehabt: den Bootssteg, die Angel, das Nest des Haubentauchers im Schilf ...

Wolfgang lächelte vor sich hin, legte die Zeitung beiseite, wollte aufstehen – da ging die Wohnzimmertür vorsichtig auf, und Färbers Heinz trat zaghaft näher. Unter guten Freunden im Dorf war das Anklopfen nicht üblich, man ging beim Nachbarn aus und ein wie ein Familienglied. Deshalb stand auch Färbers Heinz ganz unvermittelt vor seinem Lehrer.

»Herr Lehrer, ich bring die Wurstsuppe und die Strafarbeit.« Der neunjährige Heinz mit dem frischen Gesicht und dem borstigen schwarzen Haar versuchte sich nach bestem Können in der hochdeutschen Sprache.

»Strafarbeit?« fragte Horlitz mit barschem Unterton, dabei einen Schalk in den Augen, »Strafarbeit?«

»Ich hab das Rechnen nachgemacht«, verbesserte sich der Heinz. Er gehörte zu Wolfgangs ›Musterschülern‹, war jeder Hausaufgabe bitter feind, konnte aber bereits den Traktor fahren wie die großen Bauern und besaß auch deren pfiffige Schläue. »Die Mama schickt die Wurstsuppe«, ergänzte er rasch, »wir haben geschlacht.« Dann stellte er die randvolle Zweiliter-Kanne auf Wolfgangs Teppich und reichte ihm, schon sieggewisser, das Rechenheft zu.

»Warum bringst du denn das Heft nicht mit zur Schule?« fragte Horlitz und stellte den Jungen damit auf die Probe. Färbers Heinz lächelte verlegen, trat mit dem rechten Fuß zwei-dreimal auf den Boden, stotterte ein wenig und gab die Erklärung diesmal in seiner mundartlichen Umgangssprache.

»Die Mama hat gesagt, Heinzche, hat die Mama gesagt, gell, bring dem Schullehrer hurtig die Metzelsupp. Da hun ich gedocht, alleweil nehm ich die Strofarbeit gleich met . . .«

Horlitz lachte seinem ›Musterschüler‹ zu, nahm das Heft entgegen, trug mit dem Jungen die Kanne in die Küche – was sollte er bloß wieder mit zwei Liter Wurstsuppe anfangen? –, ließ sich von Heinzchens geplanter Rodelfahrt berichten, schenkte ihm einen Riegel Schokolade, verabschiedete ihn mit einem Dank an die Mutter, und wie ein Pfeil flog Färbers Heinz davon.

Wolfgang sah ihm nach, bis er hinter Ruperts Scheune verschwand. Mit einemmal gewahrte Wolfgang zwingend die Fußspuren des Jungen auf Ruperts verschneitem Weidestück; da wechselte das Bild, glitt fünfzehn Jahre zurück, und vor ihm lag die eigene Spur auf der einsamen Pappelallee von Altweiden.

Und wieder schrillte das Telefon. Der Bürgermeister gab keine Ruhe.

»Hier Schule Weiersroth . . .«

»Bist du es, Wolfgang?« Er hörte eine leise Frauenstimme. »Hier ist Rose.«

»Rose, du?« rief er erstaunt. »Von wo aus sprichst du denn?«

»Von zu Hause. Ich hab es vorhin schon einmal versucht. Elke hat mir deine Nummer gegeben, sie ist schon hier. Du, Wolfgang, der Salmuth ist tot . . .« Sie sagte nicht, ihr Mann sei gestorben, sie sagte, als rede sie nur von einem gemeinsamen Bekannten: »Der Salmuth ist tot.«

Wolfgang blieb stumm. Das Beileid auszusprechen, schien ihm wie eine Heuchelei.

Rose war sich dessen vielleicht bewußt, sie duldete die Gesprächspause und sagte dann nur: »Die Trauerfeier ist übermorgen um vierzehn Uhr.«

In ihrer Mitteilung meinte Wolfgang eine Bitte zu hören, und er sagte, er werde kommen. Sonst wurde kein Wort gewechselt. Beide legten gleichzeitig den Hörer auf.

Am nächsten Morgen, die Kinder warteten schon in der Vorhalle der Schule, rief Wolfgang Horlitz das Schulamt an und bat um Urlaub. Der Schulrat lehnte ab, eine Dienstbefreiung werde laut Vorschrift nur bei Todesfällen Verwandter ersten Grades erteilt. Wolfgang dankte für die Auskunft und erinnerte sich, wie ›Dienstgründe‹ ihn stets von Beisetzungsfeiern fernhielten: Iskender war ohne ihn bestattet worden und der Vater auch. Dann schickte Horlitz die Kinder heim – für drei Tage –, ließ seinen Wagen an und fuhr in Richtung Autobahn davon.

Unterwegs setzte das Schneetreiben wieder ein. Er hätte lieber zum Frankfurter Flughafen fahren und einen Flugplatz buchen sollen, trotz seiner kriegsererbten Abneigung gegen die Fliegerei.

Elke war sicherlich mit dem Flugzeug zu Rose gereist, sonst wäre sie von München aus noch nicht dort. Ob Elkes Mann auch zur Beerdigung gekommen war? Da hatte sie nun immer gegen den Heiratsantrag kokettiert, und schließlich war sie doch Maxels Frau geworden.

Wie der Mensch dort bei diesem Schneetreiben überholt! Schleudert förmlich vor ihm in die Fahrbahn. Er, Wolfgang, hätte doch ein Flugzeug nehmen sollen.

Sonderbar, in der letzten Nacht meldete sich seit langer Zeit wieder der makabre Traum: Auf dem Feldflughafen von Saloniki jagten ihn die gespenstischen Maschinen über das Rollfeld, und auf dem Rumpf der mittleren Maschine hockte Eckehart Salmuth mit angewinkelten Knien, als ritte er ein sattelloses Pferd.

Ein spiritistisches Medium würde sagen: Ja, ja, so kommen sie, die von drüben! Die wollen mit uns korrespondieren, Herr Horlitz ...

Aber sein makabrer Traum heute nacht hatte bestimmt eine psychologische Ursache. Roses überraschender Anruf und die Todesnachricht hatten vermutlich das Unterbewußtsein belebt; oder hatte das Gewissen noch einmal aus dem Unterbewußtsein gesprochen?

Ob Salmuth an ein Fortleben nach dem Tod geglaubt hatte? Man sollte das eigentlich von seinen Bekannten wissen, man sollte sie fragen.

Christus jedenfalls spricht von einem Fortleben, aber er spricht von einem zweigeteilten Jenseits: eine ›große Kluft‹ trennt Lazarus von dem reichen Manne. Und die berühmte Stelle aus dem Philipperbrief kam Wolfgang in den Sinn: daß im Namen Jesu sich beugen sollen alle Knie derer, die im Himmel, auf Erden und in der Unterwelt sind.

Ein dreifaches Leben also gab es, wie auch Jakob Böhme schrieb.

Von Iskender hatte er nie geträumt; und wie oft hatte er das ersehnt! Auf welcher Seite der ›großen Kluft‹ mochte Iskender weilen? Und ob es das gab, Wiedersehen nach dem Tod? Ein Wiedersehen von der irdischen Erfahrung her: man begrüßt und umarmt sich und empfindet dabei eine Wiedersehensfreude über alles Maß? Aber vielleicht ist das Wiedersehen in jenen anderen Dimensionen nicht mit irdischer Elle zu messen, dann jedoch reicht unsere Phantasie nicht aus, uns ein solches Wiedersehen vorzustellen.

Wie wenig er von Salmuth wußte! Und trotzdem fuhr er zu seiner Beerdigung. Wenn Wolfgang sich's recht bedachte, er hätte daheim in der Schule bleiben sollen. Rose hätte er ja später irgendwann besuchen können, im Frühjahr oder im Sommer; und um das Manuskript der Seidenberg-Chronik, um die Vollmacht für den Verlag, hätte er schriftlich gebeten. Die Liebe zu Rose war doch inzwischen verstummt oder getilgt – oder umgestellt wie die beiden Lichter in der Kabbala?

Zumindest empfand er es so seit dem Kammerkonzert, als er Rebekka wiedersah ...

Im turmbewehrten Haus aus gelbem Klinkerstein wurde Wolfgang Horlitz unerwartet freundlich empfangen. Rose schob ihren Arm unter den seinen und führte ihn in das Verandazimmer. Hier erlebte er die Familie von Mallwitz zum ersten Male vereint: Elke, Rose und die beiden ›Kleinen‹, also Rudolf und Isa, den Ingenieur und die Lehrerin.

Rose stellte Wolfgang vor als den »vielbesungenen Freund der Familie, den Zwillingsbruder des Junkers Seidenberg«. Rudolf und Isa – sie kannten Wolfgang noch nicht – bestätigten sogleich die »erstaunliche Ähnlichkeit mit ›Papas Lieblingssohn‹«, wie sie den porträtierten Junker scherzhaft nannten. Wolfgang indessen nahm die Gelegenheit wahr, den vier Geschwistern sowohl von der Wiederentdeckung des Seidenberg-Manuskriptes zu berichten als auch von der einstigen Zusicherung des Barons, ihm, Wolfgang, das erste gedruckte Exemplar zu überlassen. Man habe damals gemeinsam die Parallelen aufspüren wollen, die sich vermutlich im Lebenslauf der zeitlich so weit getrennten ›Zwillingsbrüder‹ nachweisen ließen.

Auf Wolfgangs Erklärung hin wurde einstimmig beschlossen, Rose sollte das Manuskript vom Verlag zurückfordern und Wolfgang auf Familienkosten eine Fotokopie der Chronik herstellen lassen.

Die Wiedersehensfreude der Geschwister Mallwitz erweckte den Anschein, man befinde sich auf einer Geburtstagsfeier und nicht in einem Trauerhaus. Elke erzählte unbekümmert lustige Episoden aus den »herrlichen Tagen von Altweiden«, reichte dazu alte Fotografien herum, und schließlich fühlte auch Wolfgang sich angeregt von solcher Stimmung und berichtete – zur Erheiterung aller Familienglieder –, wie er sich während eines Fronturlaubs heimlich nach Altweiden aufgemacht und

Rose, aus Furcht vor Salmuth, im Schutz eines Fliederstrauches erwartet habe. Aber von seinem letzten Besuch, fast auf den Tag vor fünfzehn Jahren, verriet er nichts.

Später sprach man dann doch noch von Salmuth und versicherte einander, wie tapfer sein Herz gewesen sei und wie bewundernswert seine Haltung in Krankheit und Unglück.

Als Wolfgang sich verabschiedete, um das Hotelzimmer aufzusuchen, bat Rose um ein bißchen Geduld; sie wolle ihn ein Stück begleiten.

Bald kam sie in Stiefeln und Pelzmantel in das Verandazimmer zurück.

»Also, wenn es dir recht ist, können wir aufbrechen«, sagte sie scheinbar leichthin.

Vor dem Haus hakte sich Rose bei ihm ein und schlug vor: »Wir bummeln ein wenig um das Viertel da drüben. Die Straßen dort sind verhältnismäßig dunkel, man erkennt mich dann nicht so schnell . . .«

Sie schritten langsam den Bürgersteig entlang, zwischen den niedrigen Gartenmauern der angrenzenden Häuser und dem langgestreckten Wall des Räumschnees am Straßenrand; sie begegneten keinem Menschen und konnten daher ungestört nebeneinander gehen.

»Zur Beerdigung morgen wird ein gewisser Doktor Frywald bei uns sein; er ist Internist und hat sich in letzter Zeit viel um Eckehart gekümmert . . .«

Rose wartete auf eine Frage, doch als Wolfgang schwieg, fuhr sie fort: »Ich bin dir, glaube ich, eine Erklärung schuldig. Doktor Frywald wird im Frühjahr ein Sanatorium in der Heide übernehmen, und ich werde mit ihm zusammen arbeiten. Meine Praxis gebe ich auf . . .«

»Und was halten deine Geschwister davon?«

»Sie wissen noch nichts, aber dir wollte ich es heute schon sagen.«

»Du hast nicht nur ein berufliches Interesse an Doktor Frywald?«

»Unsere Zusammenarbeit ist beschlossene Sache. Ja, sie beruht auch auf gegenseitiger Sympathie.«

»Also habe ich meinen Schwur vor sieben Jahren umsonst geleistet«, fragte Wolfgang, »und ich hätte schon eher einmal kommen dürfen?«

»Es war besser, daß du nicht kamst...«, sagte Rose und ließ ihre Stimme und die Begründung in der Schwebe. Dann fuhr sie etwas überhastet fort: »Aber es ist treu von dir, daß du zu Salmuths Beerdigung kamst. Du bist doch der einzige außer uns Geschwistern, der Eckehart noch von Altweiden her kannte, und du hast Papa gekannt und Klaus... Deshalb habe ich dich angerufen.«

»Wie lange ist das her?« sagte Wolfgang, und der Gedanke an diesen Doktor Frywald entfachte nun doch ein bißchen Eifersucht in ihm. »Fünfzehn Jahre oder hundert Jahre? Ich habe die Zeit vergessen. Ich sehe uns nur, wie jetzt, im hohen Schnee und höre eine heisere Mädchenstimme: ›Ein kranker Traum, Wolfgang Horlitz, ein kranker Traum!‹«

»Der Traum vom Reihersee«, sagte sie und erwiderte ausweichend: »Ja, ich habe oft an unser Gespräch im Boot gedacht, als Ärztin besonders. Weißt du noch: Wie kommt man glücklich hinüber? Glücklich – wie Gerich Seidenberg...«

Da war das Zwiegespräch zu Ende. Schweigend schritten sie zurück zum turmbewehrten Haus. Wolfgangs Gedanken suchten nur noch den ›Zwillingsbruder‹. Verhalten blieb der Abschied am Gartentor. –

Die Trauerrede am Grabe Eckehart Salmuths störte ein eiskalter Wind. Der Pfarrer faßte sich deshalb kurz und sprach vorweg über das, was dem Verstorbenen zu Lebzeiten widerfuhr. Dies allerdings war in Salmuths Falle trostlos genug und recht geeignet, ein spätes Mitgefühl zu erwecken. Die

Fahrt im Rollstuhl – vom Strand der Oder bis in die hart-
gefrorene Erde Niedersachsens – glich einer Schicksalsreise
ohne Beispiel.

Was mochte dieser Mann in seiner Seele gelitten haben? Wolfgang stellte sich diese Frage erst jetzt, als man den Sarg zur
Grube hinabließ. Hätte er, Wolfgang, nicht versuchen sollen,
Salmuths Freund zu werden, anstatt Rose einen verjährenden
Schwur zu liefern? Vielleicht hätte er ihn hinführen können in
eine Welt des Geistes, die keine Kenntnis davon nimmt, ob
jemand im Rollstuhl sitzt oder nicht, weil irdische Maßstäbe
dort nichts gelten. Vielleicht aber wäre Salmuth auch mißtrauisch geworden, hätte geargwöhnt, hier wolle ihn jemand
mit ›schönen Ideen‹ vertrösten, weil ein so kranker Mensch im
irdischen Leben nichts zu bestellen habe. Zumindest hätte er,
Wolfgang, sehr behutsam vorgehen müssen, um nicht den Anschein eines leidigen Bekehrenwollens zu erwecken. Aber
vielleicht hatte Salmuth längst eine feste seelische Zuflucht besessen, wie konnte er annehmen, Salmuth habe sie nicht?
Wolfgangs Gedanken wurden unterbrochen.

Die Trauerfeier war vorüber, der Geistliche kam auf Rose zu,
sprach ihr und ihren Geschwistern seine Teilnahme aus und
schloß Wolfgang Horlitz mit ein, als gehöre er zur Familie.

Unter den Trauergästen befand sich auch Doktor Frywald.
Mit hochgeschlagenem Pelzkragen stand er, groß und schlank,
auf der anderen Seite des Grabes, verließ aber vorzeitig den
Friedhof, unmittelbar nach dem Schlußgebet. Auf dem Park-
platz vor dem Kirchhof wartete Doktor Frywald auf Rose;
so war es abgesprochen, und hier auch wurde er den Geschwistern und Wolfgang Horlitz vorgestellt. In Roses Haus traf
man sich danach bei einer Tasse Tee.

Doktor Frywald mochte nach Wolfgangs Schätzung etwa
fünfundfünfzig Jahre alt sein. Er hielt sich taktvoll zurück
bei der geschwisterlichen Unterhaltung, die somit mehr und

mehr Familienthemen berührte und schließlich wieder in der Erinnerung an Altweiden mündete. Nur einmal gab es ein kurzes Zwiegespräch zwischen Doktor Frywald und Wolfgang Horlitz, das zugleich deutlich einen Unterschied ihrer Denkweise offenbarte.

»Sie schreiben ein Werk über Jakob Böhme, Herr Horlitz?«

»Ich bin erst bei der Vorarbeit, Herr Doktor Frywald, ich studiere jetzt seine Briefe.«

»War Böhme nicht ein Freund des schlesischen Adels?«

»Des schlesischen Adels und besonders der schlesischen Ärzte; jeden vierten Brief hat Jakob Böhme an einen befreundeten Arzt geschickt.«

»Ja, das war eine Epoche geistiger Unsicherheit, damals nach der Reformation; da suchten wohl noch viele.«

»Und heute leben wir im Zeitalter der geistigen Sicherheit?«

»Das will ich dahinstellen; aber die Medizin steckte damals in den Kinderschuhen. Und deshalb setzte man als Arzt wohl stärker auf die Hilfe von oben als auf die wissenschaftliche Forschung.«

»In den Kinderschuhen steckte vielleicht die Medizin, nicht jedoch der Arzt. Böhmes Freunde jedenfalls nicht, wie ihre Briefe ausweisen . . .«

Rose machte eine Geste, als wolle sie in dieses Gespräch eingreifen, dann aber atmete sie nur tief und lehnte sich mit einem kleinen Seufzer in ihren Sessel zurück. Abgespannt kauerte sie dort, und ihr Gesicht verriet zum erstenmal die Spuren beginnenden Alters.

Wolfgang lenkte ein. »Sie werden ein Sanatorium übernehmen, Herr Doktor Frywald?«

Der Arzt verstand ihn. »Ja«, bestätigte er, »aber ich bin erst bei der Vorarbeit wie Sie, Herr Horlitz. Und was das heißt, wissen wir wohl beide recht gut . . .«

Als Rose ihren Trauergast Wolfgang Horlitz zum Abschied

an das Gartentor begleitete, sagte sie wie entschuldigend: »Weißt du, Wolfgang, Eckeharts Tod hat mich tiefer bewegt, als du vielleicht ahnst; und mit meinen seelischen und physischen Kräften bin ich ziemlich am Ende. Ich mußte der Unterhaltung heute die Zügel schießen lassen, aber ich will dir gegenüber nichts beschönigen. Das Glück suche ich bei Doktor Frywald nicht, doch Geborgenheit; die Geborgenheit, Wolfgang, nachdem ich fast zwei Jahrzehnte alle Last auf eigener Schulter tragen mußte … Verstehst du mich?«

Wolfgang ergriff ihre Hand und erwiderte: »Elke hat einmal gesagt, du bist die Tapferste von uns allen; Elke hat sehr recht. Deshalb wünsche ich dir die Geborgenheit, die du suchst – und dazu auch ein bißchen Glück …«

»Wenn du mir's immer wünschen willst, heute und morgen, dann fügt sich's vielleicht …«

Sie blickten sich an, er sah Tränen in Roses Augen, aber sie lächelte ihm zu bei diesem letzten Händedruck.

Als Wolfgang Horlitz sein Hotel erreichte, war es beinahe dunkel geworden. Trotzdem entschloß er sich zur Heimfahrt. Es wurde eine lange Reise, und Wolfgang traf erst gegen Mitternacht in seiner Wohnung ein. Lag es nun daran, daß er unterwegs besonders deutlich an sein griechisches Kreuz gedacht hatte, oder bestand ein anderer Grund – bei vollem Bewußtsein wurde er gegen Morgen in den Zustand des leiblichen Todes versetzt und zugleich in jener Weise getröstet, wie ihm der Abt Simeon Kallistos erläuternd zum ›Herzensgebet‹ versichert hatte: »Wenn die Seele nach dem Tode zu den Pforten des Himmels fliegt, mit dem heiligen Namen in sich und über sich, dann muß sie sich auch hier nicht vor dem Feinde fürchten …« Während des Schlafes also trat Wolfgang Horlitz bei klarer Bewußtheit aus dem ruhenden Körper heraus. Wie ein elektrischer Strom zog es von den Füßen her durch den Körper hindurch, langsam jedoch; und aus dem

Scheitel heraus hob er sich als vom Leibe getrennte Gestalt. Er stand am Kopfende seines Bettes, überlebensgroß, und sah seinen Körper ausgestreckt und wie leblos vor sich liegen. Seine zweite Gestalt aber sah er nicht, er empfand sie nur in ihrer Übergröße. Plötzlich hatte er den Eindruck, nach oben fortgerissen zu werden, als wäre er in den Sog eines wirbelnden Sturmes geraten. Heftige Angst überkam ihn; und das Gefühl trostlosen Alleinseins quälte seine Seele. Da sprach er wie von selbst sein christliches Mantram. Er wiederholte es, sprach es eindringlicher und steigerte seinen Anruf bis zur höchsten Intension.

Jetzt wich der beklemmende Druck von seiner Seele, und er hatte das sichere Empfinden, in ein glänzendes Licht zu gelangen, sofern er nur weiterhin im Gebet verharre. Doch er wagte es nicht, an dieser verborgenen Pforte anzuklopfen. Die geistige Gewißheit jenes erfahrbaren Weges zum Licht aber erfüllte ihn mit tiefem Frieden und führte ihn in seinen irdischen Körper zurück.

Unmittelbar danach gewann Wolfgang Horlitz einen gleichsam cherubinischen Gedanken, der sich ihm eingab, als würde er von einer vertrauten Stimme belehrt: Höre, Wolfgang Horlitz, die Seele besitzt hienieden zwei Gewänder, den irdischen Körper und den siderischen, feinstofflichen Leib. Zum Leben im Lichte aber, Wolfgang Horlitz, bedarf die Seele des dritten Gewandes der Engel. Das ist der heilige Leib, der in Adam verblich. Das ist aber auch der neue Leib, den Christus offenbarte und von dem Paulus spricht: Wir sehnen uns, mit unserer himmlischen Behausung überkleidet zu werden ...

Am Morgen dann, bevor Wolfgang Horlitz sich anschickte, hinüber in die Schule zu gehen, schrieb er in sein Tagebuch das folgende Zeugnis: »Der Sinn des Menschenlebens kann nur darin liegen, ›in sich selbst das göttliche Bild und Gleichnis auszuformen‹, wie Jakob Böhme sagt. Und dabei sollte der

Mensch ohne Unterlaß bitten, daß Gott ihm gnädig sei, denn das ›Gewand der Engel‹ läßt sich nicht erkaufen. Es ist vielmehr das Gnadengeschenk an einen verlorenen Sohn, den das Heimweh zur Rückkehr trieb, um ›in sich selbst das göttliche Bild und Gleichnis auszuformen‹.« –

Auf dem Schulhof spielten drei Buben Fußball. Wolfgang Horlitz winkte sie herbei und schickte sie in das Dorf mit dem Auftrag, alle Schüler sofort zur Schule zu rufen, der Unterricht beginne schon heut.

15

Der entscheidende Unterricht für Wolfgang Horlitz begann mit dem Studium der Seidenberg-Chronik. Die Fotokopie des Manuskriptes erreichte ihn an einem Samstag. Der alte Steiner brachte dem Lehrer Horlitz die Post ins Haus.

Roses Begleitbrief las Wolfgang zuerst. Der Brief sagte wenig Persönliches, entschuldigte vorwiegend die sehr verspätete Zusendung der Blätter, verblüffte jedoch durch einen rätselhaften Nachsatz: »Aber am Ende des Spiels klang eine zarte Süße darein, als träumten die schreitenden Tänzer von einem vergangenen Glück.« Dieses Postskript war mit Roses Mädchennamen unterzeichnet: R. v. M.

Wolfgang mochte dem Rätsel jetzt nicht nachsinnen, er griff zu den fotokopierten Bogen, die allein seine Aufmerksamkeit fesselten.

Die Handschrift begann mit einem Vorwort des Barons von Mallwitz:

»Hiermit übergebe ich der Öffentlichkeit eine kurze, aber zeitgeschichtlich aufschlußreiche Chronik aus der historisch unruhigen Epoche zwischen 1650 und 1701. Schreibweise und

Stil habe ich bis auf einige dokumentarische Stellen dem
Deutsch unserer Tage angepaßt, ohne der Chronistin das Wort
zu verkehren. Da der Inhalt dieser Chronik auch zur tieferen
Besinnung mahnt, glaube ich, daß die ›geistigen Fahrten‹ des
Gerich Seidenberg uns heute, in so schwerer Zeit, einen Wegweiser stellen können, der uns vielleicht aus manchem Irrtum
führt.

Altweiden, im Januar 1942   H. v. M.«

Nun folgte der Wortlaut der Chronik, die der Baron mit ge-
stochen schöner Hand und ohne die geringste Korrektur nie-
dergeschrieben hatte; und Wolfgang Horlitz las mit wachsender Spannung den langgesuchten Text:

»Zufall und Ungefähr haben dein Leben geprägt, Gerich Seidenberg, von deinem vierten bis zum fünfzigsten Jahr. Dann
hast du dem Weißen Fährmann gerufen und bist meiner
schreibenden Feder davongefahren, zu einem Ufer, das man
hierzulande nur noch vom Hörensagen weiß. Aber ich will
nachzeichnen deinen Weg, Gerich Seidenberg, von deinen
Kindertagen bis hin zum fernen Jahre deiner glorreichen
Überfahrt. Und ich will von dir schreiben, als verfaßte ich
eine Historie. Bin ja nicht Tag um Tag mit dir beisammen gewesen, habe nicht all deine Wege mit meinen Augen begleitet
und nicht jeden deiner Gedanken erraten. So muß ich in man-
chen Stücken die Phantasie zu Hilfe bitten, und wenn ich in
diesem Teile irrte, gewähre mir Verzeihung, mein lieber Bruder und Freund.
Möchten nun diese Bogen einst in dritte Hand gelangen, will
ich den geneigten Leser freundlich ermahnen, nicht allein der
Kurzweil halber in dieser Chronik zu forschen, sondern dem
Gerich Seidenberg nachzueifern, der ein Medicus gewesen bei-
dem: dem kranken Leibe und der an Gott verdorrten Seele.

Und wie Seidenberg mit seinem berühmten Pulver ›Pulvis amicitiae‹ das böse Fieber heilte, so bot er auch der verdorrenden Seele eine grünend machende Medizin, item: Standhaftigkeit in göttlicher Übung, das Arkanum ewiger Brüderschaft in göttlicher Essenz.

Nach solch hohen Worten will ich nicht verschweigen, daß mein Herz langehin entbrannte für Gerich Seidenberg und daß ich diese brennende Liebe verbergen mußte vor der Welt und vor meinem Ehegemahl selig, verbergen über zwanzig Jahre hin – wiewohl doch der heimlich Geliebte mein Bruder war.

Nun aber: Immer, wenn ich von meinem Fenster her Wolfdieter vom Pferd springen sehe, denke ich an Gerich Seidenberg, und gleichsam ausgelöscht ist mir all die vergangene Zeit. Und eines Tages im Mai, anno 1701, lege ich mir ein Stück feinster Quartbogen zuhand, rühre die Tinte, greife zum Federkiel und beginne zu schreiben:

Als der Baron von Bielschütz von seiner holländischen Reise zurückkehrte, brachte er der höchst erstaunten Frau Gemahlin ein ungewöhnliches Reisegeschenk nach Freienbielau: einen etwa vierjährigen dunkelblonden Knaben mit ernsten graublauen Augen, der keines Wortes der deutschen Sprache mächtig war. Der Knabe trug als Kennzeichen ein goldenes Medaillon mit der Gravur seines Namens und Geburtstages: ›George Richard S. – 26. Jan. 1645‹. Allein, wäre die Gravur des Namens nicht gewesen, der von Bielschütz hätte den Knaben wohl Moses genannt, weil er ihn hatte aus dem Wasser gezogen.

Der Knabe war, wie noch zu melden, adeligen Standes; dennoch wollte die Frau Baronin den Knaben in die Gesindestube geben und in die Obhut einer alten Magd, daß er mit den Buben und Mädchen der Bediensteten heranwachse und ein Hütejunge werde. Aber der Baron von Bielschütz hatte das

Gelöbnis getan, den Knaben an Sohnes Statt anzunehmen; und was der Bielschütz gelobte, das hielt er getreu, trotz heftiger Einwände und Vorstellungen seines Ehegemahls. Und als zuletzt vom herzoglichen Gericht zu Liegnitz die Urkunde über die Adoption des Knaben ausgestellt wurde, hatte das Rittergut Freienbielau seinen rechtmäßigen Erben: den kleinen Junker George Richard von Bielschütz, angelsächsischer Zunge.

Der Baron hatte seiner schon alternden Ehefrau eine doppelte Freude schaffen wollen, als er den englischen Knaben nach Freienbielau mitbrachte: einen Erben wollte er der Frau an das Herz legen, weil ihnen ein solcher versagt geblieben, und zudem einen Erben, der die Muttersprache der Baronin beherrschte, weil die Baronin doch aus einer Familie englischer Puritaner in unser Schlesien kam. Nun, die Baronin hätte sich vielleicht besonnen und wäre dem englischen Knaben wohl eine liebe Mutter geworden, hätte nicht, ein Jahr nach erfolgter Adoption des Erben, ein eigenes Kind das Licht der Welt erblickt, wenn auch nur eine Tochter; jedoch es war eine Tochter aus puritanischem Blut. Deshalb wurde sie auch stolz Rebekka geheißen und ist jetzt die Chronistin, mit Bescheidenheit gesagt.

Mein Bruder Georg-Richard – wir sprachen den englischen Vornamen in deutscher Art – war ein schöner und mutiger Knabe; ich liebte ihn bereits, als ich kaum sprechen konnte und nannte ihn ›Ge-Rich‹. Aber Vater und Mutter und alle Bediensteten sagten hinfort nun ›Gerich‹ zu ihm.

Und immer wieder muß der Herr Vater mir erzählen die wundersame Geschichte von Gerichs Rettung, wenngleich ich jedes Wort längst auswendig weiß. Und im Erinnern erblicke ich jedesmal dasselbe Bild:

Es ist Winterabend. Die Frau Mutter werkt bei den Mägden in der Küche. Der Herr Vater sitzt im breiten Lehnstuhl am

221

Kamin. Das Eichenholz lodert und knistert und wärmt, und ich hocke zu des Vaters Füßen. Bodo, der alte Jagdhund, streckt sich neben uns hin, legt den Kopf auf die breite Pfote und schielt unentwegt nach seinem besten Freunde, zu Gerich, meinem Bruder, der auf einem Schemel neben dem Feuer sitzt und wartet, bis der Herr Vater mit seiner tiefen Stimme also erzählt:

›Tja, Rebekka, dein lieber Bruder Gerich – den hat uns wohl der Herrgott selbst in unser Haus geschickt.

Tja, das war anno neunundvierzig im Sommer . . . Der Friede war endlich im Lande, der Schwed gottlob aus dem Herzogtum gewichen, da reiste ich mit unserem Großknecht nach den Niederlanden. Weißt du, Gerich, wir brauchten Vieh und Gerät, und es mangelte an gutem Geld. Aber mein treuer Schwestermann, der reiche Herr Schwager zu Rotterdam, der wollte uns einen Beutel holländischer Dukaten vorstrecken. Und so reisten wir ab, der Hans Kobelt und ich.

Wie nun alles in voller Zufriedenheit abgelaufen und wir die Heimfahrt antreten, spricht der Hans Kobelt zu mir: Herr, spricht er, laßt uns eine Schiffsreise tun; damit gewinnen wir Zeit und haben ein Vergnügen dazu. Aber ich sage: Laß ab, Hans Kobelt, leicht möchten wir zur See beides verlieren, die Dukaten sowohl als unser Leben. Jedoch der Hans Kobelt gibt keine Ruhe; so gedenke ich, meinem getreuen Knechte die Freude zu tun, und miete zwei Schiffsplätze auf einem Schoner, der von Rotterdam nach Bremen fährt.

Nun haben wir soeben das freie Meer erreicht, hejo, da ruft ein Schiffsknecht vom Hauptmast herab. Ruft: Ein Boot auf den Wellen! Hejo, ein Boot an Backbord voraus! Der Kapitän gibt Order, das Boot an das Schleppseil zu legen; und als noch die Knechte das Seil mit dem Haken auswerfen, da sehen wir ganz betroffen: im Boote liegt ein wunder Offizier und neben diesem ein todblasser Knabe . . . Es hatte aber dieser blasse

Knabe noch einen Zwillingsbruder, der bei dem vorangegangenen Schiffsunglück ums Leben gekommen war. Bei der Vernehmung des geretteten Offiziers‹ – also schloß mein Herr Vater ab – ›starb uns der Mann plötzlich; aber das todblasse Kind war bald wieder bei Kräften und nannte uns artig seinen Namen: George Richard. Jedoch den Zunamen wußte der Knabe nicht; vielleicht war er schon länger in der Obhut des Offiziers und aus Vorsicht hat nie ein Beschützer den Familiennamen erwähnt.

Und jetzt ist er der Junker Gerich von Bielschütz auf Freienbielau, unser lieber Sohn und Rebekkas lieber Bruder . . .‹

Aber niemals war Gerich einverstanden mit diesem Schluß, und immer folgte darauf seine bohrende Frage: ›Warum, Herr Vater, nahm der Offizier des Königs meinen Bruder nicht mit in unser Boot?‹

Aber mein Vater blieb jedesmal die Antwort schuldig, er wußte sie nicht und vermochte nur zu sagen: ›Gott weiß es, mein lieber Bub . . .‹

Und einmal sagte Gerich – er fragte danach nie wieder – und sein Gesicht war todernst: ›Gott weiß es, Herr Vater? Sodann will ich Gott selber fragen . . .‹

Und mein Vater wehrte ihm nicht.

Daß mein Bruder die Fähigkeit besaß, mit Gott zu reden, hab ich als Kind fest geglaubt. Ja später, als erwachsener Mensch, hielt ich noch immer dafür, daß Gerich mit Gott zu reden verstand, heimlich, in größter Verborgenheit. Aber erst kurz vor meines Bruders weiter Reise nach Monemvasia, im Sommer anno 1694, hab ich den Mut gefaßt, ihn danach zu fragen: ›Was sagte dir Gott, Gerich Seidenberg, warum konnte dein Bruder nicht leben?‹

Und er lächelte und sagte mir sodann: ›Gott ist den Menschen nicht Rechenschaft schuldig, Rebekka; wohl aber der Mensch hat Rechenschaft zu leisten . . . Eines aber, Rebekka, sollst du wohl wissen: Ich habe Gott aus ganzem Herzen gebeten, der Seele meines Bruders gnädig zu sein. Wenn nun die geheimen Schriften der Juden recht behalten, die da sagen, manche Seele wird ein zweites Mal zur Erde geboren – vielleicht will es Gott bei diesem oder jenem –, dann möge Gott der Seele meines Bruders einen solchen Lebensweg schenken, der dem meinen ähnlich ist: einen Weg der Zerbrechung des äußeren Babel, wie unser Landsmann Jakob Böhme sagt, also einen Weg zu Gott . . .‹

Aber als Gerich Seidenberg dieserweise zu mir redete, war er schon einer, der ›auf der anderen Seite steht‹, auf der Seite Gottes, nicht mehr auf Seiten dieser Welt.«

Wolfgang Horlitz unterbrach die Lektüre. Seidenberg also hatte noch einen Bruder gehabt, der anscheinend früh ums Leben kam; und zweifellos bestand zwischen den Brüdern, so jung sie waren, eine tiefe Bindung. War des Bruders Tod ein Anlaß zu Seidenbergs ›geistiger Fahrt‹? Und hatte die Chronistin nicht bereits in der ersten Phase ihres Berichtes das Ziel gewiesen, die entscheidende Aussage vorausgenommen? Der Mensch hat Rechenschaft zu *leisten,* nicht zu fordern; erst hinter dieser schlichten, aber schweren Erkenntnis beginnt der Weg zu Gott.

In Wolfgangs wägende Gedanken mischte sich eine erregende Illusion: Seidenberg hatte Gott gebeten, der Seele des Bruders ein Erdenleben zu schenken ähnlich dem eigenen. War es denkbar, daß er, Wolfgang Horlitz, diese Bruderseele verkörperte, daß er all das nacherlebte, was hier die Chronik aufzeigte? Er las die folgenden Blätter fast in Eile, um rascher zu entdecken, wo beider Lebensbahnen sich berührten.

Und die Chronistin berichtete noch einmal von der »wunderbaren Rettung des englischen Knaben«, schilderte, was ihr Vater von dem sterbenden Offizier zuletzt erfuhr: Im Kampfe der Independenten gegen die englische Krone waren die Eltern der Zwillingsbrüder umgekommen. Aber nach der Hinrichtung König Karls I. und während der wütenden Verfolgung seiner Getreuen ging ein Schiff mit Flüchtlingen von Kingston aus in See, um einen französischen Hafen anzulaufen. In Höhe der Küste von Norfolk danach wurde das Flüchtlingsschiff von den Independenten gestellt und bombardiert. Der Offizier vermochte nur den einen der Brüder zu retten und mit ihm ins Boot zu springen, der andere – so hatte der sterbende Offizier beteuert – war ihm plötzlich von der Hand gekommen, kurz ehe das bombardierte Schiff in den Wellen versank. Den Namen jener Familie in Frankreich, wohin er die Zwillingsknaben bringen sollte, hat der Offizier nicht preisgegeben, er fürchtete wohl einen Verrat.

Nach dieser Schilderung folgten Aufschlüsse über des »Gerich von Bielschützens Schul- und Studienzeit« in der Lateinschule zu Wohlau und auf den Universitäten zu Heidelberg und Utrecht. Mit großer Sorgfalt erzählte die Chronistin von Schülern und Studenten vieler Nationen, von des Junkers Begegnung mit historischen Stätten aller Art und besonders von seiner Freundschaft mit dem Kaufherrensohn Valentin Martini aus Breslau, der wie der Junker von Bielschütz das Studium der Medizin gewählt hatte. Und Wolfgang Horlitz entdeckte Doppelheiten, die ihn verblüfften.

Seine Rettung durch Iskender, als Wolfgang fast aus dem Kampfflugzeug stürzte, war in der Chronik vorgezeichnet, sogar die Liebelei mit Elke während der Studentenzeit, vor allem aber die Begegnung mit David Seidenberg, dem alten Juden. An solchen Stellen las Wolfgang Horlitz die Sätze der Chronistin wie ein eigenes frühes Tagebuch:

»Der Entschlossenheit des Herrn Valentin Martini dankte der Junker sehr bald sein Leben. Als anno 1664 der große Komet

225

erschien, bestiegen viele Studenten den hohen Turm der Hauptkirche zu Heidelberg. Hoch auf der Gallerie, die ohne Handlauf und Geländer, kam der Junker plötzlich zu Fall; und er wäre tief unten zerschellt, hätte ihn der Freund nicht schnell am Kollett ergriffen und zurückgezogen.

Überdies: Zu Heidelberg halten sich mehr Studenten und Edelleut der Exerzitien wegen auf als der Studien halber; denn die Universität bestellt jederzeit treffliche Fecht- und Tanzmeister. Auch suchen viele Studiosi Kurzweil im Theater. Ein Turm nahe beim Schloß ist innen so weiträumig, daß über hundert Tische aufgestellt sind. Wenngleich der Junker von Bielschütz mit allem Fleiß seinen Studien oblag und der Fechtkunst wenig gewogen schien, zog es ihn wieder und wieder in jenes Theatrum, wo eine schwarzhaarige Dirn, Julietta mit Namen, ihm den Kopf verwirrte in solchem Maße, daß der Junker stets ungern darüber Auskunft gab. Waren auch wegen der schwarzhaarigen Dirn Händel entstanden zwischen dem Junker und einem Komödianten, welcher dem Junker nächtens auflauerte und mit dem Stichdegen anging. Aber der Junker hat dem Widerpart das Rapier entwunden und überm Knie zerbrochen. Dennoch ließ des Junkers Narretei nicht eher nach, bis die Truppe eines Tages auf und davon war und die schwarzhaarige Komödiantin ihrem Studioso einen polnischen Abschied bot.

Aber zum Kernpunkte zurück:

Gerich von Bielschütz hatte sein Studium ausgedehnt auf Fragen der Theologie und mit manchem Theologen disputiert. Er suchte ja eine Antwort, die niemand ihm gab, und wollte das große Geheimnis der Ansprache Gottes erfahren: Was muß ich tun, daß Gott mir Antwort gibt?

Nun hatte der Junker Kunde von einem Rabbi zu Frankfurt am Main, welcher die geheimnisvolle Lehre Kabbala beherrschte. Auf der Reise von Heidelberg nach Utrecht also nimmt der Bielschütz einige Tage zu Frankfurt Quartier, um in der Judengasse den weisen Rabbi zu befragen.

Der Rabbi steht vor seinem Schreibpult und studiert einen Folianten. Das Zimmer ist sehr klein, und durch das winzige Fenster neben dem Schreibpult fällt nur spärlich das Licht. Der Junker tritt herzu, grüßt den Rabbi und bringt sein Anliegen vor. Aber der Rabbi unterbricht sein Studieren nicht, fährt mit dem Finger langsam die Zeilen entlang und murmelt unverständlich vor sich hin.

Dann, als er die Seite zu Ende gelesen, hebt er das bärtige Gesicht und spricht ein wenig abschätzig: ›So, so, Kabbala will der Herr Studiosus lernen? Und was das koste? Das kostet nichts, die Lehr' ist umsonst. Aber vierzig Jahre durch die Wüste zuvor, junger Herr, vierzig Jahre ... Wo habt Ihr die vierzig Jahre, he?‹

›Wozu vierzig Jahre?‹ fragt der Junker. ›Wir Christen lehren unsere Kinder allbereits ...‹

›So, so, Ihr lehrt die Kinder allbereits; und dennoch haben Eure erwachsenen Leut' die christlichen Gebote nur selten probiert?‹

›Nun, Rabbi, dann laßt doch hören, was Eure Lehre taugt!‹

›Jede Lehre, ehrenfester Herr, taugt gerade so viel wie die Herzen ihrer Schüler; die Herzen, nicht die Köpfe, wohl zu verstehen. Und die Herzen solcher Schüler werden mit der Elle der Demut gemessen; aber die Demut ist nicht jedermanns Ding, zumal nicht bei etlichen Christen.‹

›Meint Ihr, Rabbi‹, ruft der Junker, ›die Demut wohne etwa bei den Jüden?‹

Und wiederum ein wenig mit Spott spricht der Rabbi: ›Was wollt Ihr, ehrenfester Herr? Die Christen haben gute Köpfe, haben eine Theologiam. Und wir Jüden haben unsere heilige Lehre: Thora, Propheten, Psalter, Talmud, Midrasch und zudem die geheime Lehre von Mund zu Ohr – Kabbala.‹

227

›Wir haben auch unsere heilige Lehre‹, sagt der Junker, ›die Bibel und insbesondere das Neue Testament; und jetzt beides in der trefflichen Übersetzung des Doctor Luther, so daß nun auch das gemeine Volk die heilige Lehre studieren mag.‹

Da blickt der Rabbi auf, und jeder Spott ist aus seinen Augen, als er zum Junker spricht: ›Aber wer legt aus, junger Herr? Bei den Christen tut es allein der studierte Herr, nicht der Zaddik. Aber nur mit dem Zaddik spricht Gott, bei den Christen und bei den Jüden, nur mit dem Zaddik! Und nur der Zaddik zieht den heiligen Geist auf die Menschen und auf das Verständnis der Lehre hernieder, nicht aber die Gelehrsamkeit und Theologia . . .‹

›Dennoch sind unter den Theologen geisterfüllte Männer; und zudem ist die Theologie die Wächterin gegen die Irrlehre!‹

Der Rabbi neigt wieder zum Spott, ja ihn überkommt ein schallendes Lachen. ›Irrlehre, he? Was ist Irrlehre? Hier, hier ist die wahre Lehre, schreit der Papist! Nein hier, du aber bist ein Ketzer, schreit der Lutheraner! Nein hier, schreit dazu der Calvinist; und: Feuer her! rufen sie alle dreie; laßt uns den Ketzer brennen! Hat je ein Zaddik also geschrien, he?‹

›Meint Ihr, ich würde meinen christlichen Glauben verleugnen, um zu einem jüdischen Zaddik zu pilgern?‹

›Was lauft Ihr dann zu mir? So studiert doch Theologiam, papistisch oder calvinistisch oder ketzerisch, studiert, studiert! Aber meinet nicht, ehrenfester Herr, Eure Theologia stelle Euch die Lichter um . . .‹

Und der Rabbi wendet sich seinem Folianten zu, schlägt eine neue Seite auf und fährt mit dem Lesefinger langsam die Zeilen entlang.

Einmal noch hält er inne und murmelt vor sich hin – der Junker hat schon den Türgriff in der Hand –, murmelt: ›Weshalb will dieser Mensch einen Zaddik suchen? Weshalb wird er nicht selber ein Zaddik? Weshalb nicht, ehrenfester Herr?‹

Es ist aber die jüdische Lehre Kabbala dem Junker von Bielschütz niemals aus dem Sinne gekommen, und später hat er
auch das große Werk Sohar gekauft, welches unser schlesischer
Landsmann Knorr von Rosenroth anno 1684 enthüllte und in
die lateinische Sprache übertrug. Das schwere Buch liegt noch
jetzt in meiner Truhe, und die gedruckten Seiten zeigen etliche
Vermerke von Gerichs Hand. So auch die Stelle des Hohenliedes: ›Wie eine Rose unter Dornen‹ . . .«

Wieder unterbrach Wolfgang Horlitz die Lektüre der Handschrift. In der Erinnerung empfing er noch einmal den Brief
mit den Versen des Hohenliedes, den er im Gefangenen-
waggon verlor. Erst in diesem Augenblick kam ihm der Gedanke, Rebekka mit einzuschließen beim Studium der Chronik und nicht so schnell voranzugehen, um keinen Satz zu
verlieren.
Jetzt erzählt die Chronistin von jenem reichen Kaufherrn
Pieter van Hoorn, der dem Baron von Bielschütz die holländischen Gulden geliehen. Der Witwer wohnte nun in Amsterdam auf der Kaisergraft, in seinem »prachtvoll gebauten und
herrlich eingerichteten Patrizierhause«. Weil aber der Pieter
van Hoorn verlangte, den »geretteten englischen Knaben«
endlich kennenzulernen, reiste der Studiosus an einem schönen
Herbsttag mit einer Schute von Utrecht nach Amsterdam.
Und weiter schreibt die Chronistin:

»Des Abends wird die ganze Stadt Amsterdam mit Laternen
erleuchtet, so daß man wie am hellen Tage durch die Volks-
menge geht. Nun lustwandelte der Herr van Hoorn sehr gern
mit dem Junker an solchen Abenden auf der Straße, grüßte
hier und dort einen Bekannten und sagte mit viel Stolz, dieser, sein Neffe, sei ein Studiosus der Medizin und stamme aus
dem Lande des Jakob Böhme. Auch lobte der Pieter van

Hoorn den Jakob Böhme vor seinem Neffen über die Maßen, mußte jedoch einräumen, daß er aus Mangel an guter Zeit niemals ein Werk des Jakob Böhme gelesen, wenngleich er verschiedene berühmte Bücher des Görlitzers sein eigen nannte. Aber er schenkte dem Junker zum Abschied das Buch ›Mysterium Magnum‹, in Quarto hochdeutsch gedruckt.

Der Junker nun las das Werk mit höchstem Erstaunen und konnte sich nicht genug verwundern darüber, daß in Holland hoch geachtet wurde, was man in Schlesien verwarf. Schrieb auch der Junker in einem Sendbrief nach Freienbielau dieses: ›All mein Studieren gäb ich wohl gern dahin für die Bücher des gottseligen Mannes Jakob Böhme von Alt-Seidenberg!‹

Wenige Wochen hernach, am 22. Oktober 1666, sitzt der Junker von Bielschütz in seiner Kammer auf der Bettstatt und überlegt, ob er zu dieser Stunde ausgehen oder studieren soll. Da schlägt das Kammerfenster heftig nach innen auf, als wäre ein gewaltiger Sturm angegangen. Gerich springt zum Fenster hin, aber da draußen ist weder der Wind noch gar ein Sturm zu verspüren; nur der milde Herbstabend lockt hinab an den Schiffshafen, des Junkers Lieblingsplatz.

Ist aber in derselben Nacht unser Herr Vater, der Baron von Bielschütz, plötzlich verstorben und hat wohl auf seine Weise Abschied gehalten von dem fernen, geliebten Sohn.«

Überrascht liest Wolfgang Horlitz die letzten Abschnitte zum zweitenmal. Hatte er nicht Ähnliches erlebt, als sein Vater starb, damals in Saloniki in der Baracke? Er fühlt sich dem Junker tief verbunden, der vom Tod des Vaters so hart betroffen wurde, daß er das Studium in der Nähe seiner schlesischen Heimat fortsetzen wollte.

Gemeinsam mit Valentin Martini reiste Gerich von Biel-schütz über Amsterdam, Hamburg, Perleberg, Berlin nach Frankfurt an der Oder.

Die Universität fanden beide »wohlbestellt«, nur nicht die medizinische Fakultät; es dozierten zwei alte Männer, die wenig Zulauf hatten. Trotzdem schlossen die Freunde hier ihr Studium ab.

Nach dem Examen verließen sie Frankfurt und fuhren in einer Glogauer Landkutsche dem Oderstrom entlang, am ersten Tag bis Krossen, am nächsten über Grünberg, Wartenberg zum Neuensalze, wo sich außer wenigen Fischerhütten eine kaiserliche Siederei befand. Valentin Martini reiste weiter über Neustädtlein, Lüben nach Breslau. Gerich von Bielschütz aber wollte den Vetter Friedrich von Mallwitz besuchen, der auf dem Rittergut Altweiden nahe dem Reihersee sein Erbe angetreten hatte. Als Knaben hatten die Vettern bei gelegentlichen Visiten meist gestritten, heute jedoch sollte eine feste Freundschaft begründet werden.

Nur mit viel Mühe lieh Gerich einen alten Klepper im Neuensalze, dann ritt er die vier Meilen durch die Heide, die das Gut Altweiden von der Oder trennt.

Über diesen Besuch und des Junkers Heimkehr heißt es:

»Nun hatte der Mallwitz einen heimlichen Respekt vor der Gelehrtheit seines Vetters und Gastes, deshalb trachtete er, mit grober Redeweise, wie sie dem schlesischen Landadel eigen, seine Unbefangenheit kund zu tun:

›Welchen Wein probieren wir jetzo, Herr Vetter, ratet?‹

›Krossener Wein gewiß, denn rund um Krossen sah ich recht viele Weingärten‹, erriet der Doctor von Bielschütz.

›Krossener?‹ rief der Mallwitz. ›Pestilenz! Die Krossener selber machen sich über diesen Landwein lustig und saufen sich mit dem kalkichten Getränke vor der Zeit Podagra und Stein in den Hals; zur Warnung, Herr Vetter und Medicus!‹

Und stolz füllte der Mallwitz die Kanne aus einem kleinen Faß Malvasierweins.

Dann aber, am 3. Oktober 1668, ritt der Junker von Biel-schütz mit einem Pferde des Herrn Vetters auf Gut Freien-bielau ein. Von meinem Fenster her sah ich den Bruder vom Pferde springen. Das Herz klopfte mir vor Schreck und Freude so laut, und ich flog gleich einer Mauerschwalbe die Treppe hinab.

Aber Freude und Glück unseres Wiedersehens weiß diese Feder nicht zu beschreiben und schon lange nicht mein helles Entzücken über ein Geschenk, das mein lieber Bruder mir aus Holland mitgebracht. Er entrollte ein graues Stück Leinwand vor der Mutter und vor meinen Augen, hielt die Leinwand mit beiden Händen vor sich hin – und wir erkannten des Junkers lebensgroßes Konterfei. Ein holländischer Künstler hatte es zu Amsterdam mit Ölfarben so trefflich gemalt, daß man glauben mochte, des Junkers Zwillingsbruder sei von den Toten erstanden. Das Bild zeigte den Junker in demselben Reisekleid, in welchem er vorhin vom Pferde sprang: hell-braune Stulpenstiefel, schwarze Kniehosen, eine dunkelgrüne Reiterjacke mit Silbergeknöpf und weißem Schulterkragen, dazu einen schwarzen Hut mit geschwungener Krempe und lustiger grüner Feder.

Nun war in der Stadt Wohlau ein geschickter Holzschnitzer, und noch vor dem Martinstage hing mein Geburtstagsge-schenk wohlgerahmt an der weißgetünchten Wand unseres Herrensaales. Es ist aber das Konterfei des Junkers gestiftet worden von unserem Herrn Schwager Pieter van Hoorn aus der Kaisergraft zu Amsterdam.

Und wiederum sind es die Winterabende am Kamin, die ich über alle Maßen liebe: Das Eichenholz lodert und knistert und wärmt, mein Bruder Gerich sitzt im breiten Lehnstuhl des Herrn Vaters und erzählt von seinen Fahrten und den fernen großen Städten und spricht von seinen Gedanken über die Pflichten des ehrsamen Arztes: ›Die Krankheiten wandern hin und her, so weit die Welt ist, und verbleiben nicht an einem Ort. Will nun einer viel Krankheiten erkennen, so wander auch er. Wandert er weit, so erfährt er viel und lernt viel erkennen. Denn keinem wächst sein Meister im Hause, noch hat er seinen Lehrer hinter dem Ofen . . .‹

So spricht mein Bruder mit den Worten des wandernden Arztes Theophrast Paracelsus; und ich fürchte insgeheim, daß auch mein Bruder ein Wanderarzt werde. Da lege ich meine Stickerei beiseite und fasse beunruhigt Gerichs Hand.

Dieweil kommt die Frau Mutter aus der Küche herbei, und sie weist mich mit unwilliger Stimme zurecht, es gezieme sich nicht, den Bruder allezeit bei der Hand zu halten und auch leide wohl die Stickerei darüber not.

Geschwisterliebe und Brautpaarsliebe, Kuß und Kuß – wo ist der Unterschied? Blüht die hohe Linde hinter dem Gesinde-haus, und morgen muß Gerich reiten; weithin ins Land Italia. Ist die Sommernacht so hell und mild, und der tausend Blüten Duft ist viel zu süß. Sitzen eng beisammen auf meinem Schau-kelbrett und schweben ganz weich unter dem Lindenbaum: vor und zurück, vor und zurück. Und die Frau Mutter schläft längst in ihrer Kammer, und niemand mahnt: es gezieme sich nicht, mit dem Bruder unter dem Lindenbaum zu schaukeln. Auch sang die Zauberin Nachtigall im Haselstrauche . . .«

Am nächsten Morgen erklärte sich Gerich der Mutter und bat, daß sie der Ehe zwischen Rebekka und ihm wohlwollend zu-stimme, wenn er in zwei Jahren aus Venezia zurückgekehrt sei. Er erhielt jedoch eine böse Antwort. Keinesfalls werde sie »Blutschande« und eine »Geschwisterliebe« dulden, auch dann nicht, wenn der Bruder etwa seinen Namen ändere. Überdies: seine Schwester Rebekka sei dem Vetter Friedrich von Mall-witz zur Gemahlin versprochen. Doch jetzt sei es wohl an der Zeit zu reiten, der Weg ins Land Italia ist weit.

»Und ich gedenke an dieser Stelle«, so schreibt die Chronistin, »eines anno 1625 gedruckten Traktates der Rosenkreuzer, den der Junker als Student erworben und auf welchem er folgende Zeilen mir zum Lebewohl mit Tinte unterstrich: ›... nun weiß ich nicht, was die beiden gesündigt haben, daß sie, weil sie Bruder und Schwester waren, sich solchermaßen in Liebe verbunden, auch nicht wieder voneinander zu bringen waren.‹« Sie vermutet zwar einen »tieferen Sinn« hinter diesen Sätzen, »hinzielend auf das Geheimnis des Hohenliedes«, dennoch nimmt sie das Zitat wörtlich.

Der Junker von Bielschütz aber änderte das Reiseziel, um in England nach seiner Verwandtschaft und nach seinem Namen zu forschen; doch die Fahrt war umsonst. Als er endlich nach Freienbielau zurückkehrte, ein Jahr war vergangen, lag die Baronin krank zu Bett; aber gleichzeitig lud ein herzoglicher Bote die Familie von Bielschütz zu Gast für das Sommerfest auf dem Schloß zu Liegnitz. Man mußte dem Herzog die Ehre geben, und die Geschwister reisten allein.

»So half uns ein glücklicher Zufall«, bekennt Rebekka von Bielschütz und fragt danach: »Was aber soll meine Feder schreiben? Eine Beichte gar? Will niemandem eine Beichte tun; es ist auch nicht vonnöten. Denn dem Vetter von Mallwitz, meinem künftigen Herrn Gemahl, hatte ich zur Zeit des Sommerfestes noch kein Versprechen getan. Also schreibe ich frei von unserer Saraband: War der festliche Tanzsaal mit vielhundert Kerzen erleuchtet; und ein Tanzmeister lehrte die Paare den neuesten spanischen Tanz, der Sarabanda geheißen. Die Musikanten spielten dazu eine verzaubernde Weise. Nun: Stolz und gemessen schreiten die Paare zuvor; aber am Ende sodann fließt eine heimliche Süße – wie der liebliche Duft einer Rose – in die schöne Melodei ... Und wurde die Sommernacht zu Liegnitz mir wie ein geträumtes Hochzeitsfest.

Als wir nun recht frohgemut zurückgekehrt waren, fand sich der Herr Vetter von Mallwitz, dessen Rittergut Altweiden nicht zum Herzogtum zählt, zu einem Besuch auf Freienbielau ein; und hatte die Frau Mutter den Tag unserer Eheschließung für den Herbst desselben Jahres bereits festgelegt.

Wir aber, das Geschwister-Brautpaar, verzagten nicht sogleich und hatten unseren geheimen Plan: Mein Bruder wollte zu Liegnitz um die Stelle eines Stadtmedicus nachsuchen und zudem beim herzoglichen Amt um die Änderung seines Familiennamens. Jedoch, mein heimlicher Bräutigam mußte mit geraumer Wartezeit vorlieb nehmen; denn die Räte des herzoglichen Amtes schätzten die Eile nicht.«

So ritt der Junker von Liegnitz aus an die zwölf Meilen bis Görlitz und forschte nach der Familie des Jakob Böhme. Er fand aber niemanden, auch keinen mehr von Böhmes Freunden. Nur der Ratsherr und Schöppe Ehrenfried Hegenich, der auf dem Obermarkt einen ansehnlichen Gast- und Brauhof bewohnte, wußte über den in Holland und England hochberühmten Sohn der Stadt Görlitz Auskunft zu geben. Der Ratsherr führte seinen Gast durch die Stadt zum Nikolaustor und durch die Vorstadt zum Kirchhof, wo Jakob Böhme begraben ist. Die Ruhestätte aber lag ohne besonderes Zeichen gänzlich im Unkraut; nur einige große Steinbrocken waren vom Totengräber aufgeschichtet, damit er die Grabstätte den vielen fremden Besuchern gegen gutes Trinkgeld zeigen konnte. Auch in Böhmes Geburtsort, dem Bauerndorf Alt-Seidenberg, ließ sich wenig erkunden, und der Junker von Bielschütz war darüber bitter enttäuscht. So hat Jakob Böhme recht behalten, der einst einem Arzt nach Goldberg schrieb: »Was mein Vaterland wegwirft, das werden fremde Völker mit Freuden aufheben.«

Der Junker aber wählte aus Verehrung für Böhme dessen

Geburtsort als neuen Namen, zumal auch dieser Ort mit dem Buchstaben S beginnt. Das herzogliche Amt hat den Namen bestätigt und den Junker mit der Stelle eines Stadtmedikus betraut. Stand und Namen wurden verbrieft: »Gerich Seidenberg von Freienbielau, Med. Doct. und Pract. zu Liegnitz«. Aber die Mutter durchkreuzte alle Pläne. Auf ihr Betreiben wurden Gerich Seidenberg und Rebekka von Bielschütz durch die hohe Geistlichkeit streng verwarnt, daß eine eheliche Verbindung niemals gerechtfertigt sei, weil Geschwister allezeit Geschwister blieben, auch wenn der »störrige« Bruder den Namen ändere.

Und wörtlich erzählt die Chronistin:

»Nun war Gerich Seidenberg nicht der Mann, der als Wanderarzt ein eheloses Weib mit sich geführt und mich, seine Schwester, vor den Leuten zu einer Dirne gestempelt hätte; gleichwohl: ich wäre meinem Bruder vielleicht dennoch gefolgt.

Da war nun unser Glück dahin; und im Spätherbst wurde dem Friedrich von Mallwitz eine traurige Braut vermählt. Gerich Seidenberg war zwar zur Hochzeit geladen, aber nicht zu finden unter all den Gästen. Und immer wieder mußte die Frau Mutter die Notlüge gebrauchen, der Arzt liege krank zu Bett und habe die Reise von Liegnitz herüber nicht wagen können. Ein feiner Arzt, sagten etliche Gäste mit gutmütigem Spott, ein feiner Arzt, der sich bis zur Hochzeit nicht selbst kurieren kann. Niemand aber wußte, daß Gerich Seidenberg drei Tage zuvor von mir Abschied genommen; hat niemand je davon erfahren, auch nicht mein Herr Gemahl selig. Nur die Frau Mutter, die in jener Nacht wieder einen Schmerz in der rechten Seite verspürte und nicht schlafen konnte, sagte anderen Tags, es sei wohl die vergangene Nacht nicht recht geheuer gewesen, und sie wolle schwören, durch den

Sturmwind den Hufschlag eines Pferdes gehört zu haben, als galoppiere der wilde Reiter um unser Herrenhaus . . .

Bald nach der Hochzeit zog ich mit meinem Herrn Gemahl nach Altweiden zum Reihersee, und es wurde ein kalter Winter.

Als im Spätsommer des folgenden Jahres Wolfdieter in seiner Wiege lag, schien das Leben auf Altweiden fast glückhaft für die junge Herrin. Und war der Freiherr Friedrich von Mallwitz über den Knaben und Erben so sehr erfreut, daß er versprach, aus Breslau einen Maler zu bestellen, welcher die junge Mutter konterfeien sollte, damit hinfort die Bildnisse von Bruder und Schwester im Herrensaal nebeneinander ständen. Denn das Bildnis meines Bruders hatte ich mitgenommen nach Altweiden, wenngleich ein wenig gegen den Willen der Frau Mutter.

Nun aber beginnt das zweite Stück unserer kleinen Chronik; und ich werde schreiben von den Fahrten und Reisen des Arztes Gerich Seidenberg und auch von seiner Gefangenschaft bei den Türken, dann von seiner wundersamen Rettung und Heimkehr; auch will ich nicht vergessen seine geistige Heimfahrt, die allenthalben in seinen Sendbriefen sich kundgibt, wie später ersichtlich.

Im Frühjahr anno 1670 kündigte der Arzt Gerich Seidenberg den Dienst zu Liegnitz auf und zog fort in das Land Italia. Dort, in der Wasserstadt Venezia, hatte der Studienfreund Valentin Martini einen Hausstand gegründet. Als Medicus teutonicus besaß er einen guten Namen bei den Kranken, vornehmlich bei Seeleuten und Fischern, wo für Veneziens Ärzte nicht viele Dublonen zu Gewinn standen.

Im Herbst desselben Jahres aber brachte ein Glogauer Fuhrknecht des Gerich Seidenbergs verspätete Hochzeitsgabe nach Altweiden: eine italienische Tragorgel mit hundert Zinnpfeifen. Vor Freude war ich fast außer mir!

Die Kunst des Orgelspiels erlernte ich durch einen Musikanten aus Glogau, der nachher auch jene Sarabanda in Noten schrieb, welche ein heimliches Brautpaar auf dem herzoglichen Schlosse zu Liegnitz einst voller Hoffnung getanzt...

Von Venezia aus ist Gerich Seidenberg als Arzt zur See gefahren, an die sechs Jahre oder mehr. Er hat die Häfen und Städte vieler fremder Länder geschaut und allerorts den Kampf geführt gegen die bösen Hafenkrankheiten ›Küstenfieber‹ und ›Frantzosen‹. Und also schrieb er nach Altweiden:

›... anlangend das teuflische Küstenfieber: dagegen scheint kein Kraut gewachsen; wiewohl: eine jede Krankheit hat auch ihr Kraut. Aber dieses Kräutlein finden, das liegt im Zufall Gottes. Schüttelt aber das Küstenfieber den Kranken jeden dritten oder vierten Tag, und siecht ein solcher Fieberkranker durch Verfall der Kräfte fast hoffnungslos dahin. Allein: der Dämon dieser Krankheit, erachte ich, dürfte in den Sümpfen und Morasten versteckt sein; und es wäre wohl billig, das Fieber als ein ›Sumpffieber‹ zu bezeichnen.‹«

Ganz unversehens entdeckte Gerich Seidenberg das ›Kräutlein‹ gegen das Sumpffieber, ein Kraut, das man durch Extraktion aus der Rinde eines seltenen amerikanischen Baumes gewann. In einem spanischen Hafen hörte er von diesem ›Jesuitenpulver‹, so bezeichnet nach dem Jesuiten De Cobo, der diese heilende Rinde zuerst aus dem fernen Amerika nach Spanien importierte. Auch fand Gerich Seidenberg einen Medikus, der die Herstellung des Pulvers bei dem Arzt Hermannus van der Heyden in Gent erlernt hatte.

Aber die amerikanische Rinde war schwer zu beschaffen. Erst als ein venezischer Kaufherr die Sache in die Hand nahm, wurde die Heilrinde des indianischen Quinabaumes in der chymischen Küche des Doktor Valentin Martini »kunstgerecht extrahiert«. Die Freunde Martini und Seidenberg nann-

ten das Pulver bei sich ›Pulvis amicitiae‹, weil beide »gemeinsam und ohne Gewinnsucht das kostbare Medicamentum brauchten, allein zur Genesung der armen fieberkranken Matrosen und Hafenleut«.
Und die Chronik fährt fort:

»Einstens nun, während einer Schiffsreise nach Amsterdam, hat mein Bruder Gerich Seidenberg den sehr alt gewordenen Pieter van Hoorn aufgesucht und auch längere Zeit in der Kaisergraft bei ihm gewohnt. Der Herr Schwager rühmte zwar noch immer den erleuchteten Jakob Böhme aus Schlesien, hatte jedoch noch immer nicht Zeit gefunden, einen einzigen Traktat des Görlitzers zu lesen. Deshalb schrieb Gerich Seidenberg (aber erst später, nach seiner Begegnung mit Johann Gichtel):
›... halte also dafür, daß nicht ein solcher Mensch des Jakob Böhmes Schriften studiert, welcher dahin einen Vorsatz faßt, sondern nur, wer von innen heraus getrieben wird. Weshalb? Der Zauberer steht der Vernunft und dem Vorsatze allhier im Wege und ruft: Es hat noch Zeit, heute nicht, morgen! Oder der Zauberer flüstert der Eitelkeit zu: He, was wird ein unstudierter Schuster dem Klugen zu lehren haben?‹
Nun folgt die seltsame Begegnung des Gerich Seidenberg mit dem gelehrten Manne Johann Gichtel zu Amsterdam, der dabei dem Arzt die ›Lichter umgestellt‹, mit Gerichs Worten gesprochen.
Ein Abendgast bei Pieter van Hoorn hatte von Gichtel berichtet als einem, der bereits als Knabe begehrte, mit Gott zu reden wie Moses tat. Da will der Seidenberg den Johann Gichtel kennenlernen, besucht ihn auch tags darauf, und der Gichtel ordnet gerade die Schriften des Jakob Böhme, in der verdienstvollen Absicht, eine Gesamtausgabe aller erreichbaren Schriften des Schlesiers zu besorgen. Ist auch anno 1682

das große Opus in trefflichem Druck erschienen, löblich finanziert durch den reichen Amsterdamer Bürgermeister Coenrad van Beuningen.

Merkwürdig ist: von der Gelehrsamkeit hält der Gelehrte Gichtel sehr wenig, er stellt die geistige Fahrt zu Gott weit höher als alles Studieren. Deshalb lebt er auch in Armut und schlägt keine klingende Münze aus seinem Wissen und Können; ohne aber, daß die Amsterdamer ihn deswegen für einen Narren halten, aus Respekt vor seinem Wissen und vor seiner Demut. (An den Rand geschrieben: Auch Gerich Seidenberg sagte in einem Sendbrief: ›Gewinnsucht, Neid, Herrschsucht, Eitelkeit und Zorn ist eine schlimmere Männerkrankheit denn Sumpffieber und Frantzosen, weil fast niemalen zu kurieren.‹) Als nun der Gerich Seidenberg dem freundlichen Manne Johann Gichtel sein Anliegen vorbringt, auch erwähnt, daß doch beide als Knaben dasselbe heiße Begehren in sich trugen, nämlich: mit Gott zu sprechen – als nun der Arzt den Gichtel fragt, wie der Mensch dahin gelange, ein christlicher Zaddik zu werden und in sich selbst die Gottesschau zu erfahren, nimmt der Gichtel vier Blätter Papier, legt sie auf den Tisch, stellt die Tinte dazu und reicht dem Arzt einen Federkiel. Es war der 9. Februar anno 1679 und ein Donnerstag. Nun holt der Gichtel vier andere lose Blätter herbei, die zwar etwas verschlissen, aber säuberlich beschrieben sind, und legt diese Blätter dem Seidenberg zum Kopieren vor. Es enthielten die Blätter einen köstlichen Traktat des Jakob Böhme, von diesem erleuchteten Manne anno 1623 geschrieben, desgleichen am 9. Februar.

Dieser Traktat ist ja abgedruckt in Gichtels Gesamtausgabe, die mir mein Bruder durch den Herrn Pieter van Hoorn hatte zusenden lassen; später, als er selbst schon wieder in Venezia weilte. Gebe darum nur den Anfang zu lesen: ›Welcher Mensch zu göttlicher Beschaulichkeit in sich selber gelangen will und in Christo mit Gott reden will, der folge diesem Prozeß, so kommt er darzu...‹

Und Gerich Seidenberg schreibt nach dem Studium jenes Traktates: ›... wurden mir alsbald die Lichter umgestellt. Ist jedoch das Umstellen der Lichter also: es werden einem zwei neue Augen geliehen, die schauen wohl in Gottes Verborgenheit, so Er es will. Und die alten Augen werden ganz wie kurzsichtig; ist aber dieses eine recht seelenfrohe Kurzsichtigkeit!‹

Die Freundschaft nun zwischen dem Arzt und dem Theologen und Juristen Johann Gichtel blieb bestehen bis zum seligen Tode des einen, soweit es die irdische Freundschaft hienieden betrifft.

Hat des Menschen Herz allezeit viel heimliche Hoffnungen und Wünsche, und stand mein sehnlichster Wunsch endlich vor seiner Erfüllung: die Heimkehr des geliebten Bruders in unser schlesisches Land. War also, wie gemeldet, der Arzt Gerich Seidenberg wieder in Venezia eingetroffen und hatte dort zu Lande und zu Schiff noch an die drei Jahre praktiziert. Aber plötzlich wurde er von heftigem Heimweh ergriffen und schrieb nach Altweiden wie folgt:

›... bin nachgerade ein Arzt und Vagabundus worden, ähnlich dem Theophrast Paracelsus, den man wohl sehr zu unrecht schmäht. Nun zwar ist der Theophrast zu Pferde durch die Lande gezogen, ich aber fahre die meiste Zeit zu Schiff. Brauche aber dennoch gern seine, des Paracelsi Worte: ›Also bin ich gewandelt durch die Länder und ein Peregrinus gewest meine Zeit, allein und fremd und anders. Da hast Du, Gott, wachsend lan Deine Kunst unter dem Hauche des fruchtbaren Windes mit Schmerzen in mir...‹

Doch ich, meine Rebekka, sage jetzt nicht von der Kunst des gottverbundenen Arztes, sondern von der Kunst des gottsuchenden Menschen, der seine Seele dem Lichte zugewandt.

Bedarf nunmehr der Ruhe und stillen Einkehr. Also werde ich morgen meine letzte Schiffsreise tun und die ›Santa Anna‹ noch einmal auf deren Fahrt nach Taranto begleiten. Alsdann, liebe Schwester, will ich heimkommen zu Euch, hoffend, in der Stadt Glogau herbergen die Leute einen reisemüden schlesischen Arzt ...‹

Auf Altweiden begann das frohe Warten, auch Wolfdieter und mein Ehegemahl freuten sich der baldigen Heimkehr des bewunderten Onkels und Vetters. Jedoch, aus dem frohen Warten wurde eine große Unruhe, und zuletzt kam zur Sorge die Angst. Und dann brachte uns ein Bote das Schreiben des Freundes Doctor Valentin Martini, welcher uns meldete, daß die ›Santa Anna‹ nicht in Taranto eingetroffen, auch sonst keinen Hafen angelaufen und wohl nach einem Sturme von den Türken sei aufgebracht worden. Er tröstete uns aber, ein christlicher Medicus werde bei den Türken, in Sonderheit von deren Fürsten, hoch geachtet; so blieb uns die Hoffnung, daß Gerich Seidenberg nicht irgendwo in Ketten lag.

Nun war aber zu dieser Zeit – anno 1683 – die Furcht vor den Türken über die Maßen groß. Das riesige Heer des Sultans stand vor der Kaiserstadt Wien. Der Kaiser selbst war aus der Stadt geflohen, und der tapfere Polenkönig Johann Sobieski hatte Wien noch nicht befreit und die Fahne Muhameds noch nicht erbeutet, wie erst am 12. September desselben Jahres geschah. (An den Rand geschrieben: Es wurden nach dem Siege des Polenkönigs über die Türken zwar Gefangene ausgetauscht, jedoch in Sonderheit die Herren Offiziere; nicht aber solche für die Kriegführung unbedeutende Personen wie Gerich Seidenberg, der Arzt.)

Zwei Jahre danach gewannen wir neuen Mut, als der Venezianer die Insel Peloponnes von den Türken befreite; auch diese Hoffnung blieb umsonst.

Auf Freienbielau verstarb meine Frau Mutter, welche unver-

sehens eine neue Liebe zu ihrem einstigen Adoptivsohn entdeckte. Jeden Monat in ihrem letzten Lebensjahr schickte sie
einen berittenen Knecht und ließ bei uns anfragen, ob der
Junker von Bielschütz (sie gebrauchte niemals den Namen
Seidenberg) nicht endlich heimgekehrt.

Warten auf einen verschollenen Mann, das ist wie ein langsam Sterben des Blümleins Immergrün. Nach sieben Jahren
sind alle Blätter welk. Hatte auch an mir selbst die Zeit des
Welkens begonnen: war gestern vierzig Jahre geworden und
schaute heut gar wehmütig in den beginnenden Abend und
hinab auf den Anfahrtsweg vor unserem Herrenhause. Sehe
im Dämmerlicht einen Reiter auf langsamem Pferde und
denke: Wolfdieter ist doch im Haus? Aber dort unten springt
der Reiter jetzt aus dem Sattel, und es ist nun doch Wolfdieter.

Da stockt mein Atem, und ein heißes Brennen fährt in mein
Herz: Der Mann dort unten, der ist so groß und so breit, das
ist Wolfdieter nicht. Das ist nicht Wolfdieter! Heiliger Himmel, das ist . . .

Und ich jage die Treppe hinunter wie eine junge Magd, und
ich schreie durch das Haus: Das ist Gerich! Heiliger Himmel,
das ist Gerich! Und ich liege an seiner Brust, und ich weine
und schluchze wie ein Kind . . .

Doch mehr zu schreiben über das glückvolle Wiedersehen, ist
meiner Feder unmöglich; wie ein jeder weiß, dem ein Tot-
geglaubter plötzlich heimgekehrt.

Wie aber war es dem Arzt und Bruder zuvor ergangen?

Der Türke hatte die ›Santa Anna‹ aufgebracht und die Besatzung gefangen. Gerich Seidenberg wurde auch bald als
Arzt erkannt und mußte einem türkischen Fürsten oder Wesir
zu Diensten sein. Es sind jedoch die Türkenmenschen besser
als deren Leumund hierzulande.

Und so geschah des Seidenbergs Flucht:

Von der Stadt Filibe* bis hin zum Kloster des Gregor Pakurianos in dem Rhodopengebirge sind es nur sechs Meilen zu Fuß. Sechs Meilen marschiert ein Mann wie Gerich Seidenberg ohne Mühe in einer einzigen Nacht. Und als das Morgenlicht dämmert, klopft ein fremder Pilger an das schwere Eichentor des Klosters. Die Seitenpforte öffnet sich einen Spalt, der dunkle Schatten huscht hindurch, und die kleine Tür fällt wieder ins Schloß. Nur ein früher Eichenhahn lärmt und krächzt für kurze Zeit. Wohl durchsuchen die türkischen Späher auch das Kloster der griechischen Mönche, dort aber wurde noch nie ein Flüchtling aufgespürt.

Gerich Seidenberg, in der Tracht der Mönche, lebt jetzt gerade so verborgen wie weiland Luther auf dem Schlosse Wartburg. Nur wenn der Pförtner einen türkischen Späher meldet, läuft der neue Mönch behend ins geheime Zimmer, öffnet einen reich gezierten Schrank, legt sich auf ein schmales Bett und fährt, an vier Seilen gehalten, mit der Bettstatt in die Tiefe. Ein zweiter Mönch verdeckt mit einer Falltür das entstandene Loch, schließt geruhsam den Schrank, geht unbeirrt seiner Arbeit nach, und der türkische Späher ist's zufrieden.

Die Zeit im Kloster des Gregor Pakurianos wird eine Zeit der ›Hesychia‹, der Übung heiliger Ruhe. Denn – so sagt der Abt und brüderliche Freund unseres Arztes – es ist des Menschen zubestimmtes Lebensziel, durch das Einswerden mit dem göttlichen Willen auch die Welt für die Einwohnung Gottes bereit zu machen; also dient diese Übung einem selbst und auch dem Bruder zur Rechten; wie ja der heilige Paulus spricht: denn in Ihm leben, weben und sind wir alle.

Und das immerwährende Gebet der Mönche lautet: ›Kyrie Christe eleison.‹ Die Mönche beten es mit dem Herzen, nicht mit der Zunge oder dem Verstand. Da aber das Herz niemals

---

* Filibe ist der türkische Name für Plowdiw.

schläft, beten sie ohne Unterlaß, wie es der Apostel geboten. Und so ruft das Herz des Mönches – ob er esse oder trinke, ob er sitze oder diene, ob er wandere oder ruhe –, ruft das Herz allezeit: Herr Jesus Christus, erbarme dich meiner!

Und Gerich Seidenberg pflegt die Übung ›Hesychia‹ der heiligen Ruhe, spricht sein Gebet vor der wunderkräftigen Ikone ›Heilige Mutter mit den goldenen Augen‹; er sitzt auf der Marmorbank im Klosterhof, und sein Blick schweift über das grüne Tal des Flusses Mariza. Er steht am Fenster der Bibliothek und schaut fernhin nach Norden, wo hinter vielen Gebirgen das Sehnsuchtsland Schlesien wartet; aber sein Herz bleibt immerwährend (sage ich, die Chronistin) in der heiligen Übung ›Hesychia‹. Und der Wanderarzt erkennt, daß sein Sehnsuchtsland zum guten Ende woanders liegt, nicht am Oderstrom, wohl aber am lichten Ufer der Vorhallen Gottes.

Petros Kalomiris heißt der Abt und Freund des Arztes. Zum Abschied reicht er ihm an zierlicher Halskette ein vergoldetes griechisches Kreuz zum Gedenken an ihre Freundschaft und an das Gebet der Ruhe, und allezeit am Herzen zu tragen...«

Die Flucht ging weiter.

Als Pilger zogen drei Mönche südlich bis zum Hafen Kawalla. Nach zwanzig Tagen waren sie am Meer. Nachts trug ein Boot den einen der Mönche hinaus zum wartenden Kaufherrenschiff der Venezianer. Hinter allem aber stand Seidenbergs Freund Doktor Valentin Martini als Mittler und Helfer; jedoch war er durch Eid gebunden, stillzuschweigen bis nach gelungener Flucht.

Nun aber wurde der Doktor Seidenberg ein Stadtmedikus in Glogau.

»Die drei Meilen von Glogau nach Altweiden ritt er oft noch abends spät; und immer war er herzlich willkommen auf unserem Gut. Dann holt der Mallwitz einen Krug Malvasier eigenhändig aus dem Keller und richtet an den Vetter Frage um Frage, denn der Mallwitz kann nimmer genug von Gerichs Reisen und Abenteuern hören, weil er selbst niemals aus unserem Schlesien hinausgekommen. Nicht minder spitzt Wolfdieter die Ohren, wiewohl er sich dem Herrn Onkel und Arzte gegenüber ein wenig als Resignant gebärdet, weil dieser ihm den heißspornigen Wunsch vereitelt, wider den Türken zu reiten unter des Kaisers Panier. Ich selbst aber sitze bei meiner Stickerei und fühle mich geborgen und glücklich wie zu des Herrn Vaters Zeit.

Und da ich mich an dieser Stelle der Schriften Jakob Böhmes erinnere, die mir aus Amsterdam sind zugeschickt worden: Gerich Seidenberg zeigte große Freude, diese Bücher in Altweiden vorzufinden. Pieter van Hoorn jedoch war bereits gestorben. Und blieb die Frage offen, ob der Herr Schwager die Schriften des von ihm so Hochgerühmten noch selber hat gelesen. Oder hat dem Pieter van Hoorn etwa der Zauberer bis zum letzten Stündlein am Ohre gelegen, immerzu flüsternd: Getröste dich, Pieter, es hat ja noch viel Zeit?

Aber ich, Rebekka, des Friedrich von Mallwitzens Ehegemahl, hatte selber acht zu geben auf einen Zauberer. Der nistete zuweilen in meinem Herzen, verbotene Wünsche flüsternd, die einer Ehefrau von vierzig Jahren wohl übel geziemen. Weiß nicht, ob solcher Zauberer auch Gerichs Herz bedrängte, weiß nur noch dieses: Ich künde ihm eine kleine Kurzweil, lege meine Noten auf die venezische Tischorgel und spiel ihm unsere Saraband. Da springt ein junger Glanz in seine Augen, und er leert das Glas Malvasierweines mit einem Zug.

Nun schwanden die wenigen Jahre unserer Gemeinsamkeit mit dem Bruder und Arzte dahin wie ein letzter Sonnenstrahl hinter der Abendwolke, und also folgt des Gerich Seidenbergs neuerlicher Abschied und Fahrt ohne Wiederkunft:

Im März anno 1694 empfing mein Bruder einen Brief des Abtes und Freundes Petros Kalomiris. Doch der Abt schrieb nicht aus dem Kloster des Pakurianos, sondern aus dem fernen Monemvasia. Vier Meilen nordwärts der Felsenstadt hatte Kalomiris mit wenigen Mönchen eine Einsiedelei errichtet in dem Gemäuer eines verlassenen Klosters. Die Mönche insgesamt dienten fortan den Bauern und Fischern des armen, kriegswüsten Landes Morea oder Peloponnes, wo jetzt das böse Küstenfieber härteren Tribut verlangte als vormals der Türk. ›Es gibt keinen Arzt, geliebter Bruder‹, schrieb Petros Kalomiris, ›Du aber vermagst wohl zu heilen mit dem wunderkräftigen Pulvis aus der amerikanischen Baumrinde . . .‹

Gerich Seidenberg rüstete zur Reise, und ich ahnte bereits den Ausgang, all das, was die Kopien zweier Sendbriefe nunmehr dem Leser eröffnen.

Es schreibt Gerich Seidenberg am 14. Oktober 1694 seiner Schwester Rebekka von Mallwitz also:

›Nun denn, ich bin am Ziel! Und ich will meinen ersten Eindruck sagen: Weither sichtbar ist der klotzige Inselberg dieser Stadt Monemvasia, und er liegt blauschwarz im Meere wie ein riesiger Helm. Nur eine Steinbrücke bindet Insel und Festland, und davon stammt der Name: Monemvasia, das ist: ›Mit einem Zugang‹. Prachtvolle Kirchen, hohe Torbögen, große Gewölbe zieren diesen Handelsplatz, diese Feste der Venezianer. Man nennt die Stadt auch Napoli di Malvasia. Aber der gute Malvasierwein wächst hier nicht, laß ich dem Herrn Vetter bestellen, sondern wächst auf den Inseln rings umher. Es wird aber des Herrn Vetters Lieblingswein von hier aus gehandelt; wie eben manches Köstliche durch fremde Häfen muß!‹ (Halte dafür, Gerich Seidenberg deutete damit auf meinen Ehestand.) Und er schreibt weiter:

›Bin gestern bei ruhiger See hier angelangt, habe ein Quartier gefunden, und jetzt, nach kurzer Nacht, stehe ich am Ostrand

dieses gewaltigen und dunklen Felsens. Aus einer schwindel-
machenden Höhe fallen die Kanten steil ab zum Meere, wie
mit dem Messer geschnitten. Und nun: der Tag bricht herauf!
Hellgrün und blaßrot ist der Himmel, wie ein Schmuck aus
Turmalin und Rhodonit für ein festliches Kleid. Aber dunkel-
blau – wie einstmals das Festgewand der schönsten Tänzerin
zu Liegnitz – ist das Meer zwischen dem fernen Horizont und
dem steinernen Giganten von Monemvasia. Und dort, weit
unten, fährt mein Schiff. Der Venezianer segelt zurück um die
Südspitze Lakoniens. Hell leuchtet sein Segel; und ich denke
bei mir: Wohl dem, der mit hellen Segeln einstmals hinüber-
fährt an das andere Ufer . . .

Nun aber steigt die Sonne aus der Tiefe, ganz licht wird's
umher, und das ist mein Zeichen. Bald wird Petros Kalomiris
mich auf der Brücke erwarten, wird mein Gepäck auf den
Rücken des Lastesels binden, und also werden wir über stei-
nigen Saumpfad vier Meilen nordwärts wandern, bis zur Einsiedelei, meinem neuen Arbeitsfeld.

Aus Venezia läßt Dir der Valentin Martini herzliche Grüße
sagen. Hat das Heimweh bekommen und will auf ein Jahr
nach Breslau. Sodann will er auch auf Altweiden vorsprechen,
und vielleicht kommt er noch zeitig zu Wolfdieters Hochzeits-
feier. Der wäre ein gar lustiger Gast . . .‹

Ein Jahr darauf traf der letzte Brief aus Monemvasia in Altweiden ein, aber dieses Schreiben stammte aus der Feder des
Abtes Kalomiris und nur beigelegt war ein zurückgelassener
Brief meines geliebten Bruders; und dieser Brief klingt wie
ein Testament:

›. . . wir heilen das Sumpffieber durch unser Pulvis mit wech-
selndem Erfolge. Jedoch: wenn das Fieber noch jung ist, fehlen wir fast nimmer. Und da Petros Kalomiris die Dosierung
jetzt geradeso gut versteht als ein Arzt, dürfte ich wohl heim-
reisen – sofern Gott es will.

Und dieses war mein geistiger Weg: Ich habe nicht gefastet, ich habe nicht gewacht, ich habe nicht auf der bloßen Erde geschlafen, aber ich habe mich verdemütigt und Gott immerwährend zuerst gesucht; und also hat mich der gerettet, der vor allen anderen den Verachteten nachgeht. Denn: wo die Demut grünt, dort wächst wohl Gottes Herrlichkeit zu ihrer Stunde.

Und ist noch zu melden, wie der Jakob Böhme doch so trefflich schreibt vom Mysterio der geistlichen Hochzeit, wo die edle Sophia sich der Seele vermählt; und auch der Tauler sagt von solchem gottförmigen Menschen: er wird zudem äußerlich geordnet, wird blühend, groß und stark zu allem, wozu Gott ihn haben will. Und so springt er recht wohlgemut in das ewige Leben . . .‹

Dieser Brief des Gerich Seidenberg ist nicht mehr vollendet worden. Es findet sich aber, etwas abgesetzt, auf dem Bogen noch ein lateinischer Spruch:

> ›Sicut portavimus imaginem terreni,
> portemus et imaginem caelestis.‹*

Und der Abt Kalomiris, nachdem er unserer Familie Schmerz und Beileid bezeigt und christlichen Trost zugesprochen hatte, schrieb mir zum Schluß:

›. . . er liebte besonders das weite Meer und fuhr des öfteren ein Stück mit dem Boote hinaus. Nun sagt er diesmal, ihn habe im Traume sein kleiner Zwillingsbruder gerufen; also setzt er ein Segel und steuert vor dem Winde, und das Meer ist heute fast schwarz, weil der Himmel so ungewöhnlich trüb. Aber weither noch leuchtet das helle Segel des Gerich Seidenberg, meines viellieben Bruders.

Nun kommt er am Mittag nicht zurück und auch am Abend

---

* Wie wir das Bild des Irdischen trugen,
  werden wir auch das Bild des Himmlischen tragen. (1. Kor. 15)

nicht zurück und nicht am anderen Tage. Wurde auch von keinem seither das Boot oder Segel gefunden. Es war aber der 25. August und ein Donnerstag.

Da lag nun neben dem Briefe das güldene Kreuz, das ich Euch hier beigebe; und ich weiß nimmer, ob unser Bruder und Arzt das Kreuz neben dem Briefe vergessen oder mit einer bestimmten Absicht hat niedergelegt; etwa Euch, ehrenwerte Schwester, zum Angedenken. Kannte er doch die zunehmende Schwachheit seines kranken Herzens . . .

Nun aber: Unsere Einsiedelei, das alte Kloster, hat einen Turm mit gotischem Fenster. Durch dieses leuchtet des Nachts ein heller Stern, als stünde ein strahlend Licht darin. Haben uns auch an diesem symbolischen Bilde oftmals erfreut, der Bruder und ich. Darum: am Fuße des Turmes werden die Mönche den Gedenkstein setzen und einen Spruch in den Marmor schlagen, der also lautet:

> Anno 1695: Gerich Seidenberg, dem Arzte.
> Er hat auf seinen Fahrten viel gewagt.
> Als er das fünfzigste Jahr erreichte,
> wagte er es, über das schwarze Meer
> des Todes zu segeln. Und siehe,
> er kam glücklich hinüber.
> Nun ankert er dort vor einem lichten Strand.‹

Damit beschließe ich, Rebekka von Mallwitz, die Chronik des Arztes Gerich Seidenberg; es ist mir aber nicht möglich, das Symbol vom Weißen Fährmann zu deuten, worüber der Bruder nur ein einziges Mal zu mir sprach. Also lasse ich die Frage offen, wer endgültig der Weiße Fährmann sei. Ist es Jeremiel, der siebente von den Sieben, die da sind vor Seinem Stuhl, wie die Offenbarung sagt? Oder ist es sogar der Herr selbst? Ich weiß das nicht zu deuten und vermag nicht zu ent-

scheiden, mit *wem* nun der Gerich Seidenberg meiner schreibenden Feder davongefahren...

Was aber sollte ich anderes tun – jetzt, wo die Chronik abgeschlossen –, als auf der zierlichen Tischorgel unsere alte
Saraband zu spielen?

Und es wird sein wie eh und je: Gemessen und mit erhobenem
Haupte schreiten die Tänzer einher im Rhythmus der Saraband, folgen dem vorgeschriebenen Takte und meistern ihn
geradeso aufrecht, wie du deinen Lebensweg gemeistert, mein
herzlieber Bruder Gerich Seidenberg. Aber am Ende alsdann,
wenn ich die letzten Takte ein wenig piano musiziere, klingt
mir eine zarte Süße darein, als träumten die schreitenden
Tänzer von einem vergangenen Glück...

R. v. M.«

Hier schließt die Chronik.

Schwach fallen die Strahlen der Nachmittagssonne durch das
Fenster und treffen auf Wolfgangs Schreibtisch. Gedankenverloren ordnet Wolfgang Horlitz die losen Blätter, legt sie
zurück in die dunkelgrüne Mappe, steht dann auf, nimmt Hut
und Mantel und wählt den Wiesenweg, hinüber zum nahen
Wald, um nachzusinnen.

In den folgenden Tagen las und studierte er den Text der
Chronik immer aufs neue. Er wollte dem Geheimnis auf die
Spur gelangen, das ihn mit dem Junker und Arzt Gerich Seidenberg verband. Wie sehr hatten ihn die geschilderten Ereignisse fasziniert, jene vielfachen Bezüge zu seinem persönlichen Lebenslauf. Zudem: während der Lektüre der Chronik
schien nicht nur Rebekka Seidenberg, sondern jedesmal auch
Roswitha von Mallwitz in die Handlung verwoben – und
trug das Porträt der Chronistin, das in Altweiden zurück-
geblieben war, in Wolfgangs Erinnerung nicht die Züge beider Frauen, die Roswithas und die Rebekkas?

251

Dann wieder zwang sich Wolfgang zu phantasieloser Nüchternheit und prüfte, ob nicht auch andere Menschen Parallelen aus dem Text der Chronik für sich herauslesen würden, hätten sie nur die Möglichkeit des Vergleichens wie er. Und endlich entschied sich Wolfgang Horlitz für den Mittelweg: Seidenberg besaß gewiß sehr viele ›Zwillingsbrüder‹, heute und damals und zu aller Zeit. *Wen* im einzelnen, das mochte jeder bei sich selbst ermessen. Er, Wolfgang Horlitz, wollte diesen Titel gern für sich in Anspruch nehmen, aber gleichnishaft.

Doch wenn er es noch einmal bedachte, lag vielleicht mehr als nur ein Gleichnis in der Chronik: die Rätselfrage nach der Überseelung, dem Ibbur . . . oder etwa die Frage der Wiederverkörperung, sofern sie Seidenbergs leiblichen Zwillingsbruder betraf, der als Vierjähriger ertrank.

Und stark bewegte ihn zuletzt Seidenbergs Tod im Alter von fünfzig Jahren. Zwar blieben Wolfgang Horlitz bis zu diesem Geburtstag noch acht Jahre Zeit, dennoch empfand er ein Unbehagen bei der Erwägung, das Doppelschicksal mit dem ›Zwillingsbruder‹ könne Gebundenheit bedeuten und nicht nur Symbol. Dieses Unbehagen versetzte ihn in einen weiteren Zwiespalt: Wenn er sich schon die »geistige Fahrt« des Gerich Seidenberg zum Ziele nahm und den Vorsatz faßte, nach dem Weißen Fährmann zu rufen, weshalb dann erschrak er beim Gedanken, daß die Überfahrt womöglich so bald statthaben sollte? Und das Paradoxon der Christen wurde Wolfgang Horlitz zum Ärgernis: sie preisen das ›himmlische Paradies‹, wollen aber denkbar spät dort einkehren.

Wolfgang brauchte einen Menschen, mit dem er über all diese Dinge sprechen konnte. Deshalb schickte er seinem Freund Andreas Brückner die Chronik und einen ratsuchenden Brief. Und Brückner schrieb zurück:

»... was Deine Frage zum leidigen ›Paradoxon der Christen‹ anbelangt – ich bin gewiß, erst wenn der Mensch den Kyrios

Christus persönlich geschaut, wird er mit Paulus rufen: ›Ich habe Lust abzuscheiden und bei Christus zu sein!‹ Denn die ›Überfahrt‹, von der Du sprichst, hat nichts mit der Todesstunde gemein, sie betrifft die mystische Schau oder unio mystica. Und hier erst wird der Freudenruf wach: ›Tod, wo ist dein Sieg?‹ Aber jene unio mystica oder geistliche Hochzeit als transzendentes Geschehen muß nicht notwendig in diesem irdischen Leben der Seele widerfahren, wie unser Glaube lehrt.

Zu Deiner anderen Frage vermag ich nur dieses zu sagen: Nimm den Gerich Seidenberg zum Sinnbild, Du trägst ja sein Zeichen, das goldene Kreuz. Wenn der Mensch in allen Lebenslagen das von Gott gebotene Verhalten übt, wird er dem ›Zwillingsbruder‹ ähnlich.

Die Rätselfrage nach der Überseelung, dem Ibbur, oder die Frage nach der Wiederverkörperung sind philosophische Probleme, die wir beide auch nicht beweiskräftig lösen werden. Doch acht haben sollten wir, daß man uns in diesem Problemgarten die christliche Wahrheit nicht heimlich verwässert. Der Führer der Seele auf unserem Pfad ist Christus selbst. Und was die These über die Wiederverkörperung betrifft: sie reicht nur bis zu Christus und keinen Zoll weiter. Wer also im Glauben dem ›Erlöser‹ begegnet ist, dessen Seele bedarf keiner Wiederverkörperung. Anderenfalls – höre gut zu! – anderenfalls wäre ja Christus umsonst gestorben; und das sei ferne.

Noch eine Vorsicht: verschließe die Gedanken und Erkenntnisse zu diesem unserem Thema in Deinem Herzen, denn es ist nicht geboten, Perlen auf die Straße zu werfen. Du weißt, die geistige Resignation ist die Signatur unserer Tage. Die Wortführer, welche die Menschen sich erwählen oder aufdrängen lassen, sind der Transzendenz unfähig; und es ist keinesfalls tröstlich zu hören, daß schon Novalis klagte: ›Die Zeit ist nicht mehr, wo der Geist Gottes verständlich war. Der Sinn der Welt ist verlorengegangen. Wir sind beim Buchstaben stehengeblieben. Wir haben das Erscheinende über der Erscheinung verloren ...‹ Trotzdem, wohl jede Epoche hat ihren Jeremia und ihren Jojakim.«

Und Wolfgang Horlitz vergegenwärtigte sich den biblischen Bericht: Der Prophet Jeremia ließ, auf Gottes Geheiß, alle seine Weissagungen in eine Buchrolle schreiben, dem König Jojakim und Israel zur Besinnung und Umkehr. Die Buchrolle dann wurde dem König Jojakim vorgelesen; es war Dezember, und im Kohlenbecken brannte das Feuer. Wenn nun der Diener drei oder vier Spalten gelesen hatte, schnitt der König mit dem Federmesser das Gelesene ab und warf es ins Feuer, bis die ganze Rolle im Feuer verzehrt war. ›Und niemand erschrak oder zerriß sein Kleid, weder der König noch seine Diener.‹

Brückner schloß den Brief:

»Wir aber, lieber Freund, sind dankbar, auch heute noch Menschen zu finden von der Art Gerich Seidenbergs; Menschen, die über die ›Könige Jojakim‹ tief erschrecken – und dennoch nicht allein erschrecken, sondern umgekehrt tun: wenn ›Sammael‹, der Ungeist, aus *seiner* Buchrolle zu rezitieren beginnt, dann schneiden die Gerechten das Gelesene ab und werfen es in das verzehrende Feuer, ob auch alle Diener des Sammael lärmend darüber ihr Kleid zerreißen ...«

Mit einemmal findet Wolfgang Horlitz Klarheit bei sich selbst durch ein plötzlich aufscheinendes Bild: Simeon Kallistos, der Abt, steht am Bogenfenster der Klosterbibliothek und blickt hinaus auf das grüne Tal der Mariza. Jetzt wendet er sich um, sieht Wolfgang groß an. Dann spricht er das entscheidende Wort: »Gerich Seidenbergs Weg wird beschrieben, bestätigt und bezeugt seit den Tagen der Apostel bis auf unsere Zeit. Dieses Licht wurde als Erbe geschenkt und wird durch alle Generationen auf geheimnisvolle Weise weitergetragen – auf geheimnisvolle Weise, Wolfgang Horlitz! –, bis Christus zum zweitenmal auf Erden erscheint ...«

Und als der Abt mit einem Lächeln in die Verborgenheit zurücktrat, meinte Wolfgang, er habe das Lächeln seines Freundes Andreas Brückner erkannt.

Wie aber, Wolfgang Horlitz, beginnt man die »geistige Fahrt« des Gerich Seidenberg, endgültig und entschieden? Wird man die Brücken hinter sich verbrennen und dann die Einsamkeit wählen, um allein der mystischen Meditation zu leben, gleichsam als weltlicher Athosmönch?

Wolfgang Horlitz wählte die Einsamkeit nicht. Dennoch, alle seine freundschaftlichen Bindungen wurden locker, mehr und mehr, weil die Wege sich teilten und immer weiter auseinanderliefen.

Zu dieser Zeit erinnerte er sich an einen Kirchenbesuch in seinem ersten Schuldorf. Seine Trauung wurde abgekündigt, aber außer Edith und ihm fanden sich nur noch zwei alte Leute zum Gottesdienst ein. Der Pfarrer einer Nachbargemeinde hatte an jenem Sonntag die Vertretung übernommen, doch seine Worte galten hier nichts. Er predigte, wie es hieß, zu verstiegen. Sogar der Dekan hatte Wolfgang gegenüber während einer religionspädagogischen Tagung einst nachsichtig geäußert, man müsse den geistlichen Bruder in Liebe ertragen. Wolfgangs Erinnerung nun richtete sich auf die Kanzelrede jenes Predigers in der Wüste, der den Eindruck erweckte, als wolle er gar nicht predigen, vielmehr ein tiefgründiges Selbstgespräch führen vor dem Angesicht Gottes. Und deutlich hörte Wolfgang noch heute den hervorstechenden Satz: »Einerseits ringe ich um die Gewißheit der biblischen Erkenntnis; andererseits weiß ich mehr, als mir mein Zweifel sagt.«

Weshalb, so fragte sich Horlitz, hatte er mit diesem Mann nie Verbindung gesucht? Und er bedauerte, wie manches er doch mit trägem Herzen oder mit zaghaftem Bedenken versäumt hatte. Deutschmann und Edith bedrängten sein Gewissen besonders. Ernst Deutschmann hätte er mehr Freundschaft erweisen sollen, und von Edith wußte er nicht einmal, wie es ihr ging. Aber vermißte Deutschmann seine Freundschaft überhaupt? Und auf welche Weise durfte er sich um Edith kümmern, ohne ihren Mann ein zweites Mal zu verletzen?

In diesem Augenblick, mitten in solchen Erwägungen, faßte Wolfgang Horlitz den Mut, an Rebekka Michaeli-Seidenberg zu schreiben, über die Konzert-Agentur, unverzüglich.

Rebekkas Antwort kam aus Israel. Sie schalt ihn wegen seiner Feigherzigkeit nach dem Konzert; aber Wolfgang spürte, daß hinter diesen Worten nicht die volle Überzeugung stand, eher eine versteckte Dankbarkeit. Auch bat sie in ihrem Brief darum, Wolfgang möge aus »ersichtlichen Gründen« von einer ständigen Korrespondenz absehen, dann und wann aber getrost ein Lebenszeichen senden; und wie nebenbei erwähnte Rebekka, die Cellistin Hanna Michaeli sei die jüngste Schwester ihres Mannes.

Sieben Jahre dauerte die Zeit der kargen Nachrichten zwischen Weiersroth und Tel Aviv. Dann, nach dem plötzlichen Tode Menachem Michaelis, übersiedelte Rebekka wieder in die Schweiz zu ihrer Mutter. Aber strikt, wie es der Ritus gebot, hielt Rebekka das Trauerjahr ein und suchte die Begegnung mit Wolfgang Horlitz einstweilen nicht; sie schrieb ihm jedoch ausführlich, was alles sie in den vergangenen Jahren erlebte, und sie empfing in langen Briefen den Lebensbericht des Wolfgang Horlitz und dazu die Chronik des Gerich Seidenberg. Das Wiedersehen endlich – so hatten es Wolfgang und Rebekka geplant – sollte eine funkelnde Krone erhalten: die gemeinsame Fahrt nach Oderstedt, in das Uferland ihrer Jugend.

16

Rebekka Seidenberg-Michaeli kam im August nach Weiersroth, an einem heißen Sonnentag, als auf den Feldern die Mähdrescher lärmten.

Wolfgang Horlitz war jetzt fünfzig Jahre alt, und seine geistige Wandlung in der zurückliegenden Zeit war vergleichbar einer Betrachtung des Seidenberg-Porträts: Die Augen maßen das Bildnis von unten nach oben, von den Stulpstiefeln aufwärts, und erst bei längerem Hinschauen haftete der Blick am Gesicht des jungen Mannes, wenn die kräftigen Farben der Montur ihre Anziehungskraft verloren. In dieser Weise hatte Horlitz das Kultidol von Äußerlichkeit und Aufputz ringsum überwunden. Er führte daher ein Leben, das nach Ansicht vieler Kollegen und ferngerückter Freunde in der Langenweile versickerte.

Einer fragte, und es folgte eine Wechselrede wie nach dem Wort des Aurelius Augustinus, einer fragte: »Was, um alles in der Welt, versprichst du dir, Wolfgang?«

»Gott und die Seele will ich erkennen.«

»Weiter nichts?«

»Gar nichts.«

Wolfgang Horlitz war endlich zur Ruhe gelangt. Die Unrast war von ihm gewichen, nicht länger wurde er hin- und hergezerrt zwischen Einkehr und Zerstreuung, zwischen seelischer Gelassenheit und ehrgeiziger Aktivität. Er hatte den Zwang besiegt, streckenweis den alten Anker zu werfen, um wieder rückwärts zu blicken während der ›geistigen Fahrt‹, deren Ziel die Chronistin am Beispiel des Junkers und Arztes so eindeutig dargestellt hatte: »Aber als Gerich Seidenberg in dieser Form zu mir redete, war er schon einer, der auf der ›anderen Seite‹ steht, auf der Seite Gottes, nicht mehr auf Seiten dieser Welt.«

Und glücklich stimmte es Wolfgang, daß Rebekka ihn unverabredet wie von selbst begleitet hatte zu gleichem Ziel. Rebekka, nachdem sie die Chronik gelesen, sandte Wolfgang einen verständnisvollen Brief, worin sie ihre Lebenseinsicht mit den Worten des emigrierten Görlitzer Dichters Paul Mühsam unterstrich: »Jenseits des Todes gibt es nicht Maß, noch Gewicht, noch Münze. Darum kann wesentlich nur sein, was unmeßbar, unwägbar und unkäuflich ist.«

Selbstverständlich versah Wolfgang Horlitz alle beruflichen Pflichten, und wie seine Nachbarkollegen war er bemüht, den Dorfkindern eine angemessene Ausbildung zu vermitteln. Hatte er an der Stadtschule den Nachhilfeunterricht bevorzugt – der sich nun im System der Einklassigen Schule von selbst anbot –, so sah er jetzt eine Aufgabe darin, die bäuerlichen Eltern begabter Schüler zu überzeugen, daß sie ihre Kinder auf eine weiterführende Schule schickten, wenn auch die Strapazen eines langen Schulwegs damit verbunden waren und also auf wirksame Mithilfe des Kindes in der Landwirtschaft verzichtet werden mußte.

Wolfgang hatte nicht so bald Erfolg, doch weckte er unter den Bauern mehr und mehr eine Bereitschaft, die Berufsausbildung des Kindes höher zu werten als die Aussicht, einen Hof zu übernehmen, der wirtschaftlich in die Unrentabilität abglitt und seinen Besitzer somit nötigte, sich zusätzlich als Hilfsarbeiter zu verdingen.

Freie Nachmittagsstunden verbrachte Wolfgang Horlitz gern in den schier endlosen Weiersrother Wäldern. Dort, zwischen Buchen und Weißtannen, fand er auf menschenleeren Pfaden am ehesten zu sich selbst. Indes arbeitete er oft bis tief in die Nacht am Schreibtisch, studierte das weite Gebiet der christlichen und außerchristlichen Mystik und schrieb sein umfangreiches Manuskript über die Sendbriefe Jakob Böhmes.

Einmal in der Woche jedoch gesellte er sich zu den Weiersrother Bauern. Dann nahm er seinen Stammplatz in der Blauen Traube ein und trank bei Gesprächen über den Niedergang der landwirtschaftlichen Kleinbetriebe einen rheinischen Rotwein; und diesen trank er in Erinnerung an den Malvasier des Friedrich von Mallwitz und im Gedenken an den historischen Zwillingsbruder.

Rebekka Seidenberg-Michaeli kam einen Tag zu früh.

Wolfgang Horlitz hatte den Henners bei der Ernte geholfen, hatte des Nachmittags den Mähdrescher gefahren, weil der junge Henner mit einem Beinbruch im Krankenhaus lag, der alte Henner jedoch den »modernen technischen Kram« wie Feuer scheute. Wolfgang hatte Gerste gemäht, und ausgerechnet heute, einen Tag bevor er endlich Rebekka wiedersehen sollte, mußte er fortwährend an Eckehart Salmuths Worte denken: »Wissen Sie, Herr Horlitz, jetzt reift bald die Gerste zwischen Altweiden und Schwentendorf . . . Wissen Sie, so ein Gerstenfeld vor der Ernte, das schimmert in der Sonne wie Roswithas Haar . . .«

Verspätete Grübeleien, Wolfgang Horlitz, unangemessen zudem, denn morgen kommt Rebekka!

Wenn er mit Rebekka nach Oderstedt fuhr, vielleicht nahm die Reisegesellschaft im ehemaligen ›Brüderhotel‹ Quartier? Hinter diesem Hotel lag das alte Lyzeum, Rebekkas Schule, lag der Schulplatz mit den Kastanienbäumen und dem Musiksaal. Ob heute polnische Studenten dort eine Händel-Sonate übten? Wer wohl sein, Wolfgangs, Klavier in Besitz genommen hatte und die Wohnung in der Angerstraße dazu? Er würde sich diese Leute ansehen, ganz gewiß . . .

Der Aushilfspilot auf dem Hennerschen Mähdrescher wurde aus seinen Gedanken gerüttelt. Ein plötzliches Vibrieren hatte den Drescher erfaßt, und die Kraft des Motors schien zu erlahmen. Rasch schaltete Horlitz zurück in den ersten Gang, denn vor sich, diesen Streifen Liegefrucht, vermochte das

Mähwerk nur im Schrittempo zu schneiden. Zugleich erinnerte sich Horlitz des Lamellensiebs: er hatte bisher Gerste gemäht und arbeitete jetzt auf einem Weizenfeld; er mußte das Sieb noch auf die entsprechende Körnergröße einstellen. Ohne die Antriebsmaschine abzuschalten – der Drescher kroch ja nur wie eine Schnecke dahin –, sprang Horlitz links auf das Stoppelfeld, regulierte die Siebeinstellung und eilte wieder nach vorn zum Aufstieg. Aber die Schritte über den Stoppelacker und das Erklimmen des Führerstandes kosteten ihn eine große Anstrengung; der Atem wurde ihm schwer, und ein starkes Brennen hinter dem Brustbein bis hinauf zum Hals raubte ihm fast all seine Kraft. Es dauerte eine beträchtliche Weile, bis Horlitz diese Schwäche überstand, die er jener ungewohnten Arbeit bei Hitze und Staub zuschrieb.

Als Wolfgang Horlitz gegen Abend nach Hause ging, rief ihm der Bachmeier vom Traktor aus zu, der Herr Lehrer habe Besuch, ein Zürcher Wagen stehe vor der Garage. Horlitz kürzte den Weg ab, lief quer über Ruperts Weidestück, und schon erblickte er sie – Rebekka Seidenberg. Sie saß auf der handgezimmerten Bank im Schatten des großen Holunders an der Südwand des Lehrerhauses. Wolfgang, er wollte gerade laut ihren Namen rufen, spürte wieder den Schmerz in der Brust und mußte seine Eile bezähmen. Dennoch schritt er ziemlich forsch über die Weide und winkte sehr lebhaft. Da erkannte sie ihn. Sofort stand sie auf und streckte ihm von weitem beide Arme zu.

Der Bachmeier – er hatte seinen Traktor angehalten, um von ferne die Begrüßung zu beobachten – sagte am Abend in der Blauen Traube: »Ihr Leut, ich glaube, dem Schullehrer sei Schwester is komme!«

Vor dreißig Jahren hatte Rebekka Oderstedt verlassen; vor zehn Jahren sah Wolfgang sie wieder, bei ihrem Kammerkonzert. Dreißig Jahre zeichnen sich ab im Gesicht eines Menschen und die letzten zehn Jahre stärker als die zwei Jahrzehnte zuvor. Das Gesicht erscheint einem fast fremd, man muß sich erst an den neuen, den anderen Ausdruck gewöhnen – aber sonderbar: die Stimme, der Gang, die Bewegung der Hand, der Blick und das Lächeln sind unverändert noch nach dreißig Jahren. Ob Rebekka ebenso dachte, wenn sie ihn, Wolfgang Horlitz, mit der Spanne dieser dreißig Jahre maß? Indessen sein Haar war noch nicht grau, Rebekkas Traum hatte zu weit gegriffen. Aber sie verteidigte ihren Traum und sagte mit ihrem jung gebliebenen Lächeln: als Wolfgang vorhin über die Wiese gekommen sei (Wiese sagte sie statt Weide), da habe sein Haar vom Staub der Dreschmaschine ganz grau geschimmert.

Rebekka besorgte in Wolfgangs Junggesellenküche ein Abendbrot. Der Hausherr nahm inzwischen ein Bad. Durch die spaltbreit geöffneten Türen riefen sie, über den Korridor hinweg, einander Fragen und Antworten zu; und Wolfgang empfand eine Vertrautheit in dieser ungewöhnlichen Wechselrede, als sei das schon längst so gewesen.

Beim Ankleiden hätte er am liebsten Rebekkas Hilfe erbeten; er vermochte seinen rechten Arm nur mit starkem Schmerz zu bewegen. Hatte er etwa beim Dreschen eine Bänderzerrung erlitten? Er konnte nur hoffen, daß die Schmerzen nicht schlimmer wurden, übermorgen wollten sie reisen: Würzburg, Amberg, Prag, Waldenburg, Liegnitz – Oderstedt.

Bis spät in den Abend saßen sie auf der Terrasse vor dem Lehrerhaus. Die Erinnerungen wurden lebendig, und die Fragen spazierten über alle Wege und Plätze und durch alle Räume, die sie von früher her kannten: »Weißt du noch . . .?« »Hast du deinem Mann jemals von mir erzählt?« fragte Wolfgang späterhin.

»Nein«, sagte sie, »ich hatte ja nichts zu beichten. Aber weil ich nie von dir erzählt habe, war es gewiß besser, daß du dich nach dem Konzert damals nicht gemeldet hast. Mein Mann war von Natur etwas mißtrauisch, und ich hätte ihm schwerlich erklären können, weshalb ich bis dahin nie von dir sprach.«

Nach einer Weile stellte Rebekka die Gegenfrage. »Hast du der Roswitha von Mallwitz jemals etwas von mir erzählt?«

»Nein, auch nicht«, sagte Wolfgang.

»Und warum nicht?«

»Es gibt keine Begründung; ich wollte es oft, aber jeder Versuch mißlang; es bot sich nie der richtige Augenblick.« Und nach einer kleinen Pause fuhr er fort: »Lege mich wie ein Siegel an dein Herz – so hast du mir nach Ankara geschrieben. Ein Siegel ist doch das Symbol der Verschwiegenheit . . .«

»Ach«, sagte sie, »das ist lange her.«

»Zu lange, Rebekka?«

»Nein, nicht so, Wolfgang, ich wollte etwas ganz anderes sagen. Mein Brief mit den Metaphern des Hohenliedes wurde vor siebenundzwanzig Jahren geschrieben. Das ist lange her. Ich erkannte damals nicht, daß der ›Geliebte‹ des Hohenliedes der Glanz Gottes ist, die göttliche Sophia oder Weisheit, wie dein Lehrmeister Jakob Böhme sie nennt.«

»Und trotzdem, Rebekka, ich könnte in deinem Brief keinen Mißklang und keine Entweihung finden.«

»Das vielleicht nicht«, entgegnete sie, »aber ich hatte das Hohelied dennoch viel zu tief gestimmt. Ich hatte Großvaters chassidische Botschaft vergessen . . .«

Ein kühler Wind wehte jetzt vom Wiesental herauf und weckte Wolfgang aus seinen Gedanken.

»Soll ich dir eine Decke holen oder gehen wir ins Haus?« fragte er.

»Es war ein anstrengender Tag«, sagte Rebekka und ergänzte, sie sei so weite Autofahrten gar nicht gewöhnt; aber sie freue sich über ihren plötzlichen Entschluß unterwegs, die gesamte

Strecke von Zürich bis Weiersroth an einem einzigen Tag zu fahren. Somit habe sie vierundzwanzig Stunden gewonnen, und außerdem seien solche unvorhergesehenen Terminänderungen manchmal ein Fingerzeig Gottes, wie ihr Großvater behauptet habe; und sie wisse auch schon den Grund dieser Terminverschiebung nach vorn. Wäre sie morgen eingetroffen – sie lächelte bei diesen Worten –, dann hätte sie Wolfgang bestimmt nicht mit dem staubigen, grauen Haar gesehen und ihr alter Traum wäre verloren gewesen.

Aber den eigentlichen Grund erkannte Rebekka Seidenberg erst eine Stunde danach.

Wolfgang Horlitz hatte sein Schlafzimmer im Obergeschoß des Lehrerhauses an Rebekka abgetreten, er selbst richtete sich die Couch im Wohnzimmer als Bettstatt ein. Doch vorerst dachte er nicht an Nachtruhe, er war viel zu stark bewegt vom Wiedersehen mit Rebekka, von Erinnerungen und Zukunftsplänen. Er nahm in einem Sessel Platz, griff nach der Zigarettenschachtel, spürte wieder das Reißen im Armgelenk, scheuchte aber den trübenden Gedanken davon, zündete eine Zigarette an und überließ sich seinen frohen Gefühlen und seiner Phantasie.

Die Zigarette mochte ihm nicht bekommen sein, Wolfgang empfand plötzlich starke Übelkeit und ein unerklärliches Frösteln. Ein Kognak würde ihm helfen. Er stand auf, ging zwei Schritte nach vorn und fühlte jäh dasselbe heftige Brennen hinter dem Brustbein wie am Nachmittag auf dem Mähdrescher. Wolfgang tastete sich mühsam zum Sessel zurück, es wurde ihm schwindlig und noch übler, und der Schmerz in der Brust wurde unerträglich, als hätte er eine ätzende Säure geschluckt. Er wollte Rebekka rufen, aber der Atem langte nicht hin zu lautem Ruf, und dann – wie zwischen Leben und Sterben – dachte er an Gerich Seidenberg: »Als er das fünfzigste Jahr erreichte ...«

In diesem Augenblick öffnete Rebekka die Wohnzimmertür.
»Hast du mich gerufen, Wolfgang?«
Er besaß nur die Kraft zu einer hilflosen Geste.
Im Nu stand Rebekka bei ihm, ergriff sein Handgelenk, blickte ihn angstvoll fragend an, zwang ihre Stimme zur Ruhe und sagte: »Am besten, Wolfgang, ich hole einen Arzt...«
Dann eilte sie ins Nebenzimmer, zog die gläserne Schiebetür hinter sich zu und griff zum Telefon.
Wolfgang vermochte nicht mehr klar zu denken, alles ringsum war ihm nur noch halb bewußt, aber sein Ohr hörte besser denn je; und so vernahm er deutlich Rebekkas Stimme: »Herzinfarkt, ja Herzinfarkt... Den Hausarzt? Ich brauche den Krankenwagen... Die Symptome? Mein Mann ist an diesen Symptomen gestorben... Also schicken Sie bitte umgehend den Wagen!«
Rebekka kam zurück.
»Der Arzt ist gleich da«, sagte sie, »und bleib ganz ruhig, ich kleide mich nur rasch an.«
Fünfzehn Minuten später fuhr ein Arzt im Wagen des Kreiskrankenhauses vor.
»Sie haben recht«, hörte Wolfgang den Arzt zu Rebekka sagen, spürte fast nichts von den beiden Injektionen und wurde auf der Krankenbahre hinausgetragen. Rebekka wich keinen Schritt von seiner Seite.
Im Korridor des Kreiskrankenhauses verfolgte Wolfgang ein Gespräch mit wachem Bewußtsein. Der Chefarzt war selbst zur Stelle, und Rebekka bat um ein Einzelzimmer für den Patienten. »Ich zahle jeden Preis«, sagte sie erregt, »die Höhe spielt keine Rolle.«
Und der Chefarzt gab mit ruhiger Stimme zurück: »Es geht uns nicht um einen hohen Betrag, liebe gnädige Frau, aber wir haben zur Zeit kein Einzelzimmer frei. Doch sobald sich eine Möglichkeit bietet...«

Wolfgang vermochte den Sinn der weiteren Worte nicht mehr zu begreifen.

Wolfgang Horlitz lag als fünfter Mann in einem Zimmer der dritten Klasse. Sein Atem ging schwach, aber ruhig. Das rechte Handgelenk war festgebunden, im Unterarm steckte die Nadel des Infusionsgerätes; Tag und Nacht, ohne die kleinste Unterbrechung, tropfte die wasserhelle Flüssigkeit in seine Vene. Rebekka kam zweimal des Tages zum Krankenbesuch, aber sie durfte nur von der Tür aus einen Blick zu ihm tun. In dem Zimmer lagen Schwerkranke, und auch deren Angehörige blickten wie Rebekka nur durch den Türspalt. Einer der Patienten allerdings hatte das Schwerste anscheinend überstanden. Er führte gelegentlich laute Gespräche mit diesem oder jenem seiner Bettnachbarn, ohne für sich eine Antwort zu erwarten. Der Mann lag dicht neben Wolfgang und stellte ihm sehr bald eine unerbetene Prognose; dabei bediente er sich eines vertraulichen Du.

»Herzinfarkt? Sechs Wochen, wird der Arzt zu dir sagen. Aber am Tropfer, mein Lieber, werden es zehn! Mußt natürlich erst abwarten, ob du über die Hürde kommst... Und nachher, mein Lieber: rauchen, trinken, Frauen und so, da ist der Ofen aus. Man denkt, es wird schon gehen, so la la – aber von wegen! Ich hatte jetzt den zweiten, ich kann ein Lied singen...« Und dann fuhr er wehleidig fort: »Aber eigentlich, wenn man hops geht, ist's auch nicht schlimm. Man hat ja sowieso nichts mehr vom Leben. Was ist denn da noch drin? Alles, was Spaß macht, ist verboten: rauchen, trinken, Frauen und so. Ja, ja, mein Lieber, du kommst schon noch von selber drauf...«

Am dritten Tage bekam Wolfgang Horlitz eine Herzbeutelentzündung und hohes Fieber. Er wurde in ein Einzelzimmer gelegt, und ein Arzt prüfte stündlich Wolfgangs Befinden. Rebekka durfte jetzt an seinem Bett sitzen, wann immer sie wollte; nur war ihr aufgetragen, so wenig wie möglich mit Wolfgang zu reden.

Als nach weiteren drei Tagen die Krisis überwunden schien und das Fieber nachließ, gelangte er auf einen seelischen Tiefpunkt. Er bat Rebekka, seinen Nachlaß aufzuteilen. Alle Wertsachen und das Bankguthaben sollte Edith erhalten, Edith Krüger, seine einstige Frau. Das griechische Kreuz bestimmte er für Rose. Und dann sagte er, mit dem Versuch zu lächeln: »Aber du, Rebekka, hast nur die Chronik des Gerich Seidenberg und das kranke Herz seines Zwillingsbruders...« Rebekka antwortete mit einer zärtlichen Geste, strich mit ihrer Hand behutsam über Wolfgangs Stirn und Haar und sagte wie zu sich selbst: »Kein bißchen Grau ist im Haar, mein Traum steht doch noch aus, was zählt schon ein Staub von der Dreschmaschine...«

In der folgenden Nacht war Wolfgang Horlitz endgültig auf seinen Tod gefaßt. Irgendwo hatte er gehört, daß Sterbende ihr Leben noch einmal vor sich abrollen sähen, bis hin in die Kindheit, wie in einem rückwärtslaufenden Film. Dieser Augenblick war eingetreten.

Die Bilder kamen und gingen und führten ihn weiter und weiter in die Vergangenheit:

Schon hatte er die Chronik gelesen, schon war die Beerdigung des Eckehart Salmuth vorbei und vorüber auch das Kammerkonzert des Michaeli-Trios. Nebensächlichkeiten zeigten sich zwischenhin, und Deutschmanns Frau rührt bekümmert in ihrer Kaffeetasse... Jetzt fährt er an die Schlei in Urlaub, und nun teilt der lange Jimmy in der Dorfschule Kaugummi aus. Wolfgang liegt in einem fremden Bett, schließt fest die Augen, verhält unwillkürlich den Atem, und »Schlafen Sie wirklich?« fragt Edith mit weicher Stimme... Er sitzt mit Brückner auf dem Eisenbahndamm, und sie blicken über das Gefangenenlager mit den fünftausend Zelten. Dann geht er scheu über den Podersamer Marktplatz, am untersten Ast der alten Linde hängt ein Mann ...

Wolfgang Horlitz will die Gedanken gewaltsam aufhalten und damit auch das verrinnende Leben, aber unablässig laufen die Bilder fort. Altweiden ist bereits zugegen: »Mein schönster ungetanzter Walzer« – Rose löscht alle Kerzen reihum. Der Studienrat Frank steht am Rande eines drängenden Menschenknäuls, der Flüchtenden aus Oderstedt. Und Iskender kommt, Wolfgangs liebster Freund, winkt mit der Fliegerhaube, als ob er ihn schon begrüßen wollte, drüben, in der anderen Welt. Sehr aufrecht tritt der Baron von Mallwitz herzu, entrollt eine Menge handgeschriebener Blätter und führt seinen Gast vor das Porträt des Junkers Seidenberg. Und dann: Simeon, der Abt, überreicht ihm, Wolfgang, das vergoldete griechische Kreuz; und er hört des Abtes Stimme ganz klar: »Die Mystik ist ein Privileg der gottsuchenden Seele, nicht eine Domäne des akademischen Wissens.« Durch das gotische Fenster der Klosterruine bei Monemvasia leuchtet ein Stern. Und jetzt, beim Einsteigen in die Kampfmaschine, entdeckt er den Schraubenzieher auf der umgestülpten Bombenkiste. Doch schon steigt er an der Glogeiche vom Fahrrad; da kommt aus Lucias Grund ein offener Wagen herauf, der Kremser der Familie von Mallwitz ...

Noch einmal versucht Wolfgang Horlitz die Bilder anzuhalten, vergebens jedoch, denn sogleich tänzelt Elke im Kostüm der Pippa über die Bühne, und aus Zürich erhält er eine Kartenpost Rebekkas: »Weißt Du noch das Lied der Oder?« Dann aber steht er im niedrigen Zimmer des alten David Seidenberg und hört ihn sagen: »Im Angesicht der Lichter wollen wir reden, Wolfgang Horlitz ...« Und es folgt das vielleicht letzte Bild, eine Szene aus den Kindertagen: Er, Wolfi, schaukelt auf den Ketten des heiligen Florian, da läuft ein kleines Mädchen über den Platz und spielt mit einem roten Ball; und der Ball rollt geradewegs auf ihn zu. Er schaukelt jetzt hoch hinauf und ermuntert das Mädchen mitzuhalten, aber es schüttelt die schwarzbraunen Locken . . .

Der Film war aus. Doch plötzlich wurde die schattendunkle Wand des Krankenzimmers so hell, als dämmerte bereits der Morgen. Und mit einem Male formte sich die Gestalt des segnenden Christus an dieser Wand, wie eine Statuette auf einem Altar, und zugleich standen darunter, quer über die Wand geschrieben, in großen lateinischen Buchstaben die Worte: »Diese Krankheit ist nicht zum Tode.«

Eine unsägliche Ruhe, ein unvergleichlicher Friede erfüllte Wolfgangs Seele, dann trat das Christusbild zurück, die Buchstaben verlöschten, und nur die schattendunkle Zimmerwand lag wieder vor Wolfgangs Blick.

Am nächsten Vormittag, als sie den Patienten besuchte, trug Rebekka ihm eine ungewöhnliche Nachricht vor. In der letzten Nacht, so sagte sie, sei sie wie zufällig wach geworden, und dann habe sie deutlich eine Stimme gehört: »Diese Krankheit ist nicht zum Tode.«

Nach zwölfwöchigem Krankenlager wurde Wolfgang aus der Klinik entlassen. Er mußte von neuem gehen lernen, war auch sonst pflegebedürftig und sehr hilflos, aber Rebekka blieb bei ihm. Auf Anraten des Arztes betrieb sie Wolfgangs vorzeitige Pensionierung und leitete alles mit einer Umsicht, als wäre sie eine Künstlerin auch auf dem Gebiet des Verwaltungswesens.

Wolfgang Horlitz fiel es nicht leicht, von Weiersroth Abschied zu nehmen, von den Bewohnern, den Schulkindern und den Wäldern; zehn Jahre hatte er hier gearbeitet, und diese Jahre waren die fruchtbarsten seines Lebens. Die Wintertage in Weiersroth vergingen rasch. Rebekka hatte ihr Instrument nachsenden lassen, und ihre täglichen Übungsstunden bedeuteten Wolfgang eine heilsame Herzmedizin. Auch nahm er Rebekkas Fürsorge einstweilen ohne Widerspruch hin. Seit dem Tod seiner Mutter, seit der Trennung von Edith hatte ihn niemand mehr so verwöhnt. Da aber die Genesung langsamer fortschritt, als er erwartet hatte, kamen ihm Gewissensbedenken, ob er Rebekka noch länger an sich binden dürfe.

»Du versäumst mit mir zuviel Zeit«, beteuerte er eines Abends, »du hast Konzerte abgesagt um meinetwillen und schadest deiner Karriere . . .«

»In zwei Jahren habe ich die Fünfzig erreicht«, sagte sie, »meinst du, ich hätte noch große Lust zum Reisen? Ich werde hier und dort bei einem Konzertabend aushelfen, ein paar Stunden am Konservatorium übernehmen und sonst viel Zeit haben für dich, in unserem Haus am See.«

»Ich frage mich oft«, erwiderte er, »ob ich das alles annehmen darf.«

»Du und dein Vater«, sie hob dabei mit Entschiedenheit ihre Stimme, »ihr habt uns damals vor böser Verfolgung bewahrt; und du kennst doch den mosaischen Spruch: Auge um Auge . . . Nur stellen Chassidim die Vorzeichen um und vergelten auf diese Art das Gute.«

Und mit einem Lächeln ergänzte sie: »Hast du mir nicht dein Herz zugesichert, testamentarisch? Glaubst du, ich träte mein Erbe nicht an?«

Rebekka sieht zu ihm hin aus großen dunklen Augen. Da hält ein seltsamer Zwang die Augenpaare aneinander fest – gerade so wie damals im Konzertsaal, bevor das letzte Musikstück begann. Und Wolfgang erinnert sich eines noch früheren Bildes: Auf dem Betpult des David Seidenberg brennen die Lichter. Der Alte sitzt nach vorn gebeugt auf seinem Stuhl, stützt die Unterarme auf die Knie, faltet die Hände, blickt vor sich auf den Boden und schweigt. Endlich hebt er ein wenig den Kopf, und dann sagt er mit halblauter Stimme, als künde er ein Geheimnis: »Höre, Wolfgang Horlitz, es gibt da noch eine weltverborgene Liebe, die glüht allein im Angesicht der Engel...«

Und Rebekka, als habe sie Wolfgangs Gedanken erraten, sagt in das Schweigen hinein: »Großvater sprach zu mir von einer weltverborgenen Liebe. Das ist die Liebe, die nicht erlischt, wenn das Alter kommt, eine Liebe von Anbeginn. Es heißt: die im Paradies beieinander saßen und Nachbarn und Verwandte waren, die sind sich nahe auch in dieser Welt... Und manchmal, wenn sie einander in die Augen sehen, springt wohl ein kurzes Erinnern in ihre Seele, damit sie nicht müde werden auf dem gemeinsamen Weg zurück, in das Uferland ihrer ersten Heimat...«

Im März kam Brückner auf einige Tage nach Weiersroth, und im frühen Sommer erlaubte der Arzt die Übersiedlung in die Schweiz.

QUELLEN

DAS HERZENSGEBET, Mystik und Yoga der Ostkirche
Herausgegeben von Alfons Rosenberg
Otto Wilhelm Barth-Verlag
(im Scherz Verlag Bern – München – Wien), 1955

JAKOB BÖHME, DIE URSCHRIFTEN
Friedrich Frommann Verlag, Stuttgart

JAKOB BÖHME, SÄMTLICHE SCHRIFTEN
Friedrich Frommann Verlag, Stuttgart

Bücher von Hans Tesch

im Eugen Salzer-Verlag Heilbronn

HALTESTELLE FEUERWERKSANSTALT
Die Geschichte einer Liebe
80 Seiten. Salzers Volksbücher 167

Man fragt sich am Ende, wo und wann man jemals eine so grundechte, bis in die Tiefen lebensschöne Liebesgeschichte gelesen hat. *Literaturspiegel*

im Otto Reichl Verlag Remagen

VOM DREIFACHEN LEBEN
Ein geistiges Porträt des Mystikers Jakob Böhme
260 Seiten. Leinen

Während frühere Interpretationen versuchten, die geistige Welt Böhmes mit den gängigen Denkmodellen zu vergleichen und in dieselben einzuordnen, läßt Tesch den Meister selber sprechen. Auf diese Weise wird das Buch zu einer wahren Faszination. *Prof. D Dr. A. Resch*

Hans Tesch ist ein guter Dolmetscher Jakob Böhmes. Der Geist dieses erleuchteten Schusters ist durchaus getroffen, und das Buch vermittelt dem heutigen Menschen einen Zugang zu diesem Mystiker. *Prof. Dr. W. Nigg*

Der Autor hat es vorzüglich verstanden, die nicht immer leichte Gedankenwelt von Jakob Böhme aufzuschließen. Dem Werk kommt heute eine besondere Bedeutsamkeit zu.
Prof. Dr. A. Köberle

Tesch bringt frische Farben in das zum Teil verblaßte Böhme-Porträt und sorgt für eine zeitgerechte Belichtung, für die man ihm nur dankbar sein kann. *Bayer. Rundfunk*

Die Texte lesen sich überraschend modern. *Schwäb. Zeitung*